「ただいま、フィリオ」
　少し汗と埃の匂いのするベルの軍服。その中に混じるのはもうずっと長いこと知っているような、ウェルナード＝ヒュルケンの匂いだ。

将軍様は溺愛中

朝霞月子
ILLUSTRATION：兼守美行

将軍様は溺愛中

LYNX ROMANCE

CONTENTS

将軍様は溺愛中

ウェルナード＝ヒュルケン将軍は頗る機嫌が悪かった。宵闇のような濃い藍色の髪は掻き回しましたとばかりに少々乱れ、青玉のように輝く青い瞳は半眼で光を放つ。ゆったりとした大きな椅子に座って長い脚を高く組み、組まれた腕の中で両手の指は苛々と動いている。

クシアラータ国三宝剣が一人、ウェルナード＝ヒュルケン将軍——ベルはただいま首都を離れて北東にある主要都市の一つコロボスへ来ていた。国軍を率いる将として定期的な視察であり、年に数回はこうして首都を離れ、地方に駐留する軍の様子を確認するために赴くのは、通例だった。

国の英雄であるベルは、兵士たちからは絶大な信頼と尊敬を集めている。憧れのヒュルケン将軍に会うために兵士を志したと公言する者は多い。それほどまでの軍功を上げている男なのだ。

三十前という若い年齢と、元がシス国出身という理由で、閉鎖的で昔気質な貴族には嫌われているが、本人が歯牙にもかけないのだから彼らにしてみれば実に腹立たしいことこの上ない。

しかしながら、反感を抱きながらも排除できないのは、国王一家がしっかりとベルの周りを固めていることに加え、武力という実力をもってしても敵わないという事実を証明する事件が立て続けに起こったことでも明らかだ。

これで怖気づかない方がおかしい。

そしてまた強い将軍を慕う兵士が増え——という具合だ。

寡黙で厳しいが、融通が利かないわけではない。無愛想で、傍若無人で、枷を知らないかのように自由奔放だ。しかし出される指示は的確で、この人の下でなら生きて帰れると、他の誰よりも信じることが出来た。否、将軍のためなら！　と闘魂を燃やす者も多い。

　そういう様々なものが絡んだ結果、ますますベルが率いるクシアラータ国国軍は勇猛果敢だと名を馳(は)せ、功を重ねていくのだが――。

「将軍、お願いですからそのお怒りの炎を引っ込めてください」

　椅子の後ろに立つ副将軍のサーブルが先ほどから何度も頼むのだが、むっすりと結んだ口は開かれることがない。

　そして座るヒュルケン将軍の真正面には、

（割に合わないだろ！　こんな仕事！）

と、心の中で泣きが入り、表面上でも決壊間近の涙目を堪(こら)えている首都からの使者がぶるぶると震えて立っている。

　理由はわかっているのだ、副将軍も使者も。

こうなることもわかっていたのだ、少なくとも日頃から将軍の世話をしているサーブルには。だからと言って、隠していた場合にもっと大きな被害を被ることも。主に自分が、という注釈がつくのが悲しいところである。

「将軍、使者は自身の職務を果たしただけなんですから、この辺でもう解放してやってくださいよ」

　戦場ではベルの傍らにあり、檄(げき)を飛ばし指示を出す副将軍だが平時は至って普通の男であるサーブルにとって、軍の仕事の中で一番困難な任務は、単騎で百の敵に立ち向かうことではなく、機嫌を損ねた将軍をいかに宥(なだ)めるかである。

　本来なら、将軍には幾人もの小姓や兵卒が従うものなのだが、ことウェルナード＝ヒュルケンに限りそれは当て嵌(は)まらない。下手な者をつければ、自分に飛び火するのだ。今までもそうだった。

　反将軍派の先鋒(せんぽう)だったクライダー家から派遣された暗殺者――従卒として潜入していた男は、翌朝を見ることなく姿を消した。

（クライダー家は一家離散に追い込まれたんだったな、第三王子に潰されて）

将軍の失脚を狙い、自分たちが作成した不正資料を紛れ込ませようとした間諜は、ベルの眼光に恐れをなしてその場に平伏し、忠誠を誓った。

（あれはただ寝起きで機嫌が悪かっただけなんだがなあ）

寝返った間諜は、今やベルの手足となり国内を飛び回っている。たまに将軍に会えるのがご褒美だと言っていたから、変な性癖が芽生えたのかもしれないとサーブルは少し心配する。

従軍につきものの慰安部隊に紛れ込んで来た娼婦や男娼たちは、夜が明ける前に泣いて天幕を出て行くこと多数。色で虜にして惑わせるつもりが、なんら成果を上げることが出来なかったのだから自信喪失もよいところだ。

「結婚するまで男も女も知らなかったってのは間違いない」

などと第三王子が下世話な心配をしていたが、新婚の今ではそっちも大丈夫だろう。問題は精力だけだが、

（……それを発散する間もなく遠征じゃあ、将軍が機嫌悪くなるのもわかるよ）

そう、それこそが問題なのだ。

ウェルナード＝ヒュルケン将軍は様々な逸話に事欠かない。国の英雄と呼ばれるのだから、当然だとサーブルは思う。

ただ、副将軍としては「もう少し落ち着いてくれたらなあ」と思うこともあるわけだ。

だから、結婚した時にはとても驚いたし、大いに喜んだ。

誰かと恋愛関係になることはないと信じ、結婚するとすれば政略結婚しかないだろうと想像していた

将軍の、まさかの大恋愛結婚にはサーブルだけでなく、軍兵士全員が驚いた。絶叫した。

相手が、知る人ぞ知るフィリオ＝キトだったのも理由の一つにある。儀礼庁長官のペリーニ＝ルキニ侯爵の子供の一人で、代々議員を輩出しているキト家の二番目の息子。女系が優勢なクシアラータ国の中でも傑出した女性が出るので有名な家で、現在は母親の後をついで家長となったフィリオの姉ドリスが議会でも大活躍していると聞いている。

その一方、フィリオは大人しい子で、強烈な印象はほとんどないに等しい。実際に、結婚の儀式の場で初めて見たという部下が大多数だ。幸いと言ってはベルに殴られるかもしれないが、ヒュルケン将軍が住まう「森屋敷火災事件」の時にサーブルはフィリオを見ている。見せたくないベルにすぐに追い払われてしまったが。

その時に持った印象も、大人しそうな子だなというものだった。大きな将軍の腕の中に囲われていたせいで、とても小さく見え、大丈夫なのだろうかと少々心配してしまった。まあ、それは火災を最小限に収めたのがフィリオだったという報告を受けて、見方を改めることになったが。

将軍に溺愛（できあい）されるだけの少年ではないとサーブルが確信したのは、火災事件の主犯の二人を追い詰めた怒れるベルを抑えたと聞いた時だ。火災の処理と警備のために森屋敷に詰めていたサーブルは、その場を見ることが出来なかったことが非常に悔しかった。

何せ、第三王子インベルグも聖王親衛隊長ナイアスといった残りの三宝剣二名でさえ拮抗（きっこう）に持ち込むのが精いっぱいだったベルの暴走を、たった一人の小柄な少年が止めたのである。

これはもう絶賛ものだ。勲章を十個やってもいいと思った。別に主犯の二人に同情はしないし、たとえその場で将軍が斬り殺してしまったとしても問題はなかったのかもしれないが、とにかくそういう状態になったベルを止めることが出来る存在がいたという事実が、サーブルにとっては重要だった。

（これで将軍のお守りが楽になる！）

……実に個人的な感情によるものだったのは否定しない。いざとなれば、フィリオに何とかして貰おうという打算が働かなかったと言えば嘘になる。

浮かれていたサーブルは失念していたのだ。

それほどまでに溺愛する嫁と離されたベルの機嫌の低下具合がこれまで以上だということと、嫁に何かあれば瞬時に不機嫌大王へと変化する上官の狭量さを。

今、まさにそれを実感しているところだ。

「――帰る」

「え」

思わず顔を上げた使者は、ベルの顔をまともに見てしまい、再び俯いた。しかし、戦々恐々としている使者を気遣うようなウェルナード＝ヒュルケン将軍ではない。

「お前の話はわかった。つまり、それをわざわざ知らせに来たということは、俺に帰って来いと言ってるのと同じだ」

「いや、将軍、それは違うでしょう！」

背後からサーブルが焦った声を出しているが、フィリオのように可愛らしい声ではないのでベルが心動かされることはない。

「どこが違う？　俺が遠征中なのは城でもわかっていることだ。その俺の留守に他の男をフィリオに会わせたんだぞ。嫁の危機に夫が駆けつけなくてどうする」

それがまさに問題だったのだ。

最初は決まりきった連絡でベルも黙って聞いていた。頭の中で、首都の様子を聞くたびに、

（早くフィリオに会いたい。フィリオを齧(かじ)りたい）

と思いながら。

フィリオを娶(めと)ってからも泊まりがけの仕事は数回あったが、今回のような大掛かりな遠征は、結婚した直後の反乱分子の制圧のために南へ赴いて以来だ。だから、早く日程を消化して帰りたい気分でいっぱいなのだが、それを我慢してここにいるのである。

将軍の名はベルにとっては大したものではないが、愛するフィリオを守るために必要な地位だと思えば幾らでも職務に励むことが出来る。自分が功績を上げればその分褒賞も増え、フィリオに快適な住環境を作り上げてやることが出来るのだ。

それに、

「おかえりなさい！」

と言って、飛びつくフィリオが可愛くて仕方がないのもある。寂しかったと言わんばかりに摺(す)り寄せられる頭や、濡(ぬ)れた桃色の瞳には、毎回自分を諫(いさ)めるので必死だ。

そして、睦(むつ)み合うフィリオと二人だけで過ごす濃密な時は、離れていた後が最も濃いように思うし、久しぶりで恥ずかしがるフィリオの可愛さが何より際立つ気がする。それを思えば、遠征の間の禁欲などはベルの中ではまるで問題になりはしない。

フィリオ以外の体を知らないベルには、フィリオこそが自分に最高の快楽を与えてくれる相手であり、慈しむ相手だ。

すべての行動の元はフィリオ＝キト。今やフィリオ＝ヒュルケンとなった少年こそが、ベルをクシアラータ国に引き留めている要。

そのフィリオの元に、男がいる。それも二人も。

まさに夫の留守を狙ったかのようにやって来た彼

らの目的がフィリオにあることは明白で、どうして自分が首都に戻るまで城で引き留めておかなかったのかと、居残り組に腹が立つ。

「将軍、少し落ち着いてください」

「落ち着いている」

「では冷静になってください」

「冷静だ」

　落ち着いて、冷静になって腹を立てているのだ。

「しかし、将軍の父君と従兄弟殿でしょう？　心配することはないと思いますが」

「……」

「父君はシス国国王の兄で、軍団長の地位にあった方ですよね。ご立派な方だと伺っていますよ」

「ダーインはいい。でもオーボエは駄目だ」

　自分を育てた義父ダーイン＝ヒュルケンのことをベルは名で呼ぶ。幼かった頃にはもっと甘えた声で「父様」と呼んでいたらしいのだが、それは今や昔の話。剣の道で師事するようになってからは、ずっと役職名で呼び、あまりにも他人行儀過ぎると嘆かれて、仕方なく名で呼ぶことにした。

　余計な話だが、シス国で軍団長が早々と公の場から引退したのは、懐かない息子から「父上」と呼ばれたかったからという噂が王族の中で実しやかに囁かれていた。結局その期待もむなしく、引退する前に、十七歳だったベルはクシアラータ国へ婿に行くキャメロン王子に付き従った後で戦に巻き込まれてしまい、シス国へ帰国することが叶わなくなってしまったが。

　それから十年の間、ベルは一度も帰ったことがない。一つには、英雄に祭り上げられるようになった若きベルを多くの兵士を失ったクシアラータ国が手放したくなかったのと、守るべき者を見つけたベル自身の意向による。

　養父と会ったのは、この十年で十回。言うほど会っていないわけではないとベル自身は思っているのだが、他人に言わせれば「少ない！」ということになるらしい。

シス国とクシアラータ国の間には他にも国がある。戦乱は落ち着いたとはいえ、気楽にふらりと訪れることが出来る距離ではない上、重責を担っていた養父も簡単に国を空けることは出来なかった。システリアという王族が持つ姓を返上してはいても、現国王の兄という立場はそれなりに微妙なのだ。

その養父が、クシアラータ国にやって来た。キャメロンに勧められて、結婚したという文は送ったが、キャメロン――クシアラータ次期国王の夫は、自分の両親であるシス国王夫妻にも兄弟姉妹にも知らせたに違いない。

寡黙なのと同じく、筆を取る手も軽いわけではないベルがシス国に文を送ることは、滅多にない。第三王子や聖王親衛隊長に言われて、季節や新年の挨拶を送るくらいだ。反対に、年に何度もシス国から届け物が来るのだから、それぞれが責任ある地位にあるにも拘わらず、贈り物を手配したり見繕うことが出来るなど、暇だなと思ったりする。二十年前まで不安定だったシス国が、今はとても安泰なのは間違いない。

だから養父だけならいいのだ。

「……オーボエは駄目。俺はあいつが嫌いだ」

名前を出すのも嫌だというように嫌悪の表情丸出しのベルに、副将軍は「は？」と眉を寄せた。

好き嫌いがはっきりしているベルだが、言うべきことと言わないでよいことの区別はつく。多少だけれど。

インベルグ第三王子とはよく喧嘩をするが、別に嫌っているからではない。だから、今も長く付き合いが続いていると言える。ベルの中での第三王子は、「煩いが、剣の腕は確かで有能だし、知らないことを教えてくれる人」

という位置づけで、他よりは高い場所に存在する。聖王親衛隊長のナイアスにも一目置いている。彼と喧嘩しようとは思わない。なんだか喧嘩はしない方がいいという予感がするからだ。

ルキニ侯爵も物わかりのよい大人で、好感度は高い。フィリオを可愛いと思う共通の認識があり、かつこの世で最もフィリオに対して安全な人物だという信頼もある。

ベルの中での最上位がフィリオなのは間違いなく、それ以下に何人かがぽつぽつと並んでいる以外は、遥か下の方の見えないところにその他大勢がいる中で、年下の「従兄弟」オーボエ＝システリアは顔も見たくない一人であった。

そのオーボエが、養父と共にクシアラータ国に来ている。そして、自分の留守中にフィリオに会っている。


許せるものではない。

「サーブル、帰還の用意を」

「ええーっ!?　本当に帰っちゃうんですか!?　まだ残り五日以上あるんですが」

なんてこったという副将軍の悲鳴が聞こえるが、なんてこったと言いたいのは自分の方だとベルは主張したい。

戦に関しては抜群の意思疎通を図れる副将軍が、どうして今の自分の気持ちを正しく理解しないのか。今こそその能力を発揮すべきではないのかと思いながら、ベルは端的に述べる。

「視察は終わった。異常なし」

「終わってませんよ！　現地部隊との模擬演習も残っているし、明日には最寄りのフネトから来る連中とも手合わせがあります。その後は、編成についてコロボスの議会と話し合うことになってますよ」

副将軍が挙げた予定に、ベルは「チッ」と舌打ちした。ベルに言わせれば、そのどれにも自分が絶対にいなくてはいけない理由はないと思うのだ。特に、最後の議会との話し合いなど、自分がいない方が早く終わるだろうとも思っている。普段から会議と名のつく場所には副将軍を送り込んでいるベルなのだから、今さら例外を作らない方が後々のためにもいいに違いない。

　本音を言えばすぐに帰りたい。だが、今すぐに帰ればフィリオに叱られるだろうこともわかっている。有能な派遣家令サイデリートが、第三王子経由で予定を引き出し、フィリオに詳細な予定表を渡しているからだ。

　これが戦なら、早く敵を片づければ早く帰れるというご褒美があるが、通常の将軍業務にはそれがない。はるばる首都からやって来た国の英雄を歓待しようと町の住人は一生懸命だ。

　別にそれが悪いわけではない。華やかな夜会は好きではないが、政治的にそういう場が必要なのは長く将軍の職にいれば理解できる。ただし、それをベル自身が喜んでいるかどうかは別で、知らない人と酒を飲んだり話をしたりする——一方的に相手が話す場合がほとんどだ——のは、退屈で仕方がない。

　この町に来て十日以上。長い、あまりにも長かった。

　結婚前も首都を離れるのは億劫に感じられたものだが、フィリオと知り合ってからは少しでも共にいる時間をと苦心して来たベルには、苦痛以外のなにものでもない。新婚で、可愛い新妻を家に残したまま遠くに来たことで、心配は募るばかり。

　それなのに、この町に来てから十五回も昼食会やら夜会やらに呼ばれた。瞳をぎらつかせた女たち——既婚未婚問わず——の群れが待ち構えている場所に、である。どうやら、一妻多夫制が当たり前のクシアラータの女たちにとっては、ベルが既婚だろうが独身だろうがあまり関係ないようだ。あわよくば、現地妻の地位をと望んでいるのがありありとわかる彼女たちを前にして、誰が夜会を楽しめるというのだろう。

挨拶だけして後は頃合いを見て帰っているが、堂々と退席しているのに誰からも咎められないのだから、最初からいなくてもいいのではと思う。

つまりベルにとってこの視察は、何ら楽しみも意義も見出せない形式的なものである以上に、滞在日数が増えるのと一緒に煩わしさも増えるばかりになっていた。

帳簿や規律、駐留軍の内部監査や施設の視察。これはまだいい。訓練を見学し、参加するのもいい。手合わせの時に、力いっぱい打ち込めるのもいい。これで少し滞在中の憂さを晴らしているようなものだ。どれだけ地面に転がしても、剣が弾き飛ぶほど打ち込んでも、笑顔で向かって来る兵士が多くいるのは少し気持ち悪いとは思うが、戦うことが好きな男たちが多いのだと思えば理解できる。

それでも、フィリオがいないというだけで、途端に何もかもが色褪せる。

そして、自分はこんなにもフィリオに恋焦がれて会いたいのを我慢しているというのに、会いに行った者がいる。

夫であるベルの許可なく、可愛いフィリオに会いに！

笑って許せるはずがないではないかとベルは非常に憤慨する。

「お屋敷にはエメ様もご一緒なんですから、エメ様に任せましょう。ね、将軍」

「エメか」

確かにエメは優秀だ。それにフィリオを気に入っているのは間違いない。自分の養い子の嫁になったというだけでなく、幻獣にはフィリオの穏やかな気質が側にいて気持ちいいらしい。

　戦であればエメが必要になることも多く、ほとんどの場合は行軍に伴うが、今回は軍事行動を起こすものではないため、首都で留守番だ。屋敷には他にも使用人はいるし、警備兵に巡回もさせているが、彼女がいるだけでかなり安心だ。

「エメ様がいらっしゃれば、不埒者は近づけません」

「不埒者がいるのが心配」

　可愛いフィリオを欲望の目で見られることが許せない。そんな輩の目は潰したくなる。

「お務めを果たして帰られた方がフィリオ様も喜びます。働く男の姿を刻みつけましょう」

　実際に遠く離れているフィリオが仕事ぶりを見ることは不可能なのだが、時たま首都を留守にして帰った後には、いつもよりも優しく甘やかしてくれた気がする。

「だからな、いつもべったりなのもいいが、たまには少し距離を置くんだよ。そうして不在を感じさせた後で、自分の存在感をこれでもか！　と見せつける。これが駆け引きってもんだ」

　そうインベルグも言っていた。

　ベルにすれば、常に側にいて存在を示す方が得ではないかとも思うのだが、百戦錬磨の第三王子の助言には文字通り助けられている面も否めないため、簡単に却下も出来ない。

　副将軍や権力者たちが引き留めるのを振り切ってこの町を出るのは簡単だ。束になって掛かって来られても、ベルを止められはしないだろうから。しかし、それをしてしまえば後で問題になるのも理解している。十年になるクシアラータでの軍人生活の中で、規律というものが大事なのはベルにも、一応はわかっているのだ。

　自分勝手が許される場面とそうではない場面、この線引きはいつも難しい。

ベルは腕組みをして考えた。フィリオは心配だがまだここを去ることは出来ない。

　フィリオの元にはエメがいる。信頼出来るナイアスにも留守の間は気に掛けてくれるよう頼んで来た。インベルグが信頼する派遣家令のサイデリートもいる。シス国からやって来た養父は常識的な人物だ。

「――サーブル」

　すっと手のひらを上に向けて差し出すと、すぐに「ハイッ」という元気な声がして、望んでいたものが乗せられた。ペンと紙である。

　こういうところに気が付くから副将軍は側から手放せないと思いながら、ベルは使者の目の前で手紙を四通書いた。養父とルキニ侯爵、第三王子、聖王親衛隊長ナイアスである。フィリオには別に改めて書くため、今この場では彼らに対する願いを書いただけだ。つまり、

　――フィリオを守れ。何かあれば許さない。


「え？　これ……お願い、ですか？」

　横から覗いていたサーブルが不思議そうに尋ねるが、何が疑問なのかベルには不明だ。明らかに、これはお願いではないか。

　うむと頷き、封をして、使者に渡した。

「これを早く確実に届けろ。この手紙が届く前にフィリオに何かあればお前に責任を取って貰う」

　珍しく微笑を浮かべて頼んだ――脅したベルに、使者は涙目のまま直立不動で敬礼した。

「りょ、了解であります！」

クシアラータ国首都にある広大な敷地を持つ白亜の邸宅、通称「森屋敷」。ウェルナード＝ヒュルケン将軍の屋敷の日当たりのよい居間では、フィリオが緊張の面持ちで来客と対面していた。

　大きなガラス窓からは明るい陽射しが差し込み、部屋の中はぽかぽかと温かい空気に包まれている。つい先ほどまで、屋敷で飼っている子犬三匹が微睡んでいたが、来客の知らせを受けた時に、彼らの部屋へと使用人が連れて行った。

「ベルさん……ウェルナードのお義父様ですか」

　正面の椅子に座る大柄な男は、にこやかに首肯して名乗った。

「ダーイン＝ヒュルケンだ」

「ご挨拶が遅れて申し訳ありません。フィリオと申します」

　丁寧に頭を下げたフィリオの前に、よろしくと差し出されて握った手は、武人らしくゴツゴツとして大きかった。背も高く、老年に掛かる年齢とは思えない体の厚みは、今でも現役の武人として十分に第一線に立てるのではないかと思わせる。

「エメも、元気そうだな」

　フィリオの足元に寝そべっている幻獣のエメは、義父に向かって軽く二股の尾を振った。赤ん坊のベルと義父を引き合わせ、その後も一緒に暮らしていた割にはあっさりとした再会の挨拶だが、義父はそれで満足したようだ。

　後でお前の毛皮を堪能させてくれと頼み、エメから再びフィリオに視線を戻す。

「突然の来訪で驚かれたと思う。早くに君に会ってみたくてな」

　笑うと人懐こい表情になり、義父の甥でもあるキャメロン王女夫殿下に少し似ているなと思った。

「フィリオ君は名門キト家の御子息と聞いている。それに侯爵家の血筋もあるとか。そんな子がウェルナードの嫁になってくれて、親としてこれ以上の幸せはない。ありがとう、フィリオ君」

　継承権を放棄しても、王族として過ごして来た風格のようなものが義父にはあった。それに加えて、まだ若いキャメロンにはない威圧感があるのは、こちらも軍団長として戦乱の時代を剣で生き延びてきた経験があるからだろう。

（ベルさんよりすごい）

　将軍として、国の英雄として讃えられているベルも、威圧感や風格は備えている。しかしそれよりも傍若無人さが前に出ているために、将としての威厳という点ではまだ義父に及ばない。

　もっと年を経て、戦だけでなく政治力もつけば義父のようになるのかなというのが、フィリオが抱いた感想だ。

　行儀よく姿勢を正して座るフィリオを見つめる義父の視線は柔らかく、いきなりの訪問を受けて、認めないと言われたらどうしようと少しの不安を抱いていたフィリオはほっとした。

　クシアラータ国では少なくはない同性婚や一妻多夫制も、他国から見れば奇異に映ることもあるという感覚が、フィリオの中にある。ましてや、本人の意思はともかく引く手数多、縁談の数だけは多かったベルには、女性を妻にするという選択肢も当然あったはずだ。それをすべて取り去って、同性のフィリオを伴侶にと熱望した。

　と言っても、当のシス国王族からキャメロン王子が婿に来るくらいだから、クシアラータの習慣を王族だった義父が承諾していないわけはないのだが。

　それよりも、だ。

　フィリオは機嫌のよい義父から彼の隣に座る男にちらりと視線を移した。

明るい茶色の短髪に、一目見て武人とわかる体格のよさ。最初に見た時には、義父の護衛かと思ったのだが、案内したサイデリートが椅子を勧める前に座ったところから、そうではないことがわかる。

紹介をして欲しいのだが、それを自分から言い出してもいいものなのだろうかと悩みつつ、義父と話をしていたのだが、その義父も隣の男の存在は忘れてしまっているようで、一向に話を向けてくれない。

髪の色は義父と同じ。その色はキャメロン王子とも似通っていた。ただし、雰囲気はまるで違い、どちらかというと柔和で優しげな風貌の王女夫殿下に比べ、目の前の男は研ぎ澄まされた刃（やいば）のような硬さがある。

しかも、じっと見つめられて居心地が悪いことこの上ない。

(ベルさん、僕どうしたらいいんでしょうか……)

ここにいないベルを頼っても解決にはならないとわかっているが、いきなり伴侶の家族に訪問されて、狼狽（うろた）えないわけがない。

キャメロン王子からベルの生い立ちを聞いていたために、多少の知識はあるが義父本人の情報はほんの少しだ。そのまたさらに周辺となれば、フィリオにはわからない。

せめて怖い者知らずの姉アグネタか、何だかんだ言って頼りになる第三王子が一緒だったら……と、思ってしまうくらいに、今のフィリオは混乱から立ち直っていないのだ。たとえ表面上は微笑を浮かべていても、困るものは困るのだ。

そんなフィリオを傍らで見て、混乱状態なのをわかっているはずのサイデリートが、退出しようと静かに動く。

(行かないで！　サイデリートさん！)

思わず袖を引きそうになるのをぐっと堪えるが、一度居間から出て行ったサイデリートは、フィリオを見捨てたわけではなく、すぐに盆を運んで来た。

「お茶が入りました」

どうぞ、とまずは義父の前にカップを置いたサイデリートは、次に男の前に置き、最後にフィリオの前に置いた。温かな湯気に少し気分が落ち着く。

次にサイデリートは菓子が数種類並ぶ大皿を運んで来た。そして、三人の前に並べて問うた。

「どの菓子にいたしましょうか、ダーイン＝ヒュルケン様」

と。

先に義父が「これを」と固めの焼き菓子を取り、次にサイデリートは男に差し出した。

「どうぞお取りください――」

そこで言葉を切ったサイデリートは、男の顔を見て困ったように首を傾げた。

それでフィリオは「あ」と気づいたのだ。サイデリートが男の名と身分と立場を告げるように仕向けたのだと。

「……オーボエだ」

「畏まりました、オーボエ様」

少し低めの声からは機嫌の良し悪しを知ることは出来ない。

にこりと控え目に微笑んだサイデリートは、生姜の香りのする細長い菓子をオーボエと呼ばれた男の皿に載せ、フィリオには最近気に入っている柑橘入りの薄い菓子を渡した。

（ご武運を）

そう囁かれ、頷く。名前だけは聞き出せたのだ、それから後は自分が情報を引き出さなくてはいけない。

サイデリートが退出すると、フィリオは飲み物で喉を潤し、オーボエを真正面から見つめて、出来るだけ穏やかに丁寧に下手にと思いながら尋ねた。

「オーボエ様は、失礼ながらウェルナードとはどのような間柄なのでしょうか」

　この質問に、オーボエは眉を寄せた。

「俺のことを知らないのか？　ウェルナードからシス国での話を聞いていないのか？」

「申し訳ございません」

　知らないのは本当なので、正直に告げて頭を下げると、笑い声が聞こえた。

「ウェルナードらしい。やはり息子は私たちのことは何も話していないんだな」

　オーボエと違って、こちらは納得顔で何度も顎を撫でている。オーボエに対しては覚えなかった罪悪感だが、気のいい義父を見れば、聞いていなかったことがなんだか申し訳なく、フィリオは謝罪を込めてもう一度頭を下げた。

「いや、フィリオ君が謝る必要はない。あれがああいう男なのはわかっていたからな」

「僕が伺ったことがあるのは、お義父様とウェルナードのことを少しだけなんです」

「それはウェルナード本人からではなく、キャメロンから聞いたんじゃないか？」

　なぜそれを、と思いながらも、実際にその通りなので頷く。

「そうだろう。ウェルナードが自分から家族のことを話すわけはないからな。いや、家族のことだけじゃないな。自分のことすら口にしないのに、それ以外のことを話すわけがない」

　確かにその通りだ。

「口より行動が先な男だ。フィリオ君もウェルナードには手を焼くこともあるだろうが、そこは大目に見てやってくれ。おそらくあいつに悪気はない」

「それは大丈夫です。ベルさん……ウェルナードは、自分の言いたいことは口に出して言ってくれるので」

　たとえそれが我儘であろうとも、全身でフィリオを求めているのがわかるから、心配はしていない。

心配するとすれば、逆にフィリオのことを考え過ぎて暴走することくらいで、それも気づいた時に抑える側に回れば、何とか回避できるのは実証済みだ。

それに、口数は少なくても与えてくれる愛情は限りなく多い。言葉以上のものを、受け取ることが出来るのだから、そこに問題があるはずはないのだ。

（いつだってベルさんは僕に全身で語ってくれている）

それを伝えれば、義父は嬉しそうに微笑んだ。

「そうか……。あいつが結婚できるとは家の誰も信じなかったが、本当に気立てのよいいい嫁を貰えたんだな」

相好を崩す義父は、そう言って傍らの男の肩を叩いた。

「わかっただろう？　ウェルナードは別に無理にクシアラータ国に留め置かれているわけじゃあない。自分の意志で残っているんだ。こんな若くて可愛い嫁がいるのに、置いて帰れるはずがない。連れて帰ればいい？　そんな馬鹿なことが出来るものか。嫁の故郷は自分の故郷。ウェルナードらしい」

（あれ？）

フィリオは首を傾げた。今の義父の台詞から推察すると、ベルがこの国に留まっているのは誰かに強制されたと思われているような感じなのだが……。

「あの、お義父様」

「なんだ、嫁殿」

「お尋ねしたいのですが、ベルさんがシス国に帰らないのは、もしかして、誰かに脅されていると思われているのですか？」

畏まって粗相がないようにと気をつけていたのに、フィリオはいつの間にか慣れている「ベルさん」という愛称を口にしていた。それだけ体面を気にする余裕がなかったとも言える。

「お気に障ったら申し訳ありません。もしかすると、お義父様がクシアラータに来たのは、ベルさんをシス国に連れ戻すためなんですか？」

「さすがウェルナードが選んだ嫁だ」

ニヤリと笑みを浮かべた義父は、フィリオの言葉を否定しなかった。

「いや、私は息子が誰かに強制されて自分を曲げるような可愛げのある男じゃないのは知っているし、キャメロンからも夫婦関係はこれ以上ないほど円満だと聞いているから、心配も連れ戻す気もないぞ。ただ、それじゃ納得しない奴らがいてな」

こいつのようにと、義父はオーボエを肘で突いた。自然にフィリオの視線もそちらに流れ、見られていることに気づいたオーボエは横を向いた。

「自分から名乗ることもしない、挨拶もしない態度の悪い甥を、嫁に紹介するのも悪いと思ってあえて何も言わなかったんだが」

そう前置きして、義父は言った。

「こいつは私の甥だ。オーボエ＝システリア。シス国の王子の一人だな」

「王子殿下……ですか」

フィリオは桃色の瞳を大きく丸く見開いた。髪の毛の色などの相似点から薄々察してはいたものの、やはりはっきりと告げられれば驚きもする。

「キャメロンの下の王子だ。第……おい、オーボエ、お前は何番目の王子だったか」

「六番目ですよ、伯父上」

不機嫌に返すオーボエだが、義父は気にせず「そうだった」と膝を叩く。

「こいつら兄弟姉妹の数が多くてなあ、時々忘れてしまうんだ。国王夫妻の仲がいいのは結構だが、名前を覚えなきゃならん親戚は大変だ」

それはクシアラータ国も同じだ。一妻多夫制を取っていても、国王は副国王である夫だけを伴侶としている。シス国の現国王夫妻にも妾妃がいるという話は聞いたことがないから、どちらの国の夫婦も多産系なのだろう。キャメロンの話では、義父母には養子のベル以外に実子もいるらしいから、二つの家族が集まるだけでもかなり賑やかそうである。

　そのベルの血の繋がらない従兄弟の一人が、目の前のオーボエ王子。

　見た目だけで判断は出来ないが、三十を超えているか超えていないかというあたりで、二十七歳のベルよりも年嵩に見える。

　これで年下と言われると意外だが、城の中で重責を担う役職を与えられているのなら、苦労する分だけ老けて見えるのもわかる気がする——と、失礼ながらフィリオは考えた。

「私はね、フィリオ君。息子が自分で残ると言っているのだから、それでいいと思っていたし、これからもその意思を尊重するつもりだ。それ以前に、さっきも言ったようにあの子が他人の意見で翻意するとは思えない。それはこの十年一貫している。最初の五年は戦の後始末があって大変だったのはわかるが、その後の平定期に入ってからも一時帰国さえしない。キャメロンのことがあるにしても何かあると思うのが普通だ」

　そこで義父は嘆息した。

「私は直接息子に会っているし、手紙でのやり取りもしている。こっちが十通書く間に一通返事が来るか来ないかをやり取りと言えるのかどうかはともかくとして、だ」

　フィリオは小さく吹き出し掛けて、誤魔化すように茶を飲んだ。

（ベルさんらしいなあ）

　世の中には、口下手で声に出して喋らない代わりに、長々と文章を書く人もいるというが、ベルはそうではない。他人に意見を言う必要性を感じないのと同時に、自己完結しているからだ。

「だから、私は本当に顔を見に来ただけなんだ。結婚相手を連れてシスまで里帰りするようなウェルナードじゃない。それに私も軍団長の地位にあったから、ウェルナードの地位では軽々しく国を離れられないことも理解している。ならば、こちらから嫁の顔を見に行くのが早いし、筋だ。呼びつけるなどすれば、あの子の気性を考えれば逆にこちらが縁を切られてしまう。さすがに年取った妻を連れて来るには距離があり過ぎるから断念したが、帰ったら詳しく聞かせてくれと頼まれている」

ベルの義母(はは)と義兄姉(きょうだい)たちの目や耳となるつもりだと、義父は笑った。

しかし、養父はともかく養母はベルのことを気にしているのではないだろうか。関係が悪かったわけでないのなら、少しは気に掛ければいいのにと思ったのが顔に出たのか、義父は軽く手を振る。

「いや、気にしなくて結構。あいつらもウェルナードの性格はよく知っている。それに妻も武家の出身だ。本人から連絡がない程度は気に病むことでもない。食い物が合う合わないは、軍人だから気にすることでもないし、それくらいの対処は叩き込んでいる。いざとなれば次期国王婿のキャメロンが何とかするだろうという打算もあったしな」

それに、キャメロン王子が脚光を浴びていたのは王女夫だから仕方ないとしても、当時のウェルナード＝ヒュルケン少年も身分だけならキャメロンの次に高かった。軍功ばかりが表に出て忘れがちだが、血の繋がりはないとはいえ、キャメロン王子の従弟(いとこ)で現シス国王の甥というのは、十分過ぎる身分だ。システリア姓を持っていないにしても、暗黙の了解というものはあっただろう。十代の少年を遠い国まで婿入りする王子につけるくらいの信頼は、その頃からあったわけだ。

「まあ、こんな可愛らしい嫁が出来たなら国に帰ろうとしない気持ちもわかる。キャメロンから聞いたが、あの我儘な息子の手綱をしっかりと握っているそうじゃないか。若いのにしっかりしていると褒めていたぞ」

あの王女夫殿下は一体何を吹き込んでいるのだと、フィリオは赤面した。肌が褐色なので赤く染まったのがわかりにくいのは、幸いだ。

「本当によい嫁でよかった。エメもこれで少しは肩の荷が下りただろう」

特に返事はしなかったが、尾が揺れたところを見ると否定ではないようだ。

「とまあ、私はそれで納得しているのだが……こいつがな」

再びオーボエを見る義父。

「話を聞いてたか、オーボエ。聞いていたならわかるだろう。ウェルナードは好きでクシアラータにいるんだ。悪い女に引っかかったわけでも、クシアラータの王族に騙されたわけでもない、エメが人質……獣質に取られたわけでもない」

二人の様子を黙って眺めていたフィリオは、諭す義父の台詞の中に不可解な言葉が紛れていることに気づき、首を傾げた。

(は？)

思わず動きを止めて、年嵩のベルの従兄を桃色の瞳で見つめた。ちらっとフィリオを見たオーボエは、またすぐに横を向く。失礼な態度だが、それはこの際問題ではない。

不躾だとは思ったが、どうして義父が言うようなことを考えるに至ったのかまるで想像できないのだ。

(ベルさんが悪い女に引っかかる……は、なくもなさそうだけど)

本人は貪欲なクシアラータの女たちから逃げ回っていた。最初にフィリオと出会った時からそうだった。手段を選ばない彼女たちにかかれば、ベルなど手玉に取られてしまったかもという想像は出来ないことはない。

それを考えれば、よくもまあ二十七歳のこの年齢まで貞操を守り抜けたものだと思う。第三王子の談ではないが、結婚した後の初夜がベルにとって初めての性交だったのは、他でもないフィリオ自身が知っていることだ。

（王族に騙されて……は、あり得そうでないのかなあ）

いやいやと思い直す。癖のある方たちばかりだが、とても気さくで性質がいいのは、フィリオの実父ルキニ侯爵からも聞いているし、実際にいろいろと配慮をして貰っているフィリオも知っている。

ベルをクシアラータの国民にするために国王命令で第三王子が動いていたことは知っているが、それを騙すとは言わないだろう。いい加減な人間を結婚相手に見繕うこともなかったし、うっかり忘れていたにしろ十年の間、ベルの自由意思に任せていたのだ。

（エメが人質……。うん、これだけは絶対にないよね）

誰がこの大きな黒い獣を攫うことが出来るというのだ。普段はまるで犬と同じだが、その辺にいるどんな獣よりも強く賢く美しいエメが、軽々と誰かの手に落ちるはずがない。将軍の屋敷で美味い食事を貰っているエメが、やすやすと餌につられるはずもないし、そこらの犬猫と一緒にされては困る。

方法があるとすれば、エメ自身ではなくエメが大切にしているものを使って誘き出すしかないだろうが、報復の苛烈さを考えれば取らない方がいい手段だ。

義父はそれらをよくわかっている。しかし、オーボエのように無理矢理留め置かれていると考える者もいるのだと、初めて知った。

クシアラータからベルを排除しようとする者たちがいるのは知っていたが、まさかのシス国側にクシアラータから引き離そうとする人がいるとは――。

「伯父上、だがウェルナードはシス国には必要な男です。伯父上の後をついで軍団長になり、国を盛り立てる役目がある」

「今の軍団長はお前の兄だぞ。それを押し退(の)けてウェルナードを就かせるというのか？」

「兄上も承知の上だ。ご自分はウェルナードが帰って来るまでの繋ぎだと、常々から公言している」

阿呆(あほう)か、という声が義父の口から聞こえた。

（うん、オーボエ様には悪いけど僕もそう思うよ）

ベルは十七歳でシス国を離れた男だ。当時少年だったベルのどこを見れば、そう思うことが出来たのか不思議でならない。オーボエの兄というからシス国の何番目かの王子と思われる男がそんなことを公言しているとすれば、そちらの方が遥かに国益を損なう問題である。

（それを他国の僕の前で言うんだもの……）

儀礼庁の父ルキニ侯爵の元で手伝いをしていたフィリオは、国の重鎮の発言がどれほど重いかを知っている。何かあれば政敵に揚げ足を取られる世界で、軽々しいことは言えない。たとえ家族親戚であっても、機密は機密、本音と建前を使い分けなければならないことはあるのだ。

それを、一国の王子が暴露するのは……。

「……フィリオ君、今の話は」

「はい。聞かなかったことにします」

「助かる。まさかそんなことを言っていたとは軍団長にあるまじき発言だ。下手すれば冗談抜きで処罰対象だぞ」

「何を言う、伯父上。兄上は本気でウェルナードを……」

「それを軽々しく口にするなと言っているのがわか

らんのか、この馬鹿者が。心の中で思っているだけならいい。身内の前で愚痴交じりに言うのもいい。本気なら本気で、信頼できる相手の前でだけ言えばいい。現実的に不可能な夢を見て口にするのは愚か者のすることだ。ウェルナードに譲るまでもない。そんな軍団長なら部下の中から退任要求が出るぞ」

退任が本意ならそれでもいいが、自分から座を譲るのと、解雇されるのとは意味合いが違う。王族だからと暢気にしていれば、すぐに足元を掬われてしまうのは、どこの国でも同じだ。

だからクシアラータ国の王族はそれぞれが自分の役目を果たすべく、様々な部署に活躍の場を持っている。目立つのは三宝剣の一人で国軍副総裁の第三王子インベルグだが、他の王子や王女も華やかな社交生活の陰では苦労しているのだというのを、王族と話をするようになった最近になって知った。

「だが、伯父上もウェルナードを連れ戻すつもりでシスに来たのではなかったのか？」

「私は一言もそんなことは言ってないぞ？　ウェルナードと嫁の顔を見たかっただけだ。ただ、お前たちがあまりにもウェルナードのことを知らなさ過ぎるから、現実を見せるために代表でお前を連れて来たんだ」

「なぜ俺なんだ？」

「お前が一番ウェルナードに執着しているのが一つ、そしてお前が一番暇を持て余しているからだ」

執着と聞いて、フィリオは眉を寄せた。

「根拠のない噂に振り回されて、ウェルナードの意志を確認もせずに連れ戻そうとするのを、ウェルナードの父親として私が黙って見ているとでも思っていたのか？」

フィリオと話していた時と違い、義父の声には厳しさが含まれていた。怒鳴りはしないものの、非難と怒りを抑えているような声音は、思わず背筋をぴんと伸ばして座り直したくなる威圧感を持っている。

（さすがベルさんのお義父様、怒り方がそっくり）

　引退したとはいえ、嘗て（かつ）の軍団長としての威圧は今もなお健在だ。現軍団長よりも、義父をもう一度その座に据えた方がいいのではとさえ、思ってしまう。

「現実を見ろ、オーボエ。ウェルナードはクシアラータで幸せを見つけた。生きる意味を見出した。周りがとやかく言うのは筋違いもいいところだ。もしも自分の意見をウェルナードが聞き入れると思っているのなら、お前の認識が甘いとしか言いようがない。お前たちはウェルナードに理想を押し付けているだけだ」

　それがなぜわからないのかと、ため息をつく義父はフィリオに頭を下げた。

「身内の揉（も）め事ですまない。だが、こうでもしないと現実を見ないと思って連れて来た。フィリオ君には迷惑を掛けてしまったな」

「いえ、迷惑ではないのでそんなに謝らないでください。僕もベルさんがシス国の方にどう思われているのかを知ることが出来ましたし。ベルさんがいてくれたらもっとよかったんですけど、あいにく視察で首都を離れているんです」

「城で聞いた。だがウェルナードが我々の訪問を知ったら、きっと怒るだろうな。いたらいたでフィリオ君に会わせて貰えない可能性もあったから、どちらがいいとは言えないのだが」

　そんな可能性があるだろうかと考え、否定できないフィリオがいた。とにかく独占欲が強いベルなので、義父はともかくあまり仲がよさそうには見えないオーボエには、フィリオを紹介しなかった気がする。

「もうあと五日もすれば帰って来ると思います。お義父様はどこにお泊まりなのですか？」

「国賓扱いで城に部屋を頂いた。キャメロンが滞在中の世話役も手配してくれている」

「それなら安心ですね」

「まさに至れり尽くせりだな。ウェルナードがいれば、ここに滞在させて貰うつもりだったんだが、それは絶対に止めた方がいい……いや、止めてくれと頼まれたよ」

「……申し訳ありません」

その理由は想像するまでもない。嫉妬である。自分以外の男がフィリオに近づくのをよしとしないベルなら、たとえ義父といえども自分の不在中に屋敷に招き入れることはないだろう。

今のようにただ向かい合って話をしているだけでも、ぎりぎりではないかとフィリオは思っている。身分が保証されている義父がいるからいいものの、もしもオーボエ一人なら、敷地内に入れるどころか門前払いされただろう。


「ベルさんが帰って来るまではいらっしゃるのですよね」

「そのつもりだ。嫁の顔は見たが、まだ肝心の息子の顔を見てはいないからな。それに弟からもキャメロンの様子を見て来てくれと言われている。三十を超えた息子の様子が気になるとは、親馬鹿もいいところだな」

そう言って笑う義父自身が、三十手前の息子のことを気にしてここまで来るのだ。オーボエも事情はどうあれベルのことを気にしていたようだし、シス国の王族は家族への愛情が深いのだろうなとフィリオは思った。

そのオーボエは義父にやり込められた後は黙っているが、眉間の皺が取れていないところを見る限り、納得していないように感じられた。

(だからといって、僕が何を言えるわけでもないんだけど)

ウェルナード＝ヒュルケンに対する幻想を抱き過ぎなのだ、きっと。

（ベルさん、この人たちに一体どんなことをしたらこんなに強い思い入れを持つようになるだろ？）

十七歳の少年ベルが、今と劇的に違って素直で可愛かったという想像は、途中で止めた。むしろフィリオの中では、三歳のベルも十歳のベルも、十五のベルも二十歳のベルも、今と変わらないような気がするのだ。

実に可愛くない子供像が出来上がってしまい、心の中でベルに謝罪する。

（うん、きっと子供の頃は可愛かったんだよ）

義父が腰を上げ、フィリオも立ち上がった。足元のエメも伏せの姿勢からすっと起き、しなやかな体を揺らして扉に向かった。

「急な訪問で驚かせて申し訳なかった」

「いえ、確かに驚きましたけど、でもお会い出来て嬉しかったです」

混乱して焦りはしたが、思った以上に落ち着きのある義父との対話は、ベルの一面を知ることが出来たという点でフィリオには有益なものだった。

これは間違いない。

オーボエについては、今後は関わりを持たない人物なので気にしないことにした。ベルに持っている執着心は気になったが、それが何かを引き起こすほど強い思いには感じられなかったからだ。

玄関で彼らが乗って来た馬が引かれてくるのを待ちながら、義父は言った。オーボエは車寄せの前に出て少し距離があり、声が聞こえることはない。

「ウェルナードが留守の時でないと、オーボエと君を会わせることが出来なかっただろう。ウェルナードは対人関係が希薄で、あまり好悪を露わにはしないがオーボエのことは嫌っている節があってな。そんな相手に大事な嫁を会わせるウェルナードじゃない」

「それはわかります」

「嫌な思いをさせたことが知られれば、私もウェルナードに叱られるな」

「お義父様は悪いことはしていません」

「そうか」

「ベルさんが戻って来たら、今度は三人でお会いしたいです。三人でもいいし、キャメロン殿下も一緒でもいいですし」

「そうだな。それまでは私も城でゆっくりと旅の疲れを癒(いや)させて貰うとしよう」

　本来ならここに泊まってくださいと言いたいところだが、屋敷の主人がいない今、勝手にフィリオが決めることは出来ない。それが血族であろうとベルがよい顔をしないのは、これまでの言動から容易にわかるからだ。

　それに、もしも泊めてよいのであれば、自分が動く前にサイデリートが客室の手配を整えているはずだが、そういう相談も受けていない。つまり、家令的にも「泊めちゃいけませんよ」ということだ。

　クシアラータ以外の国の家庭に置き換えてみればわかることだが、主人の留守に主人以外の男を同じ屋根の下に泊めるのは不貞を疑われても仕方がない。フィリオは将軍の伴侶として、醜聞(スキャンダル)を自ら作り出すような行為は慎まなければならない。

　それがわかっているから義父も、息子であるベルの屋敷への滞在を要求することなく、歓待という名の多少の窮屈さが否めない城に滞在するのだ。

　フィリオとベルへの深い配慮には頭が下がる。

「お義父様」

　階段を下りかけた義父は、フィリオの呼びかけに振り返った。

「僕は日中は儀礼庁に出仕することもあります。城のどこかでお会いした時には、お話に付き合ってくださいますか？」

　驚いた目をした義父は、破顔した。

「嫁との逢引き、悪くないな」


　義父と従兄が乗った馬車が見えなくなると、フィリオは大きなため息を吐き出した。

「お疲れ様でした、フィリオ様」

「サイデリートさん……」

「さあ、まずは中に入りましょう。部屋に戻ったらまた新しいお茶をお持ちします」

「ありがとう」

　緊張が抜け、一気に脱力した体は酷く疲労しているように感じられた。実際に、居間に戻るまでにいつもより少し多く時間が掛かったように感じられた。

　さっきまで姿勢よく座っていた椅子に深く腰掛け、手足から力を抜いてだらりと体を投げ出す。

（行儀悪いのはわかっているけど、少しだけこうさせて……）

　静かに入って来たエメが、お疲れ様でしたと言いたげに手の甲をペロリと舐め、フィリオはお返しにと耳の後ろを掻いてやった。

「エメもありがとう。側にいてくれて。最初はわからなかったけど、牽制してくれてたんだよね」

　フィリオの足元から動かなかったのは、明確な害意は持たないまでも、話の具合によってどう転ぶかわからないオーボエがいたからだ。だから、久しぶりに会った義父に飛びつくこともなく、大人しくフィリオの側から動かずにいた。

　大人しくしているように見せながら、エメは全身でオーボエに伝えていたのだ。

　手を出せば牙を剝く——と。

　フィリオは椅子から降りて床に膝をつき、柔らか

なエメの首を抱き締め、滑らかな黒い毛に頬ずりした。

「本当にありがとう」

　ベルがエメを置いて行くと言った時、フィリオは最初反対した。これまでずっとベルと共に行動していたエメを森屋敷に残すことは、自分にとってはよいことでも、ベルには都合が悪いことがあるのではないかと。

　一日二日の短い間ではない。二十日以上も離れているのだ。婚姻して初めての長期出張は、いつもと同じように出掛けて欲しいと思った。

　首都に残る自分は普段の生活と変わらない。いつも側にいる使用人たちがいて、父親も兄姉妹も同じ都にいる。昼夜を通して警護される森屋敷の中にいて、危険らしい危険はない。

　だがベルは違う。馬で五日の遠い場所まで軍を率いて赴き、滞在日数を含めれば、ひと月近く普段と違う生活を強いられるのである。軍に所属していれば避けられない当たり前のことだとはいえ、長く家を空けたことのないフィリオには、その間の生活が信じられない。

　ただ、ものぐさに見えるベルがこの点で無能でなかったのは幸いだった。長い軍人生活の中で、遠征や巡視を何度も経験しているためか、所持品などの携帯物に関してはフィリオの手助けをほぼ必要としなかった。ほぼというのは、軍務に関する最低限の準備は出来るという意味で、生活用品などの細々としたものは相変わらずフィリオが一つ一つ確認しなければならないからだ。剃刀や携帯用の薬、肌着や靴下など、今までは従卒に丸投げだったと聞いた時には、それでいいのかと呆れたものである。

　私物にこだわらない性格を長所と見るべきか、直した方がいい短所と見るべきか悩むところだ。

「ベルさんが帰って来たら、もう少しよく話をしてみた方がいいかもしれないね」

仕事に関してはフィリオが入り込む余地はないが、一般的な常識の範囲で生活を整えるよう指導するのはフィリオにしか出来ないことだ。

「なんだか心配。ベルさん、ちゃんとやってるかなあ。帰って来た時には無精髭（ぶしょうひげ）どころじゃないくらい伸びてたりして」

十分にあり得るから怖いのだ。

フィリオはエメから離れて椅子に座り、手足を大きく伸ばした。

「帰って来るまであと少し。早くその日が来ないかなあ」

屋敷の使用人は皆、働き者で誠実で、主（あるじ）にも忠実だ。動物たちも多くいて、非常に賑やかでもある。日中はサイデリートがいて、ヒュルケン将軍が不在の間に叩き込めるだけ叩き込むとばかりに、屋敷の主人として覚えなくてはならないことを学習している。

屋敷の切り回しだけでなく、国王から拝領している領地の税収や管理など、覚えることは多い。正しい采配は必須で、それが出来なければ将軍の伴侶として、家を預かる主人としては失格だ。侯爵家とは異なり様々な職種の身分の人たちとの交流も必須だ。これに関してはベルがあまり当てにならない以上、フィリオが頑張（がんば）るしかない。

第三王子や父親のルキニ侯爵という確固たる身分を持つ後ろ盾がいるのが心強い。

それでもだ。フィリオは背凭（もた）れに置いていた柔らかな厚みのあるクッションを抱き締めた。

「早くベルさんに会いたいな」

ベルが聞いたなら、誰が反対したとしても即時帰都を決めたであろうフィリオの憂い顔は、幸いにしてエメしか見ていなかった。

「よお、フィリオ＝キト。あ、今はフィリオ＝ヒュルケンか」

　儀礼庁から財政庁への遣いを済ませたフィリオが城内を歩いていると、正面から歩いて来た赤毛の軍人が片手を上げて近づいて来た。

「こんにちは。インベルグ王子」

　腰に剣を佩いた堂々とした姿は女性のみならず、主に武を嗜む男たちからも熱い視線を集める。文官の男の中には、苛烈な女性の夫になるより第三王子の嫁という名の伴侶になりたいと望んでいる者も多いらしい。これはインベルグの乳兄弟でもあるサイデリートから茶飲み話として教えて貰った事実だ。王族の中で最も表に出る機会が多いのもあるが、本人が気さくで身分の上下関係なく付き合いやすい男だからだろう。

　逞しい体から滲み出る覇気は隠しようもなく、勇猛果敢――獰猛なインベルグとは極力二人だけで話す機会は持ちたくないと思っているフィリオである。第三王子に知られたら、逆に嫌がらせのようにそれを実行されそうだが。

　とはいうものの、たまにベルに余計な知恵を授けることを除けば、フィリオにとって頼りになる男であるのは間違いない。

　第三王子は連れていた部下を先に行かせると、フィリオの顔を覗き込んで尋ねた。

「義父殿との面談はどうだった？　屋敷に来ただろう？」

「はい。軍の偉い人だったとキャメロン殿下に伺っていたので最初は緊張したんですけど、気さくな方だったのでびっくりしました」

「身分も身分だからな。肩書と経歴だけ先に聞けば、俺の部下たちでも緊張するだろうよ」

国王兄で、元軍団長。戦乱時代に上げた武勲は数知れず。

「それに比べれば、ヒュルケンなんざまだまだ小童と言われても仕方がないな。俺も含めてダーイン＝ヒュルケンに並ぶ軍人はこの国にはいない」

「インベルグ王子でもそう思うんですか？」

　フィリオは驚いた。威風堂々、いつでも自信に満ち溢れたインベルグなら自分は負けていないと言うと思ったのに、まさかの劣っている宣言だ。

「当たり前だ。俺はそこまで自惚れちゃいねえぞ」

　苦笑しながらインベルグはフィリオの額を指で弾いた。

「まあ、実際に手合わせすれば俺が勝つだろうが、昔は手合わせ願うたびに転がされたからな。あの屈辱を返したいが、のらりくらりと躱されて未だ実現できず、だ」

　顎を撫でながら言うインベルグ王子の顔は、残念そうな台詞とは裏腹に、楽しげで、にやついている。端正な貌にも拘わらず、笑った方が獰猛に見えると誰もが一度は思う王子の笑顔を出来るだけ正視したくないフィリオは、回廊から見える景色の方へさりげなく視線を流した。

　インベルグは昔の手合わせを引き合いに出すが、二国間の距離を思うと数年単位で過去の話になる。転がされ続けたことよりも、二十歳前後の若者が、当時のシス国軍団長に勝つつもりで何度も向かっていったことの方が驚きだ。

「暇を持て余しているようだから、うちの連中の相手を頼んだら快く引き受けてくれたぞ。ヒュルケンの配下だと後からヒュルケンが怒鳴り込みに来るだろうが、俺の部隊には口を出せないからな。いい機会だから、熟練の男に鍛えて貰うのも悪くない」

　義父の負担にならなければよいのだがと一瞬考えたフィリオだが、城でベルの帰りを待っているだけよりも体を動かした方が気楽なら、インベルグの言うように軍の訓練に混ぜて貰うのもいいかもしれない。

「義父殿もここは初めてではないからな。うちの連中も心得たものだ」

　インベルグのいう「うちの連中」とはおそらく国王一家で間違いない。第一王女の婿であるキャメロンの伯父なら、身内扱いも当然。クシアラータ国に欠かせないウェルナード＝ヒュルケン将軍の父親なら、いつ来ても大歓迎という空気が出来上がっていてもおかしくはない。

「よろしくお願いします、インベルグ王子。ベルさんがいない間、本当なら僕がいろいろお義父様のことを気に掛けなきゃいけないんでしょうけど」

「義父殿も気を遣われるより、上で自由にしていた方がいいんだろう。気にするな、フィリオ」

「はい」

　第三王子は小さく笑った。不慣れな新妻が舅(しゅうと)との距離に悩んでいるのが楽しいのかもしれない。

「まあ義父殿のことはいい。裏表なく、ヒュルケンとお前に会いに来ただけだろうからな。遠征から戻って来たら、ヒュルケンとどうするか相談すればいい。あいつのことだから、放っておけとでも言いそうだがな」

　それは十分にあり得る。だが、

「ベルさんにはちゃんと言います。せっかく来てくださったお義父様と親子の触れ合いをしないなんてもったいないですから」

　不仲な親子ならそれこそ放っておくが、ベルの態度が素っ気ないだけで関係そのものは良好なのだ。そう簡単に会える距離には住んでいない親子なのだから、せめて義父の滞在中は会えなかった時間を埋めるくらい、たくさん話をして欲しい。

　ベルは黙って座っているだけかもしれないが、そんなことは義父も承知だろう。それでもわざわざ会いに来た父親を無下に扱うベルではないと思いたいフィリオだ。

「お屋敷に泊まっていただけたらいいのかもとは思うんですよ。でも」

「それは止めた方がいい」

　即座に否定する台詞がインベルグの口から出たところを見ると、やはり滞在中の同居は危険な行為なのだと思い知らされる。

「ヒュルケンの独占欲を甘く見るな。たとえ義父だろうが、自分の不在中にお前と楽しい生活をしたと知ったら、奴は思い切り拗(す)ねるぞ」

「拗ねる……」

　まさか、と笑い飛ばせないところが悲しいが、確かにベルは拗ねるだろう。拗ねて怒って……宥めるために必要なのは、並大抵の苦労ではないはずだ。

「それがわかっているから義父殿も義兄(あに)上のところにいるんだぞ」

「そうですね……」

「それもあるし、お前を危険から遠ざけるのもあるな」

　フィリオははっと顔を上げた。

「義父殿にはおまけがついていただろう？」

　おまけという失礼な単語を聞いてぱっと思い浮かんだのは、シス国第六王子のオーボエだった。

「あいつ、俺に喧嘩を売ったぞ」

「えっ!?」

　フィリオは驚いて桃色の瞳を大きく見開いた。新雪のような白銀色の髪まで心もち跳ね上がっていた。

　見上げたインベルグの表情は、いかにも機嫌を悪くしましたというもので、背筋がビクッとしてしまう。

「喧嘩を売るって……。そんな命知らずなことを本当にしたんですか、オーボエ様」

フィリオとしては正直な感想を告げたつもりなのだが、見下ろすインベルグの眉は、明らかにフィリオに向かって顰められていた。

「命知らずとまで言うか？　俺はそこまで短気じゃないぞ」

「あ」

口を押さえたフィリオは勢いよく頭を下げて謝罪した。

「申し訳ありません。つい」

つい本音を――と言い掛けて、それはもっと失礼だと言葉が続かない。

そんなフィリオをインベルグは、食事も出来る中庭のテーブルへと促した。ベルと軽口の応酬をしている姿とはかけ離れたもので、不審を抱かせることのない優雅な誘いは、インベルグが王族だというのを再認識するのに役立った。

先にフィリオに椅子を勧めたインベルグは、近くを歩いていた従卒に飲み物を頼んで、フィリオの斜め前に腰を下ろした。

第三王子とフィリオという珍しい二人組に、同じように中庭に集っていた人々から好奇の視線が飛ぶ。三宝剣の一人のインベルグが顔と名を知られているのは当然として、連れているのがあのウェルナード＝ヒュルケン将軍の伴侶とくれば、何事かと気にもなるものだ。

結婚前に城の中で起こった「ヒュルケン将軍激怒事件」の時に居合わせた者も多い上、ルキニ侯爵の息子という名前も有名、歌唱隊時代から知っている人もいるとなると、見ない方が失礼とも言える。

ただし、温厚でしっかり者のフィリオはよいとして、問題はその伴侶にある。将軍が視察のため北東の町まで出掛けているのは、城の中にいれば自然と耳に入ってくるものだ。この二十日ばかりの間、藍紺の髪と青い目、白い肌の将軍の姿がないのは誰もが知っている。

だからこそ、人々は細心の注意を払う。もしもベルの不在中にフィリオに何かあれば、止められなかった者たちすべての上に禍（わざわい）が降りかかるだろう、と。

禍、すなわちヒュルケン将軍の怒りである。精神的なものではなく、確実に物理的な実力行使に出るのは間違いない。

誰が好き好んでそんな目に遭いたいと望むだろう。

よって、第三王子とヒュルケン将軍の伴侶という二人がいても、聞き耳を立てこそすれ、誰も近づこうとはしない。これを保身と言う。

そんな周囲の微妙な反応に気づいているのはインベルグだけで、フィリオは「見られてるみたい」とは思っていても、それ以上は考えない。

あまり長く戻らないと儀礼庁にいるルキニ侯爵が心配するだろうなとは考えたが、それを理由にインベルグの誘いを断れるほど、フィリオは世間慣れしていない。

ガツンと言って拒否していいんですよ、とインベルグの乳兄弟のサイデリートなら言うだろうが、さすがにそれは出来ない相談だ。

従卒が二人分の飲み物を運んで来た。頼んでいないはずの、小さく切った肉を揚げて塩胡椒（こしょう）でまぶした料理と果物が載った皿が一緒だったのは、運んで来た従卒が気を利かせたからだと思われる。

まずは一杯とインベルグはコップの中身半分を一気に飲み干すと、

「さっきの続きだ」

と身を乗り出した。

「さっきのというのは、オーボエ様のことですか？」

「義父殿にどうしてついて来たかの理由は聞いたか？」

「はい。あ、いいえ」

どっちだと胡乱（うろん）な目で見られ、フィリオは慌てて続けた。

「はっきりとこうだというのはお義父様も言わなかったんです。ただ、ベルさんを連れ戻したいと思っている人たちがシス国にはいて、オーボエ様もそのうちの一人のような話し方をなさってました。だから、ベルさんを連れて帰るつもりでお義父様について来たのだと思います。お義父様の方は、ベルさんが自発的にクシアラータの国民になったことをオーボエ様に見せて、それで諦めさせるつもりじゃないかと思いました」

ただ、ベルの意志を尊重する義父のようにすんなりと諦めてくれるかどうかは、わからない。実力行使に出られても、ベルがオーボエに負けるとは思えないが、不貞腐れたとしか言いようがない森屋敷での態度を思うと、大人しく引き下がる男にも見えないのだ。

「どうしてそこまでベルさんを引き立てようとするんでしょうね。オーボエ様はシス国の王子殿下なのに」

身分のことを言い出せばキリはないし、あまり身分の上下の関係から考えるのは好きではないが、元王族の義理の息子でしかないベルを推すには、少し執着し過ぎではないかと思うのだ。

しかも、ベルがシス国を離れたのは今のフィリオと同じ十七歳の時。それから十年も経っている。今のベルをよく知らずに、オーボエの兄もよくも簡単に軍団長という地位を譲ろうと思うものだ。

「お前にしたら疑問だろうな。いくら優秀な子供でも、時が経つと劣化することもある。むしろ早熟過ぎて、熟れて落ちてしまうのも早いことの方が多い」

何も特別な例を挙げるまでもなく、普通に身の回りにはそれと似たような事象がたくさんある。子供の頃は足が速かったのに大人になれば並以下、天才や神童と呼ばれずば抜けた知能を持っていた子供が成長途中で他の子に追い抜かれた――などというのは枚挙に暇（いとま）がない。

　フィリオ自身も、歌唱隊の中ではうまいと言われてきたが、他の人よりも前後の差が小さいながらも声変わりをしたし、子供の頃と同じ声が出せなくなり一線から引く者もいる。

　ベルの場合は、十代前半の頃から武術に優れ、現在も引き続き成長し、その強さの伸びはまだまだ続くと思われる。フィリオの贔屓目（ひいきめ）ではなく、第三王子や聖王親衛隊長という目の肥えた武人が言うのだから間違いない。

　ただ、そんなベルの成長は近くで見ているからこそわかるもの。また、伝聞ではなく実際に「見て」いるから、先の成長までも信じることが出来るのだ。

　しかし、シス国にいればそんな成長具合をつぶさに見て知ることはない。かといって、ベルの性格上、オーボエとそこまで親密だったようには思えない。

「前にキャメロン殿下から聞いたことがあります。殿下の兄弟姉妹様方はベルさんを可愛がって構っていたけれど、ベルさんの方は懐くことはなかったと」

　だから第六王子のオーボエも例外ではないはずだ。もしも仲がよかったのなら、キャメロンがそれをフィリオに伝えていないわけがない。

「俺もそう聞いている。ああ、最近じゃないぞ。もう三年は前だな。酒の席でシス国の話になって、その流れで義兄上やヒュルケンの若かりし頃のあれこれで盛り上がった時に」

「あれこれ……」

　一体どんな話題で盛り上がったのやら。おそらくは女性の前では口に出来ない話だっただろう――と思いきや、

「姉上が一番楽しそうだったな、あの時は。根掘り葉掘り訊（き）かれたヒュルケンにはさすがに俺も同情したぞ」

高貴な若い女性が一緒だったらしい。

さすがインベルグの姉と言うべきか、それとも次期国王と言うべきか。クシアラータの女性が強いという定説が証明されただけのような気もするが……。

「その時の話を知りたいか？」

頬杖(ほおづえ)をついたインベルグに問われ、フィリオは少し迷いながらも正直に頷いた。

「義兄上が同席できる時にでもしてやろう。と、今はそれよりもおまけ王子の話だ」

（おまけ……）

インベルグの中でオーボエの格は、かなり下の方にあるようだ。

「本題に入ると、おまけ王子はヒュルケンをかなり崇拝しているらしい」

「崇拝、ですか？」

「そうだ。崇拝だ。幼い頃から圧倒的な強さを見せていたヒュルケンに対しての憧憬というよりは、盲目的な崇拝だと義兄上は言っていた。それが証拠に、婿入りのために国を出る時に、相当激しく罵倒されたそうだぞ」

「罵倒されたって……もしかして殿下がですか？」

「キャメロン第一王女夫殿下で間違いない」

「どうして……あ、もしかしてベルさんを一緒に連れて行くからですか？」

「その通り。それはもう激しいものだったらしいぞ。口では罵詈雑言(ばりぞうごん)、出立間際まで足にしがみついて離れなかったというから相当だな」

「足に……」

誇張にしても大事(おおごと)だが、誇張でないならもっと大事だ。はっきり言って、やっていることは幼子が駄々をこねているのと同じ。

「ちなみにだ。そんな光景を前にしながら、ヒュルケンは表情一つ動かさなかったらしい。泣き落としは完全に無効だったってわけだ」

それもものすごい絵図であるが、フィリオには一つ気に掛かっていることがあった。いや、気になることが出来たというべきか。

「インベルグ王子、お話の途中ですけど一つお聞きしていいですか？」

「この話題に関係あることか？」

「はい。あの、オーボエ様ってお幾つなんでしょうか？　僕はベルさんよりも二つ三つ年上の方だと思っていたんですけど、王子の話を聞いているとなんだか、ベルさんよりも小さな子供の姿が浮かんで来るんです」

「さすがだな、フィリオ＝ヒュルケン」

インベルグは揚げ肉を口の中に放り込み、にやりと笑った。

「まさにその通り」

「ということは、やっぱりベルさんよりも年下なんですか……？」

まさかの思いで尋ねると、間違いないと首肯するインベルグ王子。

「……お年をご存知なんですよね？」

「ああ。義兄上に聞いて何度も確認した。その都度答えは一緒だった。二十二歳らしい」

さあ、聞いて驚けフィリオ＝ヒュルケン。

そんな芝居がかったインベルグ王子の台詞は、フィリオの頭の中に入って来なかった。

（二十二歳……。え？　嘘でしょう？　嘘だよね？　あの人がそんな若いわけないよね……？）

混乱したフィリオは助けを求めるようにインベルグを見つめた。もしかすると受けた衝撃のあまり、涙で瞳が潤んでいたかもしれない。

「おいっ、泣くな」

慌てたインベルグ王子の声がして、顔に手拭いのようなものが押し当てられる。さすが王子、身に着けるものはどれも上等で洗濯が効いている。

「……ありがとうございます、インベルグ王子」

「そんなに驚いたのか？」

「はい」

三十代の前半という推定も、少し補正を入れて甘めにしていたつもりだ。キャメロン王子の弟だからそこまで下げたのであって、弟だと知らなければ四十代間近だと思っていたかもしれない。冗談ではなく、それほど草臥れた枯れた感じがしたのだ。

「じゃあ、ベルさんと別れた時には、本当にまだ十二歳の子供だったんですね」

「だから、余計にウェルナード＝ヒュルケンという男を理想とするんだろうと、義兄上は言っていた」

強く凜々しかったウェルナード少年。無愛想で他人に興味がないのは、寡黙で思慮深いというようにオーボエの中で変換された。冷たく突き放されるのも、鍛えてくれているものだと勘違いした。

「そうそう、それにね。いつも自分を見てくれている、つまり想っていてくれると自己変換していたんだよ、あの子は」

突然入り込んで来た声の主キャメロン殿下は、そのままフィリオたちと同じテーブルの椅子に腰掛け、悩ましげなため息をついた。

「ウェルナードが見ていたのは、自分に付き纏うあの子をどうやって撒こうかと考えていた時だったり、どうやったら消えてくれるんだろうかって物騒なことを考えていた時だったりなんだけどねえ」

「それを本人に言ってやればよかったんじゃないのか？」

もっともな疑問に、キャメロンは緩く首を振った。背後にはキャメロンの護衛を担当する衛士が三人いるが、少し離れたところで待機している。インベルグがいる以上、危険が間近に迫ることはないだろうという信頼があるからだ。

「言いましたとも。お前はウェルナードに相手にされていないのだから、手酷く振られる前に自分から身を引け。弁(わきま)えろってね。そうしたらオーボエ、なんて言ったと思う？」

（兄様の方が邪魔だって言ったのかな？）

「お前より俺が相応(ふさわ)しい、か？」

フィリオが頭の中で、インベルグが声に出して言うと、キャメロンは薄(うっす)らと笑みを浮かべた。

「オーボエは言ったよ。ウェルナードは恥ずかしがっているだけだって。自分のことを特に気にしてくれて、とっても仲良しだから、何を言っても何をしても許されるんだって。あれは私の婿入りが決まる前だから、ウェルナードが十五くらいで、オーボエが十歳くらいか。自信たっぷりに言ってくれた。それから、インベルグが言ったようなことも言われたな」

「おい」

インベルグは眉間に深い皺を刻んだ。

「義兄上の弟だけど言わせて貰うぞ。あいつ、おかしいだろ？」

おまけ王子呼ばわりしていて今さらだと思ったが、フィリオもオーボエの思い込みの激しさは気になった。そこまで思い込める何かきっかけや会話が二人の間にあったのならまだわかるが、キャメロン側から見た時に、二人の間に会話が成立したことすら稀(まれ)ではないかというのだ。これで誤解する方がおかしい。

頭の中で自分に都合のいいように何もかもが変換されたまま今の年齢になったのなら、力と行動力がある分、たちが悪いのではないかと急に心配になって来た。

「殿下、ベルさんは大丈夫でしょうか？　お義父様の話だけで納得してくれるとは思えなくなってきました」

「ウェルナードが無理にクシアラータに留め置かれ

ているという根拠のない噂話だろう？　私も何度も言っているんだけど、信じようとしないんだ。今回に限らず、前々からシスの家族には手紙を送って、ウェルナードは充実して過ごしていると書いているから、そこまで妙な曲解をする余地はないはずなんだよ」

「それなのに、おまけ王子――オーボエは信じない。夢の世界にでも行ってるんじゃないのか？」

　失礼ながらフィリオもそう思った。自分に都合がいいように作られた幻のベルを求め過ぎるあまり、本物のベルを見ていないことに気づいていない。

「伯父もそんなオーボエをわかっているから連れて来たのかもしれないね。はっきり失恋させてやれば目が覚めるかもって」

「し、失恋!?」

　フィリオは目を見開いた。今日はもう何度目のことだろうか……。

「言葉のあやだから気にしないでいいよ、フィリオ」

　キャメロンは軽く手を振って苦笑したが、逆にインベルグは「あり得る」と頷いた。

「わからねえぞ。もしかすると本気かもしれない。本人無自覚の本気の恋愛は、自覚したら怖いぜ？」

　それは経験から来る感想なのでしょうかと思ったが、尋ねるのは止めた。それよりも、今後のベルとオーボエの関係をどうするかの方が重要だからだ。

「お義父様は仰ってました。ベルさんに一番執着しているのがオーボエ様だから、現実を見せるために連れて来たと」

「ああ、やっぱりそうだろう。言葉で言っても通じないんだから、現実を見せる必要はある。一人で勝手にここまで来られるよりも、伯父上が紐に繋いでいてくれる分、こちらも楽だな」

　それはもう深いため息をつくキャメロンは、本当に困っているのだろう。王子で、実の弟で、それなりに優秀な部類には入るだろうに、ただ一つ、ウェルナード＝ヒュルケンのことに関しては、妙な思い込み補正が掛かるのだ。

「何かの術に掛かっていると言われた方がましなことってあるよね……」

悩ましげな第一王女夫殿下の姿は、インベルグやフィリオ同様、激しく人目を引く。ここに聖王親衛隊長のナイアスがいれば、さらに華やかになったことだろう。中庭で会議でも開かれているのではないかという噂が、瞬く間に城内を駆け巡ったに違いない。

「それでどうするんだ？　義兄上の弟殿下については」

「私としては早くにシス国に帰って貰いたいんだけど、あの調子だとウェルナードに会うまでは帰る気はないだろう。会ったら会ったで、連れて帰ると大騒ぎになるところまで想像出来てしまうのがもう……」

そしてまたため息だ。

「殿下、オーボエ様はどちらに？」

「伯父上に任せて来た。どうせ何もすることがないのならと言って、訓練場に引っ張って行ったよ。インベルグ、別に構わなかったかな？」

「構わん。ヒュルケンが帰って来るまでそれでいい。悪巧みが出来ないくらい疲れさせておけば、後が楽だからな。日中は義父殿に任せて、性根も一緒に鍛え直して貰うとしよう」

「でもインベルグ王子の部隊でしょう？　お邪魔になるんじゃないでしょうか？」

義父はともかく、オーボエがいては他の兵士たちの士気に関わるのではないかという心配がフィリオの中にはある。オーボエのことを心配するというよりも、シス国の人間に対する反感が大きくなり、その結果、キャメロンやベルのクシアラータ国内での立場が悪くなることを気にしたのだ。

「その点は気にしなくてもいい。むしろ俺の指導がなくなって、連中喜んでいるかもな」

「それはつまり？」

「俺の指導の方が厳しいってことだ。シスの元軍団長の強さや指導力には学ぶべきところが多いが、さすがに自国外だと遠慮が働くようだ。多少手を抜いている」

「多少……ですか」

　果たして彼ら軍人が言うところの多少がどの程度の手抜きなのか、フィリオにはまるで想像つかないが、厳しいと言われる義父の上を行く厳しさで、インベルグが普段から部隊の訓練を行っているというのはよくわかった。

「おまけ王子も、あんまり寝惚けたこと抜かすようなら、俺が直々に手を掛けてやろうとは思ってるんだがな、どうだ義兄上」

「構わないよ。存分に鍛えてやればいい。どうせなら、兄もまとめて鍛えて貰えるとありがたいくらいだ」

　兄と言われて跡取りの第一王子かと思ったが、すぐにそうじゃないと思い直す。現在のシス国軍団長で、ベルに地位を譲ると公言していた王子だろう。

「インベルグに鍛えられるまでもなく、伯父上が国に帰れば望み通り軍団長の座から降りる——降ろされることになりそうだけどね。後釜は、ウェルナードの義兄である伯父上の息子か弟子あたりの優秀なのを据えることになるだろう。国としては、別に王族じゃなくても、やる気のある強い軍団長なら問題ない」

　既にシス国から離れたキャメロンだが、兄弟の自己本位な考え方が腹に据えかねるようだ。

（自己本位って言ったらベルさんほど、好き勝手にしてる人はいないと思うけど）

他の人に迷惑を掛けないように言い聞かせなくちゃと、フィリオはここにいない夫を思った。

「とにかく、フィリオは何も気にしないでいいからね。オーボエのことは私が責任を持って対処するから、ウェルナードの方を頼む」

「ベルさん、何かしましたか？」

「まだ何も。でもオーボエの態度によっては、ちょっとした騒ぎになるかもしれない。そうならないように、帰国まで私と伯父上が見ているつもりだけど、何がウェルナードを怒らせることになるかわからないからね……」

「殿下、ベルさんが怒るのは前提なんですね……」

「そう思っていた方が楽だろう？」

うんうんと頷くインベルグを見てフィリオは思った。

（インベルグ王子は騒動を起こす方に分類されていますよ！）

と。

そんなことを考えていたフィリオにキャメロンは憂い顔で口を開いた。

「私が最も恐れているのは、オーボエが君に手を出すことだよ」

優しげな顔立ちのキャメロン殿下にはこういう表情も似合うなと思いながら、フィリオは首を傾げた。

「僕に、ですか？」

「ああ、それは俺も懸念していた。ヒュルケンを取り戻そうと思った時に、真っ先に排除しなければならないのはヒュルケンの伴侶、つまりお前だ。フィリオ＝ヒュルケン」

「排除したからといって、ウェルナードがシスに戻るわけでも、オーボエを褒めるわけでもないのにね」

「そうは言っても相手が聞く耳を持たないなら、注意し過ぎることはない。出来れば一人歩きはしない方がいい。出仕する時にはルキニから離れないようにして、出歩く時には誰かをつけろ。エメを置いていっただろう？　ヒュルケンは」

「はい。今は儀礼庁で待っています」

「城の中は遠慮しないで連れ回していい。ヒュルケンもいつも連れているんだから、今さら誰も文句は言いやしないさ。何しろ、幻獣だからな」

「そうだね。エメが大事なのはウェルナードで、ウェルナードが大事なのはフィリオだ。それに、主に命じられなくても、彼女は自発的に守るはずだよ」

「エメの出番がないのを祈るばかりだな」

「もちろんそれが一番いい。伯父上の監視から逃げ出さないよう、こっちも注意しておくよ」

　でも一番いいのは、あの子が何もしないで早く国へ帰ってくれることなんだけどね、と言ったキャメロンの声には疲れが混じっていた。

　今になって思えば、義父が城に泊まったのも最初から森屋敷で世話になる気はなく、キャメロンと二人でオーボエを監視する意味があったのだろう。

　ウェルナード＝ヒュルケンの伴侶を守るために。


　そんな会話をした翌々日。

「フィリオ！」

　真っ直ぐに駆けて来たベルは、長い脚で生垣を飛び越えると、そのままフィリオに突進して抱き着いた。

　フィリオの護衛をしていたエメでさえ一瞬驚いたほどの早業だった。

「ベルさん!?」

　昼日中の王城、しかも出入りの多い軍務庁前だ。大勢の関係者が出入りする中での抱擁は、嫌でも目に付く。しかも一人は、軍務庁の実質的な最高責任者でもあるウェルナード＝ヒュルケン将軍となれば、目を皿のようにして眺める者が多数。

将軍がここにいるということは、視察に出ていた部隊が戻って来たということで、それに気づいた軍務庁関係者たちはにわかに動きを慌ただしくした。

庁舎があるのは城の奥だが、兵士たちの宿舎や厩(きゅう)舎(しゃ)など実働に関する部署は城門の近くにある。今頃は続々と帰城する兵士たちで混雑しているはずの城門へも、増援が向かった。

そんな中、フィリオはまだ自分を抱き締める腕の中にいて、伴侶が無事に戻ったことを実感していた。

「ベルさん、どうしてこんなに早く帰って来たの？　予定では明日のはずじゃなかったですか？」

遠征に出掛ける前の晩、ベルと二人で暖炉の上に小石を並べた。小石の数は三十。毎日一つずつ籠に移して、すべてがなくなればベルが帰って来る日という約束でもあった。

昼過ぎに、屋敷を出る前に残っていた石は一つ。だから、今晩までは一人で寝るが、明日の夜には二人揃(そろ)って屋敷で眠ることが出来ることを思いながら、城にやって来たのだ。

「予定を一日繰り上げて、帰って来た。もう、フィリオが心配で心配でたまらなかった」

抱き着いていた腕を離し、ベルが顔を覗き込む。頬を撫で、目を見つめ、どこにも異変がないかを確認するように。

「僕は大丈夫。何も変なことはなかったよ。怪我(けが)もしていないし、病気もしていません」

「そう？」

「でも少し痩(や)せた気がする」

「そう」

「気のせいだと思うけど」

「フィリオのことはフィリオよりも俺の方がよく知ってる。だから心配だった」

「ベルさん……」

心の底からフィリオを案じるベルの埃(ほこり)で汚れた顔に、フィリオはそっと手を添えた。

「僕よりもベルさんの方が痩せたと思う。美味(おい)しいもの、たくさん食べました？　ゆっくり眠れた？」

懐かしいベルの匂いに包まれて、フィリオはほっとしながらも伴侶のことが気になった。

「美味いものはあんまりなかった。でも、フィリオが好きそうなのは買って来た」

屋敷に届けさせたと言っていたから、サイデリートや料理人のパリッシュがきっと片づけをしてくれているだろう。

「夜は寂しかった」

ベルはフィリオに回した腕に力を込めて、もう一度感触を確かめるかのように何度も触れた場所を撫でた。

「フィリオがいない。フィリオがいないから眠れない」

「ベルさん……。僕も寂しかった。ベルさんがいないと、寝床が広過ぎて寒かった」

「フィリオ……」

抱き合ったまま顔を上げ、二人は微笑み合った。

そして自然に寄せられる顔と顔――。

その距離がゼロになる直前、

「ここは公の場だというのを忘れたわけではないだろうな」

誰一人として口を挟むことが出来なかった夫婦の間に投げかけられた涼やかな声。

「ナイアス……邪魔するな」

聖王親衛隊長ナイアスだった。煌(きら)めく銀髪を揺らしながら近くまで来たナイアスは、睨(にら)むベルに小声で囁いた。

「向こうでお前たちを睨んでいる男がいる」

向こう、と親指が指した方には二十人以上の兵士たちが集まっていた。各庁舎共通で利用されている

食堂で食べた帰りか、鍛錬帰りという男が多数と女が少し。

　その中に、見知った顔を認めてフィリオは「あ」と小さく口を開いた。声に出したつもりはないのだが、フィリオに関しては特に勘のよさを発揮するベルは、集団の中にフィリオが気にする人物がいるのだと気づき、すっと目を細めた。

「……オーボエ」

　十年の間、一度も顔を見ていないにも拘わらず、ベルはシス国の服を着た大柄な男が自分の従弟だとすぐに気がついた。その後ろには、父親のダーイン＝ヒュルケンがいて、フィリオに向かって「大丈夫だ」というように頷くのが見えた。

「ウェルナード！」

　この場の緊張にまるで気づいていないオーボエが、ベルに向かって駆けて来る。つい先ほどフィリオに向かって突進してきたベルに勝るとも劣らない勢いだ。

（お義父様、止めてくだされればよいのに……）

　手を出すだけで止めることが出来たはずの義父は、腕を組んでにやにやと笑いを顔に貼り付けて、こちらの様子を眺めている。

　もしもフィリオ一人しかいなければ、盾になってくれただろうが、今はベルがいる。そして、ベルが自分を慕う年下の従弟にどのような対応をするか、それだけが気がかりだった。

　屋敷で会った時とは別人のような笑顔でベルの前に立ったオーボエは、初恋の人に再会した少年のような笑顔を浮かべ、逞しく大柄な肉体を心なしかもじもじさせながら、嬉しいのを隠そうともしない弾む声で言った。

「久しぶりだな、ウェルナード。お前がちっともシスに帰って来ないから、心配していたんだ」

　ベルは何も言わず、フィリオを腕に抱いたままオーボエを見ている。見つめているのではない。見ているだけで、冷めた青い瞳の中に従弟と同じ感情はない。

「――お前を迎えに来たんだ。もうそろそろ国に戻ってもいい頃だと思ってな。本当はもっと前に来たかったんだが、親父（おやじ）が許してくれなかった。だけど、お前が結婚したと聞いてどうしても連れ戻さなくてはいけないと思った」

「なぜ」

短く発せられたベルの言葉は一言であっても、オーボエには天上の音色のように聞こえたのかもしれない。それほど嬉しそうな笑みを浮かべたのだ。老けて、ベルよりも年を取って見えた男の姿はそこにはなく、まるで子供のように全身で喜びを露わにしている。

「お前がシス国に帰れなくなったのは、結婚したからだろう？　結婚してクシアラータに縛り付けられて、それで帰れなくなったんだろう？」

結婚を急がせたのはヒュルケンだぞ。

そんな声が微（かす）かに聞こえたフィリオが振り返ると、後ろの方にインベルグの姿が見えた。さらにその陰に隠れるように、キャメロンと第一王女の姿も見える。

物見高い王族が、この騒動を見逃すはずもなく、フィリオは早めに何とかして欲しいという願いを込めて、ベルの袖をぎゅっと握った。

それをベルはこう理解した。

フィリオは早く二人きりになりたいのだと。

必ずしも間違っているとは言えないのだが、結果として、ベルが取る行動は同じでしかあり得なかった。

「黙れ。フィリオを求めたのは俺だ。俺がフィリオを貰った。ここに残るのも俺の意志。俺に命令できるのは俺以外にはフィリオだけだ」

——さすがヒュルケン将軍、言い切った！

声はシス国王子の誰かだろう。

——あら、私の立場はどうなるのかしら？

これは……国王だ。確かに、国の頂点に立つ国王からすれば、命令を下しても従ってくれない臣下は困るだろう。

フィリオは思った。

（あとで国王陛下に謝罪に行かなくちゃ）

と。

そんなフィリオの心配と気遣いをよそに、ベルとオーボエの温度差は大きくなるばかり。早く言えば、ベルの方の機嫌が見る間に低下して、周辺の精神的体感気温をかなり下げているからだ。

直に氷の柱が幾つも立ちそうな、そんな雰囲気である。周囲の誰もが気づく中、一人だけ気づいていないオーボエの鈍感さに感心する。

「ウェルナード！　俺の話を聞けよ！　国に帰ろう、な？　お前のために軍団長の座も用意した。新しい屋敷も作らせる。地位も金も屋敷も、欲しければ他にも——」

「いらない」

どうしてもシス国へ連れて帰りたいオーボエの熱弁は、冷めたベルの声で遮られた。

「そんなものはいらない。俺がいるのはフィリオだけ。フィリオがいればそれでいい。フィリオがいない場所には行かない」

言った後で、足をパシリと叩く黒い尾に気づき、

「エメも一緒に」

と付け加えたのが、なんだか可愛らしいと思ったフィリオは、心が一気に軽くなるのを感じて、ベルの袖を引っ張った。

「ベルさん、ウェルナード」

「どうした、フィリオ」

「先に家に帰りましょう。まだ城で仕事が残ってい

るなら、それまで待つけど、もしも帰っていいのなら帰りましょう」

「仕事は……」

ちらりとインベルグの方を見たベルに、第三王子は鷹揚(おうよう)に頷いた。

「ステラッセルトの三十年葡萄酒(ぶどうしゅ)」

「用意する」

酒を贈答することで、一日の余裕を手に入れた。

「ウェルナード！」

なおも言い募るオーボエを、

「煩(うるさ)い」

と黙らせたベルが、エメを従えフィリオの肩を抱いて歩き出す。追いかけて来る気配を感じたフィリオは、くるりと振り返った。

「オーボエ様、ベルさんは長旅から帰って来たばかりで疲れています。お話はあるかと思いますが、今日はご遠慮ください。明日、いえ明後日(あさって)以降ならウェルナードも話を聞けると思いますから」

これはフィリオなりの譲歩だ。衆人環視の中でこれ以上、ベルを見世物にする気はない。それに、話の内容によっては、シス国の王子がクシアラータ国へ暴言を吐く恐れもある。

「その通り。オーボエ、ここはフィリオの言う通りに引きなさい。それが出来ないなら、私はお前を引き摺(ず)って国境まで行く用意がある」

キャメロンが常になく凛々しく言い、

「フィリオ君の言う通りだ。ウェルナードのことを考えれば、どうすればいいのかの判断はつけられるな？」

追い縋(すが)り掛けたオーボエの肩をがっしりと摑(つか)んで言うのは義父。その隙にさっさと城を出ろという合図に感謝を込めてフィリオは頭を下げ、ベルの腕を取って促した。

それで歩き出したベルだったのだが、

「思い出した」

急にそんなことを言って立ち止まったものだから、全員の視線が集まる。

「ベルさん？　何を思い出し……んっ！」

ベルが思い出したもの。それは、愛する嫁への熱烈な口づけだった。

ウェルナード＝ヒュルケン将軍は絨毯の上に膝を曲げて座り、項垂れていた。所謂正座である。

「……足が痛い」

悲痛な声で訴えるも、この姿勢を崩す許可がフィリオの口から出ることはなかった。

首都にあるベルの屋敷——通称森屋敷。先ほど王城から帰宅した主とその伴侶を迎えた家人たちは、馬を降りた後で一人ずんずんと歩くフィリオの後を、慌てて追いかけるベルという姿に目を丸くした。

さらにその後、主が叱られる様を目撃した彼らの表情は、

（やれやれ、また旦那様がフィリオ様に叱られている）

と微苦笑交じりのものであった。

森屋敷の使用人たちはこの無口で偏屈な主には慣れていた。溺愛する伴侶を得て、否、得る前から手元に置いて可愛がりたくて仕方がないというのを態度に出し、なおかつ独占欲を隠そうともしないので、微笑ましい日常の光景として認識するようになっている。

さらに、森屋敷の主人の一人として、領地や資産管理などに必要な知識を得たいフィリオのために、インベルグ王子が派遣している家令サイデリートがパチンと手を叩きながら、

「ヒュルケン将軍のことはフィリオ様にお任せしていれば間違いありません。さあ、私たちは仕事に戻りましょう」

と言えば、さもあらんと通常任務に戻っていく。

他都市視察という長期出張から帰って来た主に構って欲しがっていた屋敷内の犬猫たちは、屋敷で一番優秀な幻獣エメが庭に遊びに誘っている。

その時に、ちらりとベルの方へ視線を走らせたエ

メが、仕方ない子だというように、二股に分かれた長い尾を揺らしながら、養い子を振り返っていたが、フィリオに叱られているベルが気づくことはなかった。

どうしてベルが叱られているかというと、王城の衆人環視の中で熱烈な接吻をフィリオにしたからだ。

「ベルさん」

小柄なフィリオは腕を組んで立ち、眼下の伴侶をじっとりと睨んだ。

「はい」

「大勢の人がいるところでどうしてあんなことをするの。もう恥ずかしくてしばらくお城に行けなくなっちゃったでしょう？」

例えばそれが同じ城内であっても、人が見ていない場所なら百歩譲って許そう。だが、シス国からの客人である義父ダーイン＝ヒュルケン元軍団長や第六王子オーボエと直前まで口論していて、それを王族まで出張って来て注目を集めている中での口づけである。

頬ではない。唇と唇をくっつけて、咥内をねっとりと舐め上げるというそれはもう熱烈濃厚なものだった。

そう、それが見られていなければ多少文句は言っても、そこまでフィリオは怒らない。恥ずかしいが、ひと月ぶりにやっと会えたベルとの再会を、誰よりも心待ちにしていたフィリオには、待ち望んだ触れ合いでもある。

（確かにベルさんが帰って来て嬉しくて、つい流されてしまいそうだったけど……）

一日早めの帰還は、それくらい嬉しかったのだ。

聖王親衛隊長ナイアスに止められなければ、あのままお帰りなさいの接吻をしてしまっていたかもしれない。その点はフィリオにも反省材料だ。

だが何度も言うように、それは決して衆人環視の前ですべきことではない。フィリオしか目に入っていないベルにはどうでもいいことなのかもしれないが、一般的な良識を備えて育って来た良家の子息であれば、そう簡単に許せる暴挙ではないのだ。

そう、たとえ青い瞳を悲しそうに揺らして、先ほどからフィリオをじっと見つめていたとしても。

（ダメだよ、僕。今ここで簡単にベルさんに絆(ほだ)されてしまったら、絶対にまた同じことを繰り返すに決まってるんだから！）

人前での抱っこや抱擁はまだいい。慣れたくはなかったが、慣らされてしまった。しかし、接吻はいけない。頬にするような微笑ましいものなら、恥ずかしいがいくらでも歓迎しよう。

「ベルさん、どうして僕が怒っているか本当にわかっていますか？」

王城で接吻された後、羞恥と混乱で頭の中が真っ白になっている間に、荷物のように――かわからないが、抱えられたフィリオが気づいた時には、城門は既に潜り抜け、森屋敷を目の前にしていた。

馬上ではベルの膝の間に横座りに抱かれ、見上げたベルは上機嫌で、歌でも口ずさみそうに見えた。

歌を歌うベルの姿など想像出来ないし、万一そんな姿を見掛けようものなら、気絶する人が続出するだろう。

寡黙な将軍。

その将軍が表情も態度も何もかもを変えて接するのが自分だけなのは、フィリオはもう自覚している。

だからこそ、傍若無人に振る舞うこの将軍様を躾(しつ)けるのもまた、嫁たる自分の役目なのだと、齢(よわい)十七にして悟っている次第だ。

「フィリオを攫ったから？」

「違います。それもあるけどその前です」

「わかった！」

ベルはハッと顔を上げると、その表情に剣呑(けんのん)な色を浮かべた。

「オーボエを始末出来なかったからだ！」

　そうに違いないと膝の上に乗せた拳に力が入り、青筋が立つのが見えた。

「訳のわからないことばかり言って俺たちを離れ離れにさせようとして、フィリオを悲しませたあいつをさっさと片づけなかったから怒ってるんだ」

「ベルさん……」

　フィリオは額に手を当てた。

（確かにあのオーボエ様の言い分には腹が立ったけど、でもそうじゃなくて……）

　もしもフィリオが許すのならば、今すぐに立ち上がって義理の従弟を目に入らない場所にやってしまおうと言うかのように、ベルはソワソワしている。

　早くフィリオのお許しが出ないかと、待ち構えているベルには悪いが、それよりも先にすべきことがフィリオにはある。


「ベルさん、それも違います」

「まさかオーボエを許すのか？」

「そんなことはありません。でも、お義父様もいらっしゃるから、そこは任せていいと思うんです。これ以上ベルさんや僕に何かするなら、すぐに連れ帰るって言っていたから」

　そう言うとベルはむっと眉を寄せた。まさかオーボエに対して何もしてはいけないと言ったことを不満に思っているのかと想像したフィリオだが、

「俺よりもダーインの方が頼りになるのか？」

「は？」

「ダーインがいるから平気なのか？　……俺よりもダーインの方がよくなった？」

「ベルさん……」

　屋敷に戻って来て何度目かわからないため息をフィリオはついた。今のところ、最大のため息は間違いなく今のだろう。

「一体どこをどうしたらそんなことになるんですか？」

「オーボエのことはダーインに任せればいいと言ったただろう？」

「それだけで？」

ベルは頷いた。そして、さすがにそれだけでは言葉不足と自分でも思ったのか、付け加える。

「俺がいない間に親しくなったんだろう？」

「親しくというのならそうですけど、でもベルさんのお義父様でしょう？　ベルさんのこともクシアラータ国のことも、僕のことも理解してくださってる。ベルさんは、僕とお義父様の仲がよくない方がいいの？　僕は仲よくして貰える方が嬉しいよ？」

「浮気は？」

「するわけないでしょ！　もうっ！　ベルさんは僕を何だと思ってるの？」

「フィリオは可愛い。だからダーインが気に入るのはわかる。でも俺以外を見て欲しくない」

「それは無理だよ。だって世の中にはたくさんの男の人や女の人がいるんだもの。僕、目を閉じていなくちゃいけなくなるでしょう？　ベルさんは僕がお屋敷の外に行くのはあんまり好きじゃないみたいだけど、でも僕はお城も好きだし、実家も好き。それにね、ベルさん」

フィリオは椅子に座り、ベルの藍色の髪に手を乗せた。長い距離を移動して帰って来たばかりのベルはまだ軍服で、髪は少し埃を被って白くなっている。

「お義父様はベルさんのことを一緒に笑いながら話せる人でしょう？　ベルさんを育てた人で、僕の知らないベルさんをいろいろ知ってる。キャメロン殿下もご存知だけど、お義父様は他にももっと知ってる。僕はベルさんのことをなんでも知りたい。そういうのでも駄目？」

フィリオの言い分を黙って聞いていたベルの青い

瞳が瞠られた。

「フィリオは俺の嫁で、俺のことをたくさん知りたい？」

「知りたい。過去のことを全部知りたいわけじゃないけど、小さなベルさんのことはちょっとは聞きたい。そしてね、これから先は僕とベルさんはずっと一緒だから、今度は僕がベルさんのことをお義父様にお話するんです」

「俺の話」

「うん。うちのベルさんはこんなことしたんですよって、そういうのってなんだか楽しいもの」

インベルグ王子や兄弟姉妹や父であるルキニ侯爵には、たまにベルとの生活を尋ねられるが、それとは別に純粋にベルのことを教えたいという希望がある。

口に出せば、きっとベルはあまりいい顔をしないだろうが、筆不精もいいところのベルの代わりに、フィリオがシス国の義両親へ手紙を出して近況を知らせることもしたい。

「こんな風に考えるのは嫌？」

「俺が一番？」

「当たり前です」

父や兄姉妹や祖父や従弟たちなど、他にもたくさんいる中で、ウェルナード＝ヒュルケンはフィリオの中では最も気に掛けている人で、最も手の掛かる愛しい人なのだ。

「僕はベルさんが好きだよ」

「フィリオ……。俺も好き」

膝立ちになったベルが椅子に座るフィリオの手を取り、膝の上で祈るように握り込む。

状況としては女王様に傅く騎士で、この場合、ベルの中でフィリオは嫁であり最も尊ぶべき存在という意味では、間違ってはいないだろう。

「ベルさん」

「フィリオ」

膝を立てたベルがフィリオの顔を引き寄せ、そして唇が触れる寸前、

「でもねベルさん。僕はまださっきのことを怒ってるんだよ」

にこり。表現すれば可愛らしいが、冷たい空気がふわりと身を包んだ気がして、ベルは反射的に謝罪した。

「ごめんなさい」

「もう人前ではしない？」

「しない。……城ではしない」

「町の中でも、家の中でも。誰かがいる時は駄目です」

「わかった。フィリオの言う通りにする」

だから許して欲しいと再度懇願するベルの頭頂部を見下ろして、やっとフィリオは体から力を抜いた。

なし崩し的になってしまってはいけないと、これでもしっかりと背筋を伸ばし、毅然とした態度を心掛けたのだ。

心の中で念じていたのは、

（絆されちゃだめ）

というもので、

「躾はきちんとしておけ。それが後々のお前のためだぞ、フィリオ＝ヒュルケン」

という、彼にしては珍しくも正論なインベルグ第三王子の助言を実行すべく頑張ったからだ。

（よかった。ベルさんが大人しく座ったままでいてくれて）

これで城から屋敷に戻って来た時のように、抱えられて寝室にでも運ばれてしまえば、叱る機会を失ってしまう。

「軍馬も軍犬も他の動物も、その時に叱るのが最も効果的だぞ」

その場――城では出来なかったが、屋敷に戻って

すぐに実行できたのはよかった。

　思い起こせば、フィリオ自身も幼い頃、悪戯をしたり、癇癪を起こしたりした時には、すぐによく母親や父たちに叱られていたものだ。叱り方にも母親と三人の父親それぞれに個性があり、仕出かした内容によっては、第一父がいいなと思ったり、母上より前に他の父上たちに叱られておこうと思ったりしたものである。

　フィリオはとても手の掛からないよい子だったと、ルキニ侯爵や兄姉たちは言うが、それでも子供の頃にはそれなりに叱られるようなこともしていたわけである。

　小さなウェルナード少年も同じように過ごして来たはずだが、キャメロンの話を聞く限り、幼い頃から一貫して今と同じような感じだったようで、

（だったらなおさら僕が頑張らなくちゃ！）

　と思うわけである。おそらく、この腕前は確かだが頑固な将軍の成長を、国の重鎮含め多くの人たちが望み、フィリオに期待を寄せているのだろう。

　二十歳にもならない少年ではあるが、ことウェルナード＝ヒュルケン将軍に関する限り、誰よりも頼もしいのはフィリオ以外にはいないのだ。

「僕が止めてって言ったら止めてくれる？」

「善処する」

　善処って……。

　そうは思ったが、これもベルの妥協なのだとすれば、フィリオも「善処」の言葉を引き出しただけで満足しなくてはならないだろう。

「わかりました」

　わざと重々しく頷くと、ベルは明らかにほっとした様子で、先ほどのフィリオと同じように体から力を抜いた。

　そんなベルの髪を撫でながら、フィリオは言った。

「ベルさん、もう立っていいですよ」

既に膝立ちなので足が痛くなることはないのだが、ベルは、フィリオが許可を出すまでは立ってはいけないというのを継続したままだった。

　立ち上がったベルの前に、同じように立ち上がり、フィリオはぎゅっとベルに抱き着き、腰に手を回した。

「フィ……フィリオ？」

　喜々として抱き締め返すと思いきや、戸惑った声が頭の上から聞こえ、フィリオは顔を胸に押し当てたままクスクスと笑った。

「お帰りなさい、ウェルナード」

　思いがけずに城で再会したが、挨拶はしていなかったのだ。

　それに気づいたベルがハッと息を呑む音がしたと思った時には、フィリオの体は同じようにベルの腕に抱き締められていた。

「ただいま、フィリオ」

　少し汗と埃の匂いのするベルの軍服。その中に混じるのはもうずっと長いこと知っているような、ウェルナード＝ヒュルケンの匂いだ。

　二人はしばらく抱き合い、お互いに拳一つ分の隙間を開け、上と下で顔を見合わせ微笑み合った。

　ベルの顔が近づいて来て、フィリオは瞼を閉じて少し顔を上げた。

　額に掛かる白銀の髪を骨太の指が払い除け、唇が触れる。それから瞼、頬、鼻先というように、衆人環視の中であれだけ濃厚な口づけをした同じ人物とは思えないほど、恐々と触れる。

　やっと触れた唇も、やはり同じように軽いもので、数回唇を食んでから離されたベルの顔は、困惑していた。

「どうしたの？」

　それに対するベルの答えは率直だった。

「フィリオを食べたい。フィリオが不足している」

すぐにでも体全体を舐めて齧りたいのだが、先ほど叱られたことが気になるようで手が出しにくいらしい。

それでフィリオは言ってやったのだ。

「人前でしなかったらいいいんだよ？」

ぱあっと輝いたベルの顔を見ながら、

「だけど」

とフィリオは続けた。

「先にお風呂に入って体を綺麗にしようね。髪の毛も体も足の先から頭の先まで綺麗になるまで上がって来たら駄目だよ。合格あげられなかったら、僕もお預けだからね」

「フィリオは一緒に入らないのか？」

それがとても残念だとベルは不満のようだが、一緒に入ったが最後、のぼせてしまうまで離して貰えないのは明白だ。

夕刻まではまだ間がある時間帯だ。ベルを風呂に入れている間にフィリオにはすべきことがある。

「予定より早く帰って来たから、献立の変更もお願いしなきゃいけないんですよ。それに明日の朝の食事も。ベルさんの荷物は……」

「それは俺がする」

「はい、お願いしますね。明日はお休みだから、明日の早いうちに片づけてしまいましょう。悪くなるものや服なんかは勝手に行李から出しちゃうけど、いい？」

「サイデリートにさせれば……」

「ベルさんのものだから僕が自分の目で確認したいんです」

ぴしゃりと言うとベルは渋々頷いた。

「お風呂から出る時はちゃんと拭いてくださいね。床が水浸し……お湯びたしになったら掃除が大変だから、気を付けてね」

フィリオが待っていると思うと、いつも手早くしてしまうベルなので、いろいろと前科があるのだ。

釘は刺しておくに越したことはない。

「髪の毛は……」

「それはちゃんと拭いてあげます」

ベルの濡れた髪を拭くのは、今ではフィリオの役目になっていた。寝台や椅子に座るフィリオの前に座り、拭いてくれと背を向ける姿は、なかなかに可愛らしい。

(そう言ったらベルさんは嫌がるだろうから言わないけどね)

格好いい、強い、素敵と言われると、とても嬉しそうな顔を見せるベルに「可愛い」は禁句だ。なぜならば、ベルに言わせれば、世の中の「可愛い」はすべてフィリオにのみ適用されるものだからだ。

(でも本当に可愛いなって思うことが多いんだから仕方ないよね)

特に、座っているベルの横に、幻獣エメが星を散らした輝きを持つ黒い艶々の毛並みを梳いてくれと背を向けて座っている時などは、大きな犬が二匹並んでいるように思えてしまう。

ひと月の間、そんな日常から離れていたが今日からはまたいつもの二人と一匹を主とする森屋敷での生活が始まる。

「さあ、ベルさん行ってらっしゃい」

フィリオが一緒に入らないことを残念に思いながらも、ベルは浴室に向かった。

その背を見送ってフィリオは腕まくりした。

「さあて、ベルさんがお風呂に入っている間に仕事しなくちゃ」


風呂上がりのベルの髪を丁寧に乾かした後、飢えた獣のようになっているウェルナード＝ヒュルケン将軍が、ずっと我慢していた美味しい美味しいフィリオを貪ったのは言うまでもない。

それを見越していた派遣家令のサイデリートの采配で、消化によくて食べやすい料理に献立が変更され、「ちょうどいい頃合い」に居間に運ばれた。

文字通り、体の隅々まで味わい尽くされたフィリオは、夜食の休憩を挟んだ後、再度ベルに挑まれ、

「も……ウェルナード……！　それ以上はだ……めぇっ……あん、やぁ……」

夜中までずっと叫び続けた声は、翌朝にはまるで出すことが出来ず、ベルの広い背中に向かってポカポカと殴り続けるフィリオの姿が森屋敷で目撃された。

「喉によいですよ」

と料理人のパリッシュに差し出されたスッとする飲み物は大変ありがたかったのだが、使用人たちに情事が筒抜けだったことで声が出ないのを幸いと、午前の間はベルと会話することはなかった。

（これで反省してくれたらいいんだけど、ベルさんだからなあ）

まあ、昨夜のことは仕方がないと思うこともあり、午後には普通に話をして過ごした。

途中、インベルグ王子が約束の酒を貰いにやって来た時に呆れたように言った、

「フィリオ＝ヒュルケン、重くないのか？」

という台詞には大いに頷くものだった。

今もフィリオの背中にべったりくっついて離れないベルを見れば、誰もがインベルグと同じ感想を抱くだろう。

椅子だと密着しにくいので、絨毯の上に直に座るベルの膝の間に囲われるようにしてちょこんとフィリオが座っているのである。後ろから前に回された男の腕は付属品だ。

（今日は午後からの仕事は何も出来ないな）

そうは思うが、森屋敷で最も重要な仕事、主の世話をするという点で、フィリオが一番働いているとも言えた。

「フィリオ」

名を呼ばれ、口の中にお菓子を放り込む。

「フィリオ」

次は飲み物を手渡す。

ベルが何を求めているのか、何をしたいのか、すっかりわかるようになってしまったフィリオのことを、

「猛犬使い」

とインベルグが呼び、それを聞いたキャメロン第一王女夫殿下が大笑いしたのは、後から聞かされた話である。国王一家の中でフィリオは、ウェルナード＝ヒュルケン将軍を語る時には外せない人物になっていた。


そんな風に長閑（のどか）な、そして充実した一日半の休日を送ったベルは、首都に戻って来た翌々日には一度軍務庁へ顔を出し、その後国王へ報告をし、半日を過ごすことが義務付けられていた。

「でもその後にはまたお休みが貰えるんでしょう？しなきゃいけないことを片づけたら、三日？　五日？　どれくらいかわからないけどお休みが貰えるなら、早く終わらせた方がいいと思うよ」

昨晩からずっとぐずってフィリオから離れないベルに何度同じことを言って聞かせたことか。一日半の間に、予想されていた義父ダーインや「おまけ王子」オーボエが森屋敷を訪れることがなかったのは、ある意味幸いでもあり、ある意味においては現実をオーボエに知らしめるよい機会を逃したともいえる。

ただ、彼がまだしばらくクシアラータ国に滞在す

るのであれば、嫌でもフィリオとベルの話は耳にするだろうし、近いうちに顔を合わせるのは必至と言えた。

オーボエはともかく、フィリオとしてはベルと義父がゆっくりと語らう時間は欲しかった。

(義理の親子っていうけど、親子なのは変わらないんだから。僕と父上もそれでいうなら直接の血の繋がりはないけど、僕は父上を父上じゃないって思ったことないもの)

実際には父ルキニ侯爵の実弟がフィリオの実父で、血縁的な関係はあるのだが、伯父と甥という世間でいう関係だと思ったことは一度もない。

ペリーニ＝ルキニ侯爵は、ずっとフィリオの父なのだ。

だから、ダーイン＝ヒュルケンとウェルナード＝ヒュルケンの関係を、血の繋がりがないから親子ではないとは、決してフィリオは思わない。

むしろどこまでも親子だと思うほど、ダーインはベルを可愛がり、ベルが鬱陶しそうにしているのも気安さからだと考えれば、すんなりと納得がいく。

「ベルさんも本当はわかっているんでしょう？　仕事だからちゃんとしなきゃいけないって」

フィリオに諭されたベルは、むすっと唇を引き結んだ。

そうなのだ。フィリオに関してはかなり我儘なベルだが、自分に与えられた仕事について手を抜くことはない。嫌々しているように見えるため——実際に嫌々していることの方が多いのだが、怠慢が理由で批判されたことも糾弾されたこともない。むしろ、部下である兵士たちからは訓練の厳しさから、甘えは絶対に許されない絶対将軍でもある。

フィリオの前でだらだらしているこの男、将軍という地位を国王から授けられ、土地屋敷まで与えられているのには、きちんとした理由があるのだ。

だからこそ、クシアラータ国の貴族たちに恨みを買ったりもするのだが。

彼らには、ベルは生真面目で手抜きをしない融通の利かない男だと思われているに違いない。間違ってはいないが、本人はただ普通に黙々と仕事をこなしているだけなので、恨み辛みすら頬の前で弾いて飛ばしてしまうところがまた、彼らの神経を逆なでるのだろう。もしくは全く悪意に気づいていない可能性もある。むしろそちらの方が当て嵌まりそうだ。

「でもベルさん」

「なに？」

「ベルさんはお屋敷にいたとしても、僕はお城に行きますよ？」

「俺を置いて行くのか？」

「置いて行くも何も、元々父上……じゃなくて、長官のお手伝いをしていたのを忘れてない？」

そうなのだ。父であるルキニ侯爵の元で長官の補佐というよりは、手伝い的な立場で働かせて貰っているフィリオなのである。

社会勉強の意味合いが強かったのと、息子可愛さのあまりルキニ侯爵が他の部署に預けては心配だという溺愛ぶりを発揮した結果の役職だが、ベルと結婚後も午前と午後のいずれかは出仕して仕事をしていた。

「あの騒動は父上も見ていたし、国王様たちもご一緒だったから、僕が休んでいる理由はわかっていると思うけど、もうそろそろ行かなくちゃ心配掛けてしまうでしょう？」

それに、ただでさえ縁故だというやっかみの声も下の方の役人たちから出ていることを知っている。縁故なのは紛れもない事実なので否定しないが、仕事だけは手を抜かずに出来る範囲のことをしたいと思っているフィリオは、この無断欠勤が非常に気になっていたのだ。

ベル自身はフィリオが城で仕事をすることはあまり好きではないが、昼を一緒に食べる、または昼ご飯をフィリオが持って来るという状況は嬉しいようで、それで城に行くことを認めているところがある。

「今なら一緒に家を出てお城に行けるけど、どうしますか？」

朝食は済ませ、後は身支度を整えて出るだけだ。家のことはサイデリートが来てくれるから問題はない。それに、ベルが帰って来た今は、エメもフィリオのお世話係から離れているため、屋敷の警備は万全だ。

「お城に行くなら早く着替えて用意してくださいね」

「行く！　急いで準備する」

パッとフィリオの背中から離れたベルは、慌ただしく衣装部屋に駆け込んだ。

それを見てフィリオは自分も手早く身支度を済ませると、記章や飾りに加え、留め具の多い軍服に苛立ちながら着替えているベルに一声掛けた。

「表の馬車で待ってますね」

「すぐ行く！」

そんなに慌てると余計に着替えに時間が掛かるんじゃないかなと思いながら、フィリオは厨房に立ち寄って、昼に食べる予定の食事が詰まった籠を料理人のパリッシュから受け取った。

「二人分、確かに出来てますよ。それにフィリオ様特製のあれもちゃんと包んで入れています」

片目を瞑ってみせたパリッシュに、フィリオははにかみながら礼を述べた。

「ありがとう」

たっぷりの重さがある籠の中は、ベルが好きな肉を焼いたものや、燻製肉を挟んだパンなどたくさん入っている。それに、

「包丁や焼き物などもってのほか」

と過保護なベルのおかげで満足に料理も出来なか

ったフィリオが、ベルが出張している間に練習して作れるようになった卵料理。

「ベルさん、喜んでくれるかな？」

「味は俺が保証しますから大丈夫ですよ！　旦那様も絶対に気に入るに決まっています」

お世辞だとわかっていても、やはり褒められると嬉しいものだ。

厨房から使用人たちの部屋へ行き、サイデリートが来るまでのことを頼んで外に出ると、馬車寄せの大理石の石と建物の白い外観に陽光が反射して、とても明るく輝いていた。馬車に乗るのがもったいないほどの晴天である。

「お昼はみんなが一緒にいる休憩所がいいかな。それともいつもの東屋（あずまや）がいいかな」

最初からベルと一緒に食べるつもりで用意していた籠を見下ろし、フィリオは微笑んだ。

「ベルさーん！　早くしなくちゃ先に行きますよ！」

廊下の奥からバタバタと足音が響く。フィリオと一緒に出て外で待っていたエメが、

「落ち着きのない子」

と言いたそうにフィリオを見上げ、首を横に振った。

ダーインを養い親とするならば、エメはベルにとっては育ての親だ。だが、ベルのこの性格はエメから受け継いだものでないのは確かだろう。

「じゃあ、行ってくるね。お留守番よろしくお願いします」

エメの頭を撫でるとフィリオは馬車に乗り込んだ。本当はベルと一緒に馬に乗って行ってもいいのだが、こうでもして一人でも城に行くという姿勢を見せることも大事なのだ。

馬車の扉が閉まって僅かの後、見送りの使用人たちをかき分けるようにやって来たベルが馬車に乗り込んだ。

「ベルさん、今日のお昼はお肉たっぷりだから期待してね」

　籠を持ち上げて見せると、それはもう嬉しそうにベルは破顔した。

　好物が入っていることが嬉しいのではない。いや、確かに嬉しいのだが、フィリオと一緒に食べることが確約されたことを喜んでのことである。

　見えない尻尾が激しく揺れている気がしたフィリオである。


　城内に入った瞬間から視線を集めていることに気づいたフィリオだが、それよりも、

（ベルさん威嚇し過ぎ。誰のせいでこんなに注目浴びているのか全然わかってないよ……）

　将軍様とその伴侶が並んで城内を歩く姿は、結婚式の前後から珍しくはないのだが、つい二日前に繰り広げられたあの光景を覚えていれば、つい目を向けてしまう気持ちはわからなくもない。

　だが、ベルにとっては「可愛いフィリオ」を見つめる男たちは不埒者にしか見えず、

「俺のフィリオに手を出すならわかっているだろうな？」

　と、将軍の忠実な部下である副将軍サーブルなら翻訳したことだろう。ベルは自分たち二人が見られているのではなく、単にフィリオを見せたくないと威圧を放っているのである。

「あのね、ベルさん。そんなに不機嫌な顔をしないでもいいと思うよ」

「でも俺のフィリオを見ている。フィリオが減ってしまうだろう？」

「減りません。そんなこと言ってたら、軍団の前に立って指示を出したりお話したりするベルさんや、

国王様たちはすり減ってしまってるはずでしょう？でもそうなってないから、僕も大丈夫なんですよ」

「それは俺や陛下が頑丈で厚いからだ。フィリオみたいに小柄で小さな子にはよくない」

「べ、ベルさんっ、しっ！」

ベルさんそれは不敬罪に問われても仕方がないですよ……。

フィリオは慌てて背伸びをしてベルの口に手を伸ばした。

（その言い方だったら、まるで国王様が分厚いみたいに聞こえるじゃないですか！）

誓って言うが、クシアラータ国を治める国王は、身長こそフィリオよりは高く立派だが、決して横に広がっているわけではない。

多くの子供を産んで多少は女性らしい丸みが多くなっているとはいえ、社交界の当主たち――当然女性が多い――の憧れの的なのだ。

あの自己主張の激しいフィリオの二番目の姉のアグネタでさえ、理想は国王陛下だと言うくらいなのだから、ベルが言うようなことは断じてない。

だから体格的なことではなく、精神力が強いから憧れられると思うし、好意的に解釈してベルの言い分も精神的なものを指しているのだとは思いたいが、聞く人が聞けば足を引っ張るよい材料になったとほくそ笑むのは間違いない。

しかし、

「インベルグがクソババアと言っているのはいいのか？」

「よくありません」

フィリオは即答した。口の悪さでは一番の第三王子の真似だけはさせてはいけない。

「インベルグ王子は身内だとしても、あまり褒められた言い方じゃありません。もしもベルさんがそんなこと言い出したら」

「言い出したら？」

「実家に帰らせていただきます」

「言わない！」

ベルは大慌てだ。あまり乱暴な言葉遣いをして欲しくないのは当然としても、本当に何が原因になるかわからないものは、自分が気づいた部分だけでも排除していかなくてはと、フィリオは思う。

「軍の中のことはわからないから、もしかするとすごく乱暴な言葉を使ったりするかもしれないけど」

言いながらチラリと横目でベルを見上げたフィリオは、

（ないな。ベルさんが饒舌になることはないからね……）

単語だけで会話しているのを聞いたことがあり、それを当たり前のように部下たちが受け入れていたのを見ているだけに、変に飾ったり修飾が多い台詞を並べ立てられるよりはいいと思うことにする。

（考えてみれば、ベルさんの言葉は一つ一つに意味もあるし、深いんだよね）

単語や短い言葉での会話だからこそ、素直なベルの気持ちがそのまま乗せられているのだ。

だから、たまに長い台詞を話す時には、それだけベルが必要だと思っているということで、逆を言えば、意志の疎通が出来るのなら、別に言葉はいらないかもと思うこともしばしばだ。

（エメも子猫や子犬たちのことだって、見ていたらわかるものだし）

フィリオも周りも慣れていくしかないのだろう。

この将軍閣下に。

ベルの職場である軍務庁とフィリオの儀礼庁は少し離れている。いつもなら、儀礼庁にフィリオを届

け、確実にルキニ侯爵の部屋に引き渡すのを確認して自分の職場に向かうベルだが、

「今日は僕がベルさんを送って行きますね」

先に軍務庁に行くことにした。何しろ、行きたくないと駄々をこねていた男なのだ。城にまで来てさぼるということはないと思うが、念には念を入れ、そしてしっかりと仕事をしてもらうように言い聞かせなくてはいけない。

「そうしたらベルさん、お昼はいつもの東屋で食べましょうね。それまではお仕事頑張ってくださいね」

「わかった。頑張る」

「くれぐれも、国王様に失礼なことを言ったりしちゃ駄目ですよ」

「もちろんだ」

胸を張るベル。まあ、黙っているなら問題はないだろう。

「私がついていますから安心してください」

ベルが登城したと聞きつけた副将軍サーブルがフィリオに笑いながら言う。

「いつもいつもウェルナードがご迷惑をお掛けしています。出張の疲れはもう取れましたか？」

森屋敷の警備の関係でよく顔を合わせるサーブルとはもう馴染みで、気安く話を出来る関係になっていた。

例によって最初はフィリオを見せたくないと言っていたベルだが、森屋敷とフィリオの身の安全を優先した結果、二人が顔を合わせたり挨拶したり、話をすることは許容している。

とはいうものの、すぐにでも口を挟みたそうなので、フィリオも手早く挨拶だけで済ませることにした。

「ベルさん、お昼は僕が迎えに来た方がいい？　それとも直接東屋に行く？　国王様の御用が遅くなるようなら直接行った方がいいかもしれないけど」

「報告だけだからすぐに済む……はず」

「はず……って」

「俺のせいじゃない。陛下と会うといつも引き留められてしまう」

さすがのベルも国王に対してはそれなりに敬意をもって接しているのだろう、普通の貴族相手のように無視して立ち去るのは出来ないらしい。

「そうしたら僕が来た方がいいのかな？」

「いや、大丈夫！　きっと早く終わる……はず！」

（だから、はず……って……）

しかしなぜか自分が迎えに行くと一生懸命なベルを無下にすることも出来ず、フィリオは頷いた。

「それじゃあ、ベルさんにお迎えお願いします」

ただ、国王への報告が早く終わってもちゃんと昼時まで仕事をしているだろうかと心配なフィリオが顔を窺うと、サーブルが頷いている。

「陛下の報告を済ませた後は、軍務庁で溜まっている仕事を片づけて貰う予定になっています。終わり次第……と言っても、終わっていなくても将軍に一旦は休憩を取って貰いますから、ご安心ください」

それはおそらく将軍が片づけなければならない一か月分の仕事量なのだろう。

そういえば、ベルが視察に出向いていた時に会った、軍務庁に勤める文官の姉アグネタが「忙しい忙しい」と愚痴を零していた。

それを半日で片づけられるかどうかわからないが、ベル本人は明日から休みを貰うつもりなので、きっと張り切ってくれるだろう。何なら今日は閉門まで城にいて貰ってもいいなと思う。

「それじゃあウェルナード、また後で。お仕事頑張ってね」

「わかった」

ん、と顔を下に向けられ、フィリオは軽く頬に口づけた。

(これは頬だし、普通の挨拶だから大丈夫)

恋人や夫婦がこんな風にしているのは、城内でもたまに見かける。

それにここで拒否してベルのご機嫌を低下させてしまうのは、今から一緒に仕事をする部下たちに気の毒だ。

フィリオの唇が触れた頬を嬉しそうに手で触れたベルは、キッと表情を引き締めた。どうやらやる気になってくれたようだ。

ご褒美があるからねと籠を掲げて見せると、口角が少し上がったのが見えた。

自分がこの場にいたのではベルが執務室に行かないだろうと、フィリオは職員たちに頭を下げ、儀礼庁に足を向けた。

(頑張ろうっと)

背中をじっと見つめるベルの視線の熱さは、かなりの距離を歩いていても感じられた。

ベルの軍服の袖を引き、言葉を掛けて中に促すサーブルの苦労が思いやられる。

昼。

「おい」

籠を抱えて軍務庁への道を歩いていたフィリオは、横合いから唐突に掛けられた声に、眉を寄せた。

この声には聞き覚えがある。シス国第六王子のオーボエ＝システリアである。

フィリオは周囲の様子を確認するように視線を回した。幸いなことに大きな回廊で人通りも多い。加えて、オーボエとフィリオのことは先日の一件もあり、知っている者も多かった。

好機の目で見られるのはあまり気持ちのよいものではないが、二人の関係とオーボエが何を求めているのかを周りが知っているのは、現状を考えればフィリオにとって幸いだったかもしれない。

　何しろ、城内でベルに突っかかっていたオーボエは、それはもう間近にいて耳を塞ぎたくなるほど大きな声で喚きたてたのだ。自分の側に正義があると思ってのことだろうが、同時にベルがオーボエに対してどんな感情を抱いているのか、兄であるキャメロン第一王女夫殿下がどんな態度で弟王子に接しているのかを知っていれば、誰かが軍務庁に走っても不思議はない。

　内心の動揺とため息を隠すようにして、フィリオはオーボエに向き合った。

（どうしてベルさんが来れなくなったのを見計らうように来るんだろうなあ）

　そうなのだ。

　本当は朝の約束通りにベルが儀礼庁まで迎えに来る手筈になっていて、それをフィリオは待っていたのだが、案の定というか国王というよりも国王一家の引き留めのおかげでベルの仕事が捗らず、まだ軍務庁に詰めているのだという。

　その報せを持って来たのは軍務庁の文官で、機嫌の悪い将軍を宥めるための救援要請も兼ねていた。

（サーブルさんはお昼には休憩取らせるって言ってたけど、それをする暇もないくらい忙しかったのかな？）

　儀礼庁長官のルキニ侯爵の仕事ぶりを見ていてもわかるが、組織の責任者たちは会議に書類作成に捺印にと、すべきことが多い。

　毎日真面目に出仕している父ですらそうなのだから、軍務庁では今頃ベルが書類に埋もれているのかもしれない。

「サーブルさんは？　ウェルナードの側にいたと思いますけど」

「副将軍は武器庫が壊れたためその確認に行かれま

した」

それならば仕方ない。逆に言えば、お目付役がいないのに、フィリオとの昼を忘れて仕事に没頭している方が驚きだ。

だから、それなら自分が赴いて驚かせてあげようと思ったフィリオは、昼食の籠を抱えて、ルキニ侯爵の「将軍によろしく」という声を貰って出て来たのである。

それなのに、目的地の軍務庁は通り向こうに見えているのに、よりによって会いたくない人に会ってしまった。

「――何か御用でしょうか?」

「用があるから呼び止めたんだ。お前……フィリオとか言ったな」

「フィリオ＝ヒュルケンです」

姓を名乗れば露骨に顰められる眉。城内なので唾を吐くことこそしないまでも、気分的にはそんな腹立たしさを秘めているのがよくわかる表情だ。

「その姓を得るために幾ら積まれた?」

「?　一体何のことですか?」

フィリオはきょとんと首を傾げた。詰問するオーボエだが、彼の発言内容はフィリオには意味不明だった。それで問い返したのだが、その反応にさらにオーボエが舌打ちする。

「しらばっくれるな。お前がウェルナードと結婚するために、いくら貰ったのかと訊いているんだ。金貨百枚か?　それとも五百枚か?」

今度はフィリオが眉を寄せる番だった。さすがにこの発言は聞き逃せない。

「それはつまり、僕がウェルナードと結婚したのはお金のためだと言っているんですか?」

そういえば、最初からこの王子はフィリオとベルの結婚を良くは思っていなかった。恋愛結婚だとも思っていないのかもしれない。十年という節目の時に、ベルをシス国へ帰すのではなく、クシアラータ国に縛り付けるためにフィリオを利用したのだと。

「お金なんて関係ありません。僕がベルさんを好きで、ベルさんも僕を好きだから結婚したんです」

たまたまクシアラータ国籍を得るために設けられた期限ギリギリの年に当たったとはいえ、出会いそのものは十年も前のことだ。

その間、ベルの側から何も歌唱隊のフィリオ少年に接触はなかったものの、結局は出会ってしまったのだから、これはもう運命なのだろうと思う。

しかし、それを伝えたところで目の前のオーボエが素直に理解するとも思えない。

（お義父様はいらっしゃらないのかな）

城内にいる間は、インベルグ王子配下の軍兵士たちと一緒に訓練を行っていると聞いている。オーボエもその中に組み込まれ、ベルのところへ単身向かうことがないよう、監視していると聞いていたのだが、

（一人だけ……だよね）

オーボエから目を離さず周囲に注意を払うも、追いかけて来る足音も、止めるために話し掛けようとする声もない。

フィリオたちが立っている通りは、城内に点在する庁舎に行くために必ず通る場所なので、注目されるのはもう諦めて受け入れた。

後は、フィリオを案内していた文官か、様子を窺っていた周囲の誰かが連絡を入れたであろうベルが駆けつけて来るのを待つだけだった。

無視して歩いてもいいのだが、そうするとオーボエの気質的に手を出してきそうな気がする。

（キャメロン様はどちらかというと温和な方なのに、兄弟でも随分違うものなんだね）

フィリオの姉ドリスの夫で、現在はキト家の家令を務めている義兄とフィリオなど、おっとりしたと

ころが似ていると、よく本当の兄弟のように間違われるのだが、同じ父母を持つのにシス国の兄弟王子のようにここまで違えば、感心してしまう。

もっとも、それはフィリオやベルに迷惑を掛けない範囲でのことであり、今現在、迷惑を被っているフィリオはその分別のなさに腹も立つ。

気立てがよくて気遣いも出来、優しくて穏やかな少年。

これが世間のフィリオに対する評価ではあるが、泣いたり怒ったりしないわけではない。最近は、手を焼かせるベルを叱ることに特化しているが、他人に対して不機嫌にならないほど鈍感でもないのだ。

しかも、相手はベルをフィリオから引き離そうとしている男。一歩も引けないし、引く気もない。

（たぶん、僕が弱気なところを見せたら、絶対に自分の言ったことが正しくて、正論を言われて落ち込んでいる……くらいには思いそうだもんね）

思うだけならまだいいが、囚われのベルを救い出した英雄に自分をなぞらえて、吹聴して回るに決まっている。

そうなった時、困るのはベルやフィリオではない。オーボエがしていることは、クシアラータ国と国王に対する明白な侮辱なのだ。

国が認めた将軍。国が認めた結婚。

それを間違っていると声高に触れ回っているオーボエは本当に自分が何をしているのか、わかっていないのだろうかと、時々心配になる。

義父ダーインとキャメロン第一王女夫殿下のおかげで、まだ何も罪に問われてはいないが、騒動が大きくなれば、名誉棄損や騒乱罪その他の罪状で国外追放は十分にあり得る。

（今のところは、まだ国王様たちもベルさんの反応を楽しんでいる様子があるからいいけど……）

彼らの許容範囲がどこまでなのかフィリオにはわ

からないが、少しでもその範囲から逸脱したことをすれば、即座に動くだろう。

義父などはそれを狙っているのではとすら思ってしまう。

「おい、聞いてるのか⁉」

考え事をしていたフィリオの意識を戻したのは、オーボエの苛立った声だった。

フィリオは気を引き締め、オーボエを真っ直ぐ見返した。

「オーボエ様は、ウェルナードを引き留めるため、この国が無理矢理結婚させて既成事実を作らせたと、そう仰ってるんですよね？」

「その通りだ。なんだ、お前もわかっているのだな。それなら話が早い。さっさと離縁でもなんでもして、ウェルナードをシス国に返せ。伯父上はウェルナードの好きなようにさせろと言うが、それが出来ない事情があるに決まっている」

「……その事情とは？」

まるで見て来たかのような口調に、つい口を挟んでしまったフィリオに、

「知るか！」

オーボエは吐き捨てるように言った。

「きっと卑劣なものに違いない。エメを人質にするのは困難だから、兄上とこの国の王女を離縁させると言って脅しているのかもしれない。それか、シスを攻めないのを条件にウェルナードを将軍に縛り付けているのやもしれない」

聞いていたフィリオは、その誇大妄想に怒りよりも呆れてしまった。どこをどう斜めに突っ走れば、そんなことを思いつくのだろうか。

(声に出さないだけで、オーボエ様の頭の中では、クシアラータ国が丸ごとベルさんを囲い込んで出さないようにしていると思ってるんだろうな)

クシアラータ国——国王一家がしたのは、ベルに

縁談を勧め、婚姻まで結び付けることだった。

確かに、ベルをクシアラータ国民にするという点からすれば、オーボエの言う通りなのだろう。だが、根本が違う。

ベルが国を出ること以上に国王やインベルグ王子たちが暗躍していたのは、ベルを追い落とそうとする有象無象の有害な貴族たちから将軍という名誉ある地位を守るということだった。

ベル本人は、たとえ将軍でなくなったとしても特に落胆したりはしなかっただろうなとは思うが、国を平定するために、ヒュルケン将軍ほど強く、そして公正な人物はいなかった。

ベルはクシアラータ国に残った。国の思惑通りに。だが、残った理由は将軍だからではなく、フィリオと一緒にいたいからだ。

それこそが純粋で最も大きなベルの願いなのだ。

そのベルの機嫌を真っ向から損ねようとしていることを、オーボエは知らない。

(手遅れにならないうちに、シス国に帰っていただいた方がいいかも)

周囲の努力により、二人が顔を合わせる機会は先日の騒動以来皆無だ。

だが、元からよい感情を抱いていないところに、フィリオとの仲を裂かれようとすれば……。

(うん。怪我で済めばいいんだけど。本当に)

小さなため息をついたフィリオは、あまり長く話していると些細(ささい)なことにも突っかかって来られそうで、当初の目的通りに動くことにした。

すなわち、ベルのいる軍務庁へと歩き始めたのだ。

「ウェルナードを待たせているので、これで失礼します」

「おい待て！　逃げるのか⁉」

逃げるとは人聞きの悪い。フィリオの行く手を遮ったのはオーボエなのだから、行動に制限を受けるいわれはない。

　だが、そう思っているのはフィリオだけで、

「まだ話は終わっていない！　お前の口から離縁の言葉を聞くまでは！」

　歩き出したフィリオの肘をオーボエが強く摑み、自分の方へと向き直るよう引き寄せる。

　だが、ベルやインベルグ王子ほどではないにしても、がっしりしたオーボエと、クシアラータ国の平均よりも少々小柄なフィリオとでは体格が違う。そして、武人の力はまだ少年のフィリオの体勢を崩し、籠を抱えていた手が外れると同時に体の軸が反転した結果、

「あ！」

　支えを失った籠が石畳の上にボトッという少し重めの音と、ガシャンという軽く鈍った音を立てて落ちてしまった。

　埃が入らないように被せていた薄黄色の布が外れ、横倒しになった籠からは、昼に食べるはずだった肉や野菜を挟んだパンが飛び出した。形は崩れ、中身とパンがばらばらになる。一緒に入れていた飲み物が入った瓶は、布巾と籠が緩衝材になって大きく割れこそしなかったが、ひび割れた個所から淡い橙(だいだい)色の染みが広がっている。

　そして、

「踏まないで！」

　フィリオが体勢を崩したことは、オーボエにも不測の事態だったのかもしれない。自身の体がぶれたのを直そうとしたオーボエの足元にあった品が、フィリオの停止の声もむなしく、ぐしゃりと踏みつぶされてしまった。

「あ……」

　ふわふわの黄色の卵に包まれていたとろみのある野菜とこま切れ肉を合わせたものが、オーボエの靴の下にはみ出している。

「何だこれは」

　オーボエが、自分が踏んだものを確かめようと足を上げたその下には、ベルに食べて貰えるよう内緒で作っていた初めての手料理が無残な姿で、ぺしゃんこになっていた。

「どいて！　早くどいて！」

　そのことで頭がいっぱいになったフィリオは、常らしからぬ力でオーボエを押し退けた。急な力を受けたオーボエが尻もちをついて文句を言うが、そんなものはフィリオの耳には入っていなかった。

「……僕の卵の包み焼き……」

　潰れたそれを手に取れば、まだ少し温かみが残っていた。

「……」

　零れて来そうな涙を耐えるように、フィリオは黙々と手を動かして、落ちた料理を布巾の上に載せていった。

　柔らかな白パンが挟んでいたのは、肉厚の燻製肉を辛子を使った調味料で味付けたもの。褐色のパンには焼いた牛肉。どちらも、野菜嫌いなベルのために薄く切ったものを挟んで食べやすく工夫されたものだ。

　他にも芋の唐揚げなど、久しぶりの城での昼食をフィリオも楽しみにしていたのだ。

　もう食べられなくなったそれらを籠の中に仕舞い終えると、フィリオは立ち上がった。

「おい！　お前のせいで手首を捻ったぞ！」

　後ろから声を掛けられるが無視だ。

　腹が立っていたのもあるが、悲しくて、声を出せば泣いてしまいそうだったからだ。

　この男の前で泣くのは嫌だった。負けたような気になるから。

　この男に弱みを見せるのが嫌だった。悔しくて。

　立ち上がったフィリオは、籠に被せていた布はどこだろうかとあたりを見回した。

　と、そこに見覚えのある薄黄色の布が籠の上に載せられる。

「探し物はこれだろう？」

　ふわりと目の前に零れ落ちた青銀の髪。目を上げれば、水晶のような紫色の瞳を持つ秀麗な顔があった。

「聖王親衛隊長様……」

　呆然と見返すフィリオの桃色の瞳に涙の膜が張られていることに気づいたのか、ナイアスの眉が寄る。

「神殿から儀礼庁に行こうと通り掛かれば騒ぎの声がする。私の姿を見かけた貴族の一人に教えて貰ったのだ。フィリオ君が絡まれている、と」

　フィリオの手を引いて立ち上がらせてくれたナイアスは、後ろで睨みつけている男を一瞥した。

「シス国のオーボエ＝システリア第六王子だな。貴公はフィリオ＝ヒュルケンには近づかないように命じられていたはずだが、どうしてこの場にいる？」

　フィリオはハッとナイアスの顔を見上げた。

（近づかないように命じられていたって……。そんなのがあったんだ……）

　だからベルが帰って来てから森屋敷に来ることもなかったのだろうか？

　オーボエの性格上、絶対に一日中屋敷の周りをうろついているかもしれないとまで考えていたが、それもなかった。

（お義父様が止めていると思ってたけど、命令があったんなら行けないよね）

　もしかするとだが、城から出さないように門番に通達が出ていたのかもしれない。

　そしてオーボエは、ナイアスの美貌に驚きつつも、相変わらずフィリオを睨みながら反論する。

「俺が歩いていたらそこにこいつがいたんだ」

「と、オーボエ王子は言っているが、どうなんだ？」

「僕が軍務庁に行こうと歩いていたら、声を掛けられました」

「なるほど」

ナイアスは小さく眉を上げた。

「ところでフィリオ、どうして一人なのだ？　ヒュルケンはどうした？　君を一人にするわけがないと思うのだが、あの男は」

「はい。最初はベルさんが僕を迎えに来るはずだったんです。でも用事が終わらなかったからって」

「用事というのは、陛下への報告か？」

「そうです。だからその後の軍務庁での仕事が長引いて来れなくなったから、僕に来て欲しいって伝言があったんです」

「フィリオ」

聖王親衛隊長の声は、厳しい響きを持っていた。

「それはおかしい」

「え？」

「その報告の場には私もいたが、長引いたわけではない。いや、長くなったのは確かだが、いつもよりは程度が軽かった。ヒュルケンが走るようにして出て行ったところまで見ている」

「え？　それじゃあ、単純にベルさんの仕事が遅いだけ？」

「それこそまさかだ」

ナイアスはフィリオの肩を引いて自分の一歩後ろに寄せると、オーボエに向かい合うように腕組みをして立った。白を基調にした青紫の親衛隊服の腰には、いつでも抜けるように剣。

「私はお前よりもウェルナード＝ヒュルケンという男を知っている自負がある。その私が断言する。あのヒュルケンが、最愛の伴侶を待たせたまま椅子に大人しく座っているはずがない」

（ナイアス様……それはそれでちょっと悲しい理解の仕方だと思います……）

認識として間違ってはいないのだが、そう断言されてしまうベルのことを一体どんな風に思っているのか、いつか本音を聞いてみたい気になる。

「副将軍も副官も文官も、抑えられるものではないぞ？　ヒュルケンを本気で抑えたいのなら、インベルグか私、今ならダーイン＝ヒュルケン殿を呼ぶしかないだろう」

言い換えれば、お前など相手にもならないと突き放したようなものだ。

最初はナイアスの言っている意味がわからず、眉を寄せるだけだったオーボエの頬が朱に染まる。

「俺が弱いというのか⁉」

「力量が不足していると言っている。インベルグの軍と一緒に稽古をしているそうだが、すぐに息が上がると聞いているぞ。失礼だが、もう老齢のヒュルケン殿に若い貴公が敵わない時点で、力量不足は否めないな。他の兵士たちはついていける訓練の早い段階で脱落しているそうじゃないか」

ますます赤くなるオーボエの顔は、ナイアスの言うことが事実だと告げていた。

「今も抜け出して来たのではないのか？」

「もう昼休憩だ！」

「では、稽古を終えた他の兵たちが外に出る前に、この子に接触を図ろうと先に出たというわけだな。ヒュルケンに相手にされないから、この子をどうにかしてしまえばいいという短絡的な発想だな」

そうなのか⁉　とフィリオが目を丸くしてオーボエを見ると、先ほどからずっと色を濃くしていた顔の赤みがますます強くなる。

（この王子様、隠し事は絶対に出来ない体質だね）

感情をいくら抑えようとしても、体は正直だ。羞恥や怒りなどがすぐ顔に出てしまうのなら、腹芸は当たり前の王族の中にあって、公の場に出すのは難しいだろう。

まだ二十二歳。だがもう二十二歳。

それなのにこの子供っぽさはいかがなものかと、フィリオですら思えてしまうのだ。

聖王親衛隊長がいることと、他国の王子がいることで、大笑いをしたりしている者はさすがに見物人の中にはいないが、彼らがオーボエに寄せる視線は厳しい。呆れや嘲笑、そんな類のものだ。

非難が混じっているのは、フィリオに働いた無礼と、それに対しての謝罪が未だにないことに加え、あのヒュルケン将軍をシス国に連れ帰ると公言してやまない王子に対し、反感を持つ者が多いのが理由だろう。

「フィリオ」

「はい」

「私の部下を軍務庁に走らせている。既に誰かが知らせに言った可能性の方が高いが、すぐにヒュルケンが来る。安心しなさい」

「……はい。ありがとうございます」

泣くのを我慢しているフィリオの背を、ナイアスが軽く撫でる。

「君は言いたいことはきちんと言ったのだろう？」

「言いました。ベルさんは騙されたわけじゃなくて、ちゃんと僕を想って結婚したってことを」

それなのにオーボエは現実を見ようとはしない。

この王子の目はベルしか見ておらず、耳は自分の都合の悪いことは聞こえないようにし、クシアラータの国民は「自分からウェルナードを取り上げようとする意地悪な人間」なのだろう。

「しかし、どうしてそこまで思い込むことが出来るのか。周りは全員ヒュルケンの意志であると知っているのに……」

ナイアスの独り言にはフィリオも同意する。

全員が全員、諦めろと諭しているのに、頑な過ぎるほどの思い込みの激しさだ。

「どうしてなんでしょうね」

身分的なものを言えば、シス国の王子であるオーボエの方が聖王親衛隊長ナイアスよりも上だ。だが、格の違いは語るまでもなく明らかで、だからオーボエは問われたこと以上のことをナイアスに言うことが出来ないのだ。

その反動は、射殺すほどの視線となってフィリオを貫いているわけなのだが、さりげなく前に立つナイアスによって遮られている。

オーボエも立ち去ればいいのに、それをしない。自分から背を見せて立ち去ることで逃げたと思われるのが嫌なのかもしれない。

と、ナイアスの背が少し揺れ、遠くから、

「将軍だ！」

「道を開けろ！」

との大きな声が聞こえてくる。

フィリオたちの周囲にそれとなく集まり遠巻きにしていた人たちも、互いに身を寄せてフィリオたちの姿がすぐに見えるように動いた。

「フィリオ！」

疾風のような速さで駆けて来るのは、ウェルナード＝ヒュルケン将軍その人だった。

「ベルさんっ！」

濃い藍色の髪を靡(なび)かせて駆け込んで来たベルは、そのままフィリオに飛びかかり、抱き締めた。

「フィリオ！　無事だったか？」

「うん。僕は無事。ナイアス様が助けてくださったから」

「そうか」

ベルはぎゅっと一度強く抱き締めた後、ナイアスに話し掛けた。

「フィリオを守ってくれたこと、感謝する」

頭こそ下げないが、明確な言葉はナイアスの瞳を軽く瞠らせた。

「驚いた……。ヒュルケン、お前の口から感謝の言葉が聞けるとは思わなかった」

「言う時は言う。今は絶対に言うべき時だ」

「なるほど。礼は素直に受け取ろう。それにフィリオは元歌唱隊。聖王神殿とは昔から縁があるからな。お前の手綱を取って貰うためにも必要不可欠な存在だ。大事にしよう」

「……フィリオはやらないぞ」

「安心しろ。取る気はない」

な、と顔を覗き込まれ、フィリオは「はい」と頷いた。

「ベルさんだけでいいです。ナイアス様も素敵だとは思いますけど」

「俺は？　俺は素敵じゃない？」

「ベルさんも素敵ですよ」

「フィリオは可愛いぞ」

「ありがとうございます」


ほわりとした空気が二人を包むが、すぐにベルはフィリオの体を離すとナイアスへ押し付けた。

「守ってて」

何からという質問はこの際無意味だろう。

ナイアスがフィリオを背に隠したのと、バキッという鈍い音が響いたのは同時だった。

「え？」

フィリオがナイアス越しに見ると、離れたところに寝転がっているオーボエがいる。

「……何があったんですか？」

ほんのちょっと前を見ていなかっただけなのに、その間に一体何が起こったというのか。

状況を見れば、ベルがオーボエをどうにかしたのだというのはわかるのだが、それにしてはオーボエの位置がおかしい。

その疑問に答えたのはナイアスではなく、観客だった。

「すげぇ！　将軍の足技、すげぇ！」

「俺、見えなかったんだけど!?」

「走ってあの男に向かうところまでは見えた！　だけどその後、ちょっと後ろ向いたらもう飛んでたんだけど？」

「蹴ったのか？　将軍が蹴り飛ばしたのか？」

　殴ったのではなく、どうも蹴り飛ばしたらしい。

「回し蹴りだ。回転して勢いをつけたところに全体重を乗せて蹴られたんだ。しかも履いているのは重石を仕込んだ軍靴。骨が折れてなければいいがな」

　人垣の向こうから少し笑いが混じった声が聞こえる。

「インベルグ」

　よお、と片手を挙げた赤毛の王子の横には義父ダーインも立っていた。

「いつからそこにいたんだ？」

「ついさっきだ。正確に言えば、ヒュルケンが来る前だな。お前がフィリオ＝ヒュルケンを壊れ物のように大事に扱っているところくらいだ」

「そんなに前から……」

　ナイアスの呆れたため息が零れた。

「お前がいれば収まるのも早いだろうと思って見守っていたんだよ。まあ、結局はヒュルケンが収めるべきところに収めてくれたがな」

「これを収まったと捉えるお前の頭の方が私は心配だ。しかし、ヒュルケン殿もいて、どうして止めなかったのですか？」

　ナイアスの恨めしそうな声に、義父は肩を竦めた。

「インベルグ王子の言う通りだ。私としてもそろそろ我慢の限界だったのでな、ここは当事者に思い切った断罪をして貰おうと思っていただけだ」

「そうだぞ。決してそいつにうんざりしていたとか、話すのがもう面倒になったというわけではないからな」

「その通り」

ダーインも深く頷く。

「……笑顔で本心を晒すな」

とても素晴らしい笑顔——悪人顔で笑うインベルグは、最初から見物人たちに自分の意見を聞かせるつもりで言葉にしたのだろう。

既に周囲は終わったような雰囲気になっているが、収まっていないのはベルである。

「あの、ベルさんが……」

ナイアスの袖を引いてフィリオが指さす方を見た三人は、ぎょっとした顔をした。

「ヒュルケン、それ以上は駄目だ！」

慌ててナイアスが叫び、インベルグとダーインがベルに駆け寄る。ナイアスが動かなかったのは、フィリオがそこにいるからで、今のベルに近づけるのは危険だと判断したからだ。

そのベルが何をしていたかというと、

（ベルさん、それ以上踏んだらオーボエ様の頭が潰れちゃうよ……）

一度は蹴り飛ばした姿勢のまま、しばらくは気を落ち着かせるようにその場に留まっていたベルだが、一息ついた後はオーボエのところまで歩いて行き、倒れた王子の襟首を掴んでズルズルと引き摺って来たのだ。

そこまでならフィリオもわかる。だが、再び大勢の目の前に連れて来られたオーボエは、背中を激しく蹴飛ばされ、先ほど踏みつぶされた卵の包み焼きの痕が残る場所にうつ伏せに引き倒された。そして今度はその頭に足を乗せられ、ぎりぎりと踏みつけられているのである。

「お前はフィリオを泣かせた。見ろ！　お前がやったんだろう？」

「ちが……俺じゃない……勝手に落とした……ぐぇっ」

「フィリオは慎重だ。お前が何かしないと大事にしていた昼ご飯を落とすわけがない」

その場にいなかったのに、ベルの中では完全に昼食が台無しになったのは、オーボエのせいにされていた。

（実際そうなんだけど、もし僕が勝手に転んでたらどうしたつもりなんだろうね……）

その辺は少し後で注意しておかなくてはいけないだろう。

「ウェルナード、足を離さんか。これ以上はいかん。いくら馬鹿で憎くても一応は王子だぞ」

「一応だから問題はない」

「そういう問題ではない！　オーボエを連れて帰るのは私なんだぞ！　私が弟に言い訳しなくてはいけないではないか！　怪我人を連れて帰国の旅に出るのは嫌だ」

「なら、どこかに捨てて行けばいい。どうせ今でも何もしていない役立たずのままなんだろう？　帰国が半年先でも問題はないはずだ」

「む……。確かにそれは正論だが……。その案はいいかもしれない」

このやり取りを聞く限り、血は繋がっていなくてもベルとダーイン、二人のヒュルケンは確かに親子だった。

「おいお前ら。それはいいから、一応はどいてやれ」

ベルの動きをダーインが押さえている間に、インベルグがベルの足の下からオーボエを引き摺り出す。

（インベルグ王子が常識人に見えるなんて！）

フィリオは感動した。優しいとさえ思った。

だがそれも一種のまやかしに過ぎないとすぐに理解することになる。

インベルグは引き摺り出したオーボエを手近な柱に寄り掛からせると、顔の真横に向かって勢いよく脚を振り上げた。

「ひぃっ！」

情けない音がオーボエの喉から出たとしても仕方ないと思われる。散々ベルに蹴られた後で、再び脚が動くのが見えれば、反射的に顔をかばおうとするだろう。

顔は蹴られなかった。その代わり、柱にドンッと重い音を響かせて、インベルグの足が乗せられる。

（軍人さんの靴って……みんなあんな重い音がするものなのかな？　ベルさんの靴が重いのは知ってるけど、重石が入ってるって）

その重い靴を履いてあれだけの速さで走り、動くことが出来るのだから兵士たちの身体能力はフィリオには想像も出来ない。

体力があることだけは、夜の夫婦生活の中で嫌でも実感させられていることではあるのだが――。

「なあ、オーボエ王子様よ。もういい加減俺たちも腹に据えかねてるんだよな。キャメロンの弟で、一応は王子で、客人ってことで大目に見て来たが、そろそろうちのババアが何か仕出かしそうなんだわ」

ニヤリと片頬を上げるインベルグ王子。

（どうしてこの方、こんなにも悪役が似合うんだろう……）

以前にインベルグに迫られた――恋愛関係ではない――経験を持つフィリオは、今のオーボエの気持ちが何となくわかるような気がした。

笑顔なのに怖いのだ。一見すると素敵だと思うし、整っているので遠くから見ている分には構わない。だが、近づけば近づくほど恐怖が増すという不思議。

ベルに痛めつけられた後でのインベルグの笑み、オーボエはいつ失神してもおかしくないと思う。もっと言うなら、失禁してもおかしくないほどの凄みがあった。

「ウェルナード＝ヒュルケンは、もうクシアラータ国の人間だ。これは国民の総意であり、国王の意思でもある。お前がどんなにヒュルケンに惚れていたとしても、振り向かれることはない」

「だ、騙されているって……」

「ん？　誰が言ったのか知らんが、そんなことはないぞ。まさかとは思うが、お前はそんな噂程度のことを信じていたのか？」

「信じるのではなく、事実だ！」

「事実ってのはな、真実とは違うんだよ。お前に吹き込んだ連中が誰だか知らんが、どうせうちの国内の馬鹿貴族連中だろうさ。あいつらも自分の都合のいいようにしか解釈しないからな。この間、ヒュルケンを騙し討ちにしようとした連中の親戚か仲間が逃げ出したかで、シス国にまで行ったんだろう。ああ、そっちの方はもう手を打ってるから心配しないでいいぞ？　オーボエ王子がシス国に帰った頃には、お前と仲よくしていた連中はうちに護送されているだろうからな」


「な……！」

　オーボエは驚いているが、フィリオも同じだった。

（いつの間にそんなことしてたの……）

　もしも手を打っていたのだとしたら、義父たちがクシアラータ国に来てすぐに、折り返しシス国へ使者や役人を派遣したことになる。

　ちらりと義父を見れば、軽く片目を瞑られた。

（やっぱりそうなんだ……。そうなると……）

　オーボエがなんだか気の毒になってしまった。

　少し意味合いは異なるが彼は囮の役目をしてしまったのだ。ウェルナード＝ヒュルケン将軍をシス国へ返したいクシアラータ国の貴族一派と、昔から一途にベルを慕い戻って来るのを待っていたオーボエ王子と、思惑が一致した。

　この場合、一致したという表現そのものが間違いなのかもしれない。オーボエには彼らに協力した覚えはなく、ただ唆され、吹き込まれ、その身分をもってしてベルをシス国へ連れ戻すべく自発的に動いてしまったのだから。

元より、オーボエの意見一つでベルがシス国へ帰るとは、その貴族たちも思っていないだろうが、オーボエが問題を起こせばそれはキャメロンやベルの評判をも落とすことになる。そうなると、せっかく友好関係を築いている二国の間に亀裂が入りかねない。

(でもそれでよかったんだろうね、その人たちは)

要は単なる仕返しだ。ベルやインベルグ王子に取り潰された家や、策謀に失敗して刑罰を受けた者。他国の血筋を入れることを厭ったクシアラータ国の貴族が、肌の色の違うシス国の手を借りてヒュルケン将軍を追い出す。

この場合、手を借りたのではなく、シス国を利用したと彼ら自身は考えているに違いない。

ただ、義父ダーインのように危機感を持っている常識的な人がいて、キャメロン第一王女夫殿下のように、連絡を密にする人がいれば、簡単に防げるものでしかない。

インベルグがオーボエを脅しながら諭しているのを横目で見たベルは、もう興味がないとばかりにフィリオの側に戻って来て、再び抱き締めた。

「フィリオ、ごめん。せっかく作ったのに」

「気づいてたんですね、ベルさん」

「ん」

ベルは鼻先をフィリオの頭に寄せた。

ナイアスは気を利かせて離れているが、視線は厳しい。この間のように、衆人環視の前で熱烈な口づけを交わすのではないかと警戒しているのだ。

「もうあいつは国に帰らせる。嫌だって言ったら、俺が馬で引き摺って行って国境に放り出して来る。絶対に入れるなと、陛下にもお願いする」

「ベルさんがお願いするって珍しい」

「フィリオのためなら俺はなんでもする」

その声が優しくて、ありがとうと小さな声で呟(つぶや)いたフィリオはベルの胸に顔を埋(うず)めて、少し泣いた。

さっき引っ込んでしまっていた涙が、ようやく出口を見つけた感じだ。

「ヒュルケン」

オーボエを甚振(いたぶ)っていた——としか思えないインベルグ王子が、放心している様子のオーボエを指さした。

「こいつ、とりあえず監禁しておくぞ。ヒュルケン殿の許可は取った」

「別にどうでもいい」

「少しは興味持てよ！」

「ウェルナード」

ベルの態度は想定済みなのか、ダーインは苦笑していた。

「とりあえず今はキャメロンに預けて監視させるが、話を聞く必要もある。フィリオ君のことがあるから、今日はよいとして明日にでも城に出て来い」

途端にベルが不機嫌を醸し出す。

「嫌だ。俺は明日から三日の休暇だ。そのために仕事頑張った」

ベルはへの字に口を曲げるが、

「駄目ですよ、将軍！　まだ机の上にたくさん書類が残っていましたよ！」

汗をかきながら走って来たのは武器庫の確認を終えて戻って来た副将軍のサーブルで、彼は片手に束になった書類を持ち、それをベルの顔に突き付けた。

「ほら！　今日中に決裁が必要なものの一部です！」

「……印章は机の下から二番目の引き出し」

「将軍の役目です！　私が押せば、文書偽造で収監されてしまいますよ！」

チッという舌打ちが頭の上から聞こえ、フィリオは顔を上げてベルを見た。

「ベルさん、まだお仕事残ってるんですか？」

ベルの無言が肯定していた。ここで「残っていない」と嘘を言わないだけの分別は持ち合わせているようで、フィリオは安心した。

「お義父様、お城に上がるのは明日でいいんですか？」

「フィリオ！」

何を言い出すのかとベルが慌てるが、フィリオは冷静だった。もういい加減うんざりしていたのだ。

終わらせるならすべてを早く片づけて、その上でゆっくりと休暇を取ればいい。

「ベルさん、今から溜まっているお仕事を片づけに行きましょう？　そうして早く終わらせて、明日が終わったら今度こそゆっくりお休み貰いましょう？」

「……明日からだったのに」

「インベルグ王子」

フィリオの呼びかけに、インベルグはすぐさま言った。

「明後日から七日の休み、欲しくないか？」

え……？　そんなに休むんですか将軍が……。

慌てつつも呆然としたサーブルの呟きが耳に入るが、ここは折れて貰うしかない。

「七日？」

「そうだ。七日だ。その間は誰にも邪魔されないように俺が見張っていよう」

「ああ、その七日の間に一日くらいは私と過ごす時間も取ってくれると嬉しいのだがな、ウェルナード」

ダーインがここぞとばかりに便乗する。

フィリオはもうひと押しをするために、ベルの腕に手を添え、囁いた。

「ベルさん、僕からもお願い。ベルさんの言うことはお休みの間はなんでも聞くよ？」

答えは聞くまでもなく肯定だった。揺れる尾が見えた気がした。

軍務庁までベルを引っ張って行き、見張りながら仕事を処理させたフィリオは、森屋敷に帰り着くなりぐったりと長椅子に沈んでしまった。

「フィリオ！」

堅苦しい制服を脱いでいたベルは、ポスンという音と共に倒れ込んだフィリオを見て、驚きの声を上げながら駆け寄った。

「病気か!?　それとも怪我か!?　まさかオーボエに何かされたんじゃあ……。くそッ、あの時やっぱり止めを刺しておけばよかった。いや、今からでも遅くない。フィリオ、待っていろ。今から城に戻って始末してくる」

憤りのせいでこれまでになく饒舌で激しい口調のベル。その男のズボンをちょんと引くフィリオの手。

「大丈夫。ちょっと疲れたから休んでるだけ」

「本当か？」

「うん。本当。だから、行かないで僕の側にいてくれたら嬉しいな」

「オーボエは……」

「気にしないでいいよ。どうせ明日にははっきりするから。だからね、ベルさん」

フィリオはクッションに埋めていた顔を上げ、桃色の瞳で夫を見上げた。

「オーボエ様のことばかり考えるんじゃなくて、僕のことを考えて欲しいなあって言ったら駄目？」

これはフィリオなりの策でもあり、本心でもあった。何しろ、ベルはフィリオのことになると本能で行動する。時に暴走しがちなベルを制御するのは、伴侶となったフィリオの言葉——力が不可欠だ。

最初の頃こそ、ベルをはじめとした押しの強い周囲に引き摺られていたフィリオだが、今ではベルの扱い方のコツも摑めるようになって来た。

僕と○○とどっちが大事？

この手の質問はベルには意味をなさない。○○の部分にどんな言葉が入ったとしても、フィリオ以外を選ぶことはまずあり得ないからだ。

もしベルが悩む姿を見たいと思ったなら、

「フィリオが作った蒸しパンと、フィリオが作った揚げ肉とどちらを食べたい？　最初は絶対に、」

とでも尋ねればいい。

「両方！」

と答えるベルに一つだけを選ばせるのはなかなかに困難なのだ。そして、これを実生活で常にフィリオも料理人も、森屋敷すべての人々が痛感している。

今日が蒸しパンで、明日が揚げ肉にすればいい。

悩んだ挙句に答えを出しても、ベルは両方を手に入れる。これが「フィリオが失敗した野菜巻き」「フィリオが焦がした卵料理」であっても、結果は同じだ。


料理に関しては焼いたり揚げたり挟んだりという、基礎的な腕前しかないフィリオなので、たまに失敗作を「食べる」「食べない」で揉めることがある。

そのため、森屋敷の料理を一手に引き受ける料理人のパリッシュからは、

「フィリオ様の手料理はほどほどの頻度に抑えた方がいいな」

と笑いながらよく言われる。

フィリオ自身も腕前的なものは本職に敵わないのはよく理解しているので、もっともだと思っている。

最近ではご褒美的な時にだけ出す特別な料理ということでベルの頭の中に定着してくれたのは、よかった。何しろ、作ることの出来る料理の種類がとても少ないのだ。毎日様々な素材を駆使して美味しい料理を作り上げる料理人は尊敬の対象だ。口に出して言えばベルが拗ねるので、言うことはないけれども。

――――。

　上目遣いで見上げるフィリオを見下ろすベルの目元が赤く染まる。

「駄目じゃない。フィリオのことを考える方が嬉しくて楽しい」

　隣に腰を下ろしたベルが、寝転んだフィリオの頭を膝の上に乗せて愛おしむように撫でる。

　普段は逆が多いので、この角度からベルを見上げるのはなかなかに新鮮だ。閨で自分の上で腰を振るベルを見上げるのとは、趣がまるで違う。

「だったら今日はもうオーボエ様のことは考えないでね。黙ってこっそりお城に行ったら駄目ですよ」

「フィリオがそう言うなら行かない。俺もフィリオの側にいる方が好き」

　気に入ったのか、フィリオの頬を何度も往復するようにベルの指が撫でる。

「それから、休暇を貰ったらフィリオとずっとくっついている。食事の時も、屋敷にいる時も、寝る時も風呂も全部一緒」

「それって動きにくくないですか？」

「そんなことはない」

「ベルさんがよくても、僕がちょっと動きにくいかと思うんだけど……。ベルさん、大きくて重いし」

　背後からじゃれつかれると、本当に重いのだ。上から覆い被さるようになる体勢のせいで、圧迫感が半端ではない。体重を掛けてフィリオを潰すような真似はしないし、動かないのであれば別に構わないのだが、動く時にははっきり言って邪魔。

　それを言うと悲しそうに目を伏せるので、あまり言いたくはないのだが、時にははっきり言わなければならないこともある。

「俺が小さかったらよかった？」

「ううん、それはない。ええとね、ベルさんが大きくても小さくてもきっと好きになったと思うから、身長は関係ないです。ただ考えて抱き着いてねって話」

「わかった。善処する。今は平気？」

「うん。今は平気。ベルさんの膝の方が重くない？」

「平気。フィリオの頭は軽くて可愛い。ずっと乗せていても大丈夫」

頭の中身が軽いと言われたわけではないので、苦笑するに留める。自分がずっとこの姿勢だったら、そのうちにベルが物足りなくなるのは明らかだ。

フィリオを可愛がりたくて仕方がないベルだが、本来は自分が構って欲しいと思う性質なのだ。

エメとじゃれ合って遊んだり、エメの星を散りばめた黒い毛皮に櫛（くし）を通していたりする時など、自分もして欲しそうに見つめているのだ。櫛を持って待機している姿は、勇猛果敢な将軍に憧れている兵士や国民には絶対に知られてはいけない、国家的機密だと思う。


ぽんぽんとベルの手を軽く叩いてフィリオは起き上がった。

「ありがとう、ベルさんのおかげで疲れも取れました」

「まだ寝てていいのに……」

重さの消えた膝を未練たっぷりに見つめるベル。

「することあるから、起きていなきゃ。明日お城に行くでしょう？　どういう話をすることになるのかわからないけど、お屋敷のことが疎（おろそ）かになったら家令失格だもの」

「フィリオは家令じゃなくて俺の嫁。家令はサイデリート」

「サイデリートさんは、一時的にうちに来て教えてくれてるだけだから、こき使ったら駄目。領地のこととかいろいろ覚えることが多いから、すごく助かってるんです。早く覚えて、一人で出来るようになるのが僕の目標。だからベルさんはつまらなそうな顔をするんじゃなくて、応援してくれたら嬉しいな」

とはいえ、インベルグ王子が派遣してくれているサイデリートは優秀なので、帳簿の見方や財政管理以外にも、教わりたいことはたくさんある。

実家では姉の夫である義兄が行っていることで、フィリオも結婚前からある程度一緒に勉強して来たが、所有する領地の規模もベル本人の年収も違う。

将軍としての所得に関しては、軍務庁の経理が一括して管理してくれるからよいとして、私的な部分に当たる領地からの収入などは、すべて主であるベルの元へと届けられ、ヒュルケン家で整理した上で城に提出しなくてはいけない。

屋敷の中の采配とそれら管理を行うのが家令の役目で、貴族の中には経理専門の担当者を置くところもある。父方のルキニ侯爵家では経理がいたはずだ。

しかし、人付き合いが悪く、いろいろな方面に関して無関心さを発揮するベルが経理を雇ったとしても、雇い主として完璧な対応が出来るわけがない。

先日、サイデリートとも話したのだが、やはり財務管理をする人物は雇った方がいいだろうということになった。サイデリートが仕えるインベルグ王子は、文字通り王子なので王室の財務担当部署が丸ごと面倒を見ているらしい。

どちらにしてもベルが気に入らなければ雇うことも出来ないため、現状、フィリオが頑張っている次第だ。

幸いなのは、ウェルナード＝ヒュルケン将軍とお近づきになりたい貴族や商人は多くても、一般的には「不愛想で無口で近寄り難い」軍人のベルに直接働きかけるだけの度胸のある人は少なく、森屋敷を不意に訪れて面会を求める人との応対という煩雑さがないのは、新米嫁のフィリオにはありがたいことだ。

だからではないが、父親のルキニ侯爵の方へ、ヒユルケン家への渡りをつけて欲しいと願いに来る者も多いらしく、これに関しては昼ご飯を差し入れたり、食事を一緒に摂るなどして、親孝行に務めている。

ルキニ侯爵自身は、儀礼庁長官という立場でもあり、そこそこ大きな権力を持っていることが、自分の息子の防御壁になっていることを喜んでいる節があるので、迷惑にならない程度に頼らせて貰っている。

（明日は父上も来るのかな？）

来てくれたら頼もしいが、相手はシス国の王族なので立場的にはそこまで強く出ることが出来ない。

（やっぱり国王様かなあ）

ベルが暴走した時に止める要員は確保出来るはずだ。インベルグ王子は自分の楽しみのために絶対に介入するはずだし――既にしているとも言う――、聖王親衛隊長ナイアスは場合によっては出て来るだろう。クシアラータ国の三宝剣の一人ヒュルケン将軍の大事なのだ、無関係とは言い切れない。

（本当にあの王子様、わからずやなんだから……）

素直に諦めてさっさと国に帰ってくれればいいものを……。

ベルほど極端ではないが、長期出張から帰って来たベルを労い、普段通りの生活を送りたいフィリオには、オーボエの存在は非常に邪魔だ。

大人しいフィリオだが、流されるだけではない。

自分の平穏を守り、取り返すためにはオーボエ王子にシス国へ帰って貰うしかない。

「ベルさん、僕頑張りますね」

ふんっと珍しくも鼻息荒く、きりっとした表情を見せたフィリオを見つめたベルは、

「フィリオ、可愛い」

そう言ってぎゅっと抱き着いた。フィリオ、格好つけたのに形無しである。

その夜はベルを宥めるのが大変だった。

翌日は昼前から城に行かなくてはいけないのに、ベルがしつこく体を求めて来たからだ。

これで朝が早くなければ求めに応じたフィリオだが、さすがに自重という言葉は知っている。それを知らないベルを甘やかすだけ甘やかして、口づけだけは呼吸が出来なくなるほどまで許し、体のあちこちに痕を残され、挿入せずに口だけで二回射精させられ、ようやくベルを満足させることが出来た。

ベルのものは何度も入り口をつつき、中に入りたそうにしていたが、

「入れたら実家に帰ります」

という強権を発動して、手で擦るだけで抑えて貰った。一回で終わったのは、奇跡だと思っている。

要はベルは、フィリオは自分のものだという所有印を体中につけたかっただけらしい。

曰く、

「噛んで歯形をつけておけばいいとインベルグが言っていた。俺のフィリオだと匂いと印をつけておくのが大事」

体の裏も表も全部を舌でなぞったベルの一仕事終えた後のような満足した顔といったら……。

二回出しただけで疲労困憊のフィリオは、それを聞いて苦笑するしかなかった。

(それは僕がすることだよ、ベルさん。だってオーボエさんが狙っているのはベルさんなんだから)


翌日の王城。

普段通りに登城したベルとフィリオは、儀礼庁に寄ってルキニ侯爵に昼の食事を渡して話をし、それ

から軍務庁へ向かった。

フィリオとしては儀礼庁で仕事をしていたかったのだが、城門前まで迎えに来てくれた副将軍サーブルから、

「我々の安寧と仕事効率化のために、ぜひともフィリオ様には軍務庁で将軍と同じ室内にいて欲しく……」

と、隈の出来た顔でお願いされてしまったからだ。

ベルと一緒に視察に出向いていた副将軍の苦労を思い、フィリオは断ることが出来なかった。聞かなくてもわかる。我儘なベルが帰りたいと駄々をこねるのを必死に宥めすかしていたサーブルの尽力が。

そんなわけで、城から呼び出しが来るまでは軍務庁の一室で、将軍としてベルが仕事をしている景色を眺めているのだ。

フィリオが見ているからか、ベルは張り切った。普段の二倍の速さで書類が次々に片づいていく。

中には、机の上に置かれた途端に印章を押してしまう書類もあり、それでいいのだろうかと思う時もあったが、概ね順調だった。サーブルによれば、飽きっぽいベルには適時、印章を押すだけのものを混ぜ込み、休憩と思考を交互に繰り返させているのだとか。

これもまた、ベルの性格と行動を熟知した上で軍務庁の事務方が考え出した方法だ。

「ベルさん、頑張れ」

「頑張る」

溜まった書類をひとまとめにし、空いている場所に重ねる。それから待機している書類をベルの机の上にドンと置く。

「次はこれをお願いします」

「……わかった」

横目で見たベルはその高さを見て一瞬手を止めたが、即座に再開した。

「フィリオ、書類持って来たわよ」

　開け放たれた扉の向こうから、フィリオの姉アグネタが数枚の書類をひらひら振りながら現れた。補給部に所属しているアグネタは、普段は書類運びはしないのだが、今日は弟がいるため代わりに運んで来たらしい。

「ありがとう、姉上」

「いいのいいの。可愛い弟の手助けだもの。それに」

　と、アグネタはフィリオの耳元で声を潜める。

「将軍が真面目に働いている姿を見るまたとない機会だもの。部署の方でも、将軍が書類仕事に飽きないうちに決裁印を貰うんだって、みんなが張り切っているのよ。ちょっと疲れたから息抜き」

「姉上……息抜きって……」

「だって、みんなすごく張り切っているんだもの。席を立つのも憚(はばか)られる雰囲気なのよ」

「そんなに忙しいなら、ここに来ている間に姉上のところにもたくさんの書類が回って来ているんじゃないですか？」

「まあね……。でもそうとわかっていても、滅多なことじゃここまで来られないから、やっぱり役得だわ」

　アグネタがペタペタと印章を押すベルをじっと見つめる。

　早く結婚したいと言う割に定まった相手を作らない——作れないんでしょと前に言ったら拳骨(げんこつ)を貰った——姉は、かつてはベルの妻になることを望んでいた。

　結局、空回った挙句、ベルの本命が自分の弟だったというので失恋した形になったわけだが、その後はけろりとしている。元々結婚欲の方が先で、お買い得物件のベルとの話が持ち上がったことでそれに乗り掛かる形になったので、思い入れはないらしい。

　ベルにとっては口煩く喧(やかま)しい義姉(あね)であり、フィリオにとってはインベルグ王子と並んで「余計なことは言わないで欲しい」と望む、ちょっと手の掛かる姉である。

「でも、本当にあんたって次から次へといろいろなことに巻き込まれるわね」

　じっと背の高い姉から見下ろされ、フィリオは肩を竦めた。

「別に僕が好き好んで巻き込まれているわけじゃないんだけど……」

「だったらなおさらよね。火事に、喧嘩に今度は横恋慕の相手が登場」

「だから不可抗力だって」

「自分から首を突っ込みに行くような弟だったら、私だって呆れるわよ。あんた、本当に気を付けなさいよ。将軍とのことで妬んでいる人もいるし、恨んでいる人もいるからね」

　妬み……嫉妬する人は確かにいるかもしれない。

実際に、ベルと連れ立って歩いていると、睨まれることもある。実害はないので気にしないことにしているが、姉の言うように注意は必要だろう。

　恨みに関しては、もう最初の最初からなので出たとこ勝負な面は否めない。火事にしても、それに端を発した戦にしても、未だ血統を重んじるクシアラータ貴族の中にシス国人だったベルを排除しようとする動きがあるとは、父親のルキニ侯爵からも聞いている。

「ありがとう姉上。心配してくれて」

「当たり前よ。可愛い弟だもの」

　アグネタの腕がフィリオの体に回り、ぎゅっと抱き締められる。豪快な性格をしているアグネタだが、他の兄姉のように弟を愛する気持ちは強いのだ。

「それに私たちが気持ちよく仕事するには、将軍の機嫌が悪くない状態で、なおかつ執務室にいてくれることよ。うまく将軍の機嫌を取ってちょうだいな」

「それはまあ、そうだろうねとは思う……」

ちらりとベルの方を向けば、じっとこちらを凝視している。どうもアグネタに抱擁されたフィリオを見たせいで、集中力が途切れてしまったらしい。

「ベルさん、手を動かして」

「……」

睨まれたアグネタは、

「ふふ、姉の特権です、将軍」

となぜか愉悦の笑みを浮かべている。

「……夫の特権を行使する。フィリオは俺の嫁。離れろ、アグネタ＝キト」

「畏まりました、ヒュルケン将軍」

どうやらベルを揶揄ったただけのようで、アグネタはさっとフィリオから離れて敬礼をした。

（すごいよ姉上。あのベルさんを挑発するなんて、誰も危険でしやしないのに）

それだけ慣れたということだろう。手の届かない憧れだった将軍は、弟が絡むと実によく暴走してくれる。溺愛ぶりを常に披露しているベルを見ていれば、こう、何かが壊れて地面に落ち、一気に生身の男として親近感を覚えるのも無理はない。

「終わったらすぐに部署に戻れ」

「はい、閣下！　フィリオ、またね」

軽く頬に口づけて軽やかな足取りで廊下に出て行く姉の機嫌はよい。

そして振り返れば、

「フィリオ、消毒」

手招きしているベルがいた。さすがに書類の山を前に、席を立って自分から行くという選択は出来なかったようだ。

仕方ないなとフィリオが机の横に立つと、椅子ごとくるりと体の向きを変えたベルの腕が伸び、ぎゅっと抱き締める。

「これも消毒？」

「そう」

さわさわと手が背中のあたりを動いているが気にしない。

「それから、ここも消毒」

頬に唇が近づき、触れた。それで終わりかと思いきや、

「……ッ。ベルさんっ」

舌がぺろりと頬を舐めた。

「ん、消毒だから。しっかり消毒は基本。放置はよくない」

「あのね、ただ姉上が挨拶代わりにしただけでしょう？」

「それでも。俺のフィリオに他の奴の痕を残したくない。だからじっとしてて」

「ちょっ……ベルさんっ、それ舐め過ぎだよ。僕のほっぺたが削（そ）れちゃいそう！」

厚い舌がねっとりと頬を舐め上げる。その強弱のつけ方が、抱き合う時にベルがフィリオの陰茎を舐めるのと同じで、下半身にずきんと熱が走る。

「駄目……駄目だって、ベルさん……」

「これはおやつ。疲れた時に食べるおやつ。それからご褒美？」

「ご褒美は後であげるから、今は駄目。まだ仕事中だよ」

ぐいぐいと両腕でベルの体を押すが、フィリオの力で軍人の体を押しやるのはまず無理だ。

（姉上……）

それこそ姉が恨めしい。

こうなるだろうことを姉が予想しなかったはずはないのだ。

（ベルさんがこうなったら、お預けするのは難しいのに！）

しかしここは軍務庁。そして扉は開けっ放し。その理由は、執務室に気楽に入ることが出来るように

するためらしい。閉じられた扉だと、書類を運ぶ新人が臆してしまい、持ち戻ることが多発したことで取られた対処だと、副将軍サーブルが乾いた笑みを浮かべて教えてくれた。

(じゃなくって!)

このままだと仕事を放棄してフィリオを味わうことに熱中しそうだ。

「ベルさん、ウェルナード!」

ここは一つ厳しく……とフィリオが声を上げたそれに重なるようにして、

「将軍、城から迎えが……って何してるんですか将軍!」

室内を見て状況を悟った副将軍が、悲鳴のような叫びを上げて突進して来る。

「将軍! ほら、フィリオ様が嫌がってますよ! 早く離れてあげてください」

「いやよいやよもすきのうち? ってインベルグが言っていた。だから大丈夫」

「ちょっと、何言ってくれてるんですかあのお方は! インベルグ王子の話は本気にしたらいけませんと何度も言いましたよね!? 私は!」

ぐいぐいとベルの腕を引き離そうとしてくれる副将軍は、フィリオにとって実にいい人だった。

「ウェルナード、ほら、副将軍様も言ってるでしょ。早く離れてお城に行かなきゃ……」

「城よりフィリオの方が大事。オーボエの顔を見ると思うと、行きたくなくなる。帰ろうか?」

「それは駄目だよ、ベルさん」

「将軍、それはさすがにいけません。フィリオ様、お願いします」

この駄々っ子を何とかしてくださいという副将軍の目配せに気づいたフィリオは、自分からベルに抱き着いた。

「この続きは家でゆっくりしましょう?」

「家ならいいのか？　それなら……」

　フィリオを抱えてすぐにでも森屋敷に帰りそうなベルの腕を強く引く。

「用事を終わらせなきゃ、家にまで押しかけて来る人が多そうだと思わない？　それを考えたら先にお城に行って、早く用事を終わらせて、それから家に帰って、二人きりでゆっくりした方がいいと思うよ」

　殊更に二人きりなのを強調したが、方便ではなく事実だ。ベルがすっぽかした場合、間違いなくインベルグ王子は森屋敷を急襲するだろう。他の人なら遠慮するようなことも、あのインベルグ王子には関係ない。閂を掛けて閉じ籠もったとしても、窓を蹴破って入って来るだろう。実際に前例もある。

　そうなると、部屋の後片づけも大変だし、屋敷で飼っている小動物も怯えてしまう。その子たちを可愛がっているエメが怒り、最悪エメ対インベルグ王子の対決という事態になりかねない。

　実に怖い話である。

　だが何よりも、早くオーボエの件に決着をつけたいのだ。

　抱え上げられていたフィリオは、珍しくもするりと腕から抜け出し、ベルの手を取り歩き出した。

「お城に行きますよ」

「……」

「そんな顔をしても駄目です。僕はね、ベルさん。これでも結構怒ってるんですよ」

「俺に？」

「いいえ。オーボエ様にです」

　何度説いても耳を貸さないあれには本当に呆れてしまう。実害がないのなら放っておくが、そうじゃないから困る。義父ダーインが、シス国からわざわざ同行するわけだ。

　あの王子は、現実を目の当たりにしてもまだベルが騙されている、ベルを引き留めるクシアラータ国は悪だと思い込んでいるのだ。遠いシス国で誰が諭したところで、聞き入れるわけがない。

「それに大事なことを忘れているよ、ベルさん」

「大事なこと？」

「明日からの七日間のお休み。今我慢をしたら、明日からはずっと僕と一緒でしょう？　そうじゃなかったら、ずっと邪魔されてばっかりになると思うけど、それでいいの？」

休みのことは覚えていたはずだが、それよりもオーボエの顔を見たくない気持ちの方が強く、自分に利益があるのをつい失念しがちなベルに気づかせる。

「そうだった」

しまったと顔を顰めたベルだが、切り替えは早かった。

「サーブル、迎えは馬車か？　それとも馬か？」

「馬車が横付けされています」

やっと行く気になってくれたベルの後ろを速足で副将軍がついて行く。真剣に歩き出したベルの歩幅は広く、小柄なフィリオはついて行くだけで精いっぱいだ。

（さすが軍人……）

小走りでもなかなかの速度である。軍務庁の中は広く、玄関に行き着くまでに体力が保つか心配だ。

そんなフィリオの荒くなった息に気づいたベルがすることといえば決まっている。当然、抱っこだ。

「こっちの方が早い」

言葉よりも先に、腕を引かれたフィリオはあっという間に抱き上げられて夫の腕の中だ。

「ベルさん、さすがにこれは恥ずかしいんですけど」

「気にするな。今さらだ」

「その、今さらっていうところが余計に恥ずかしいんですって……」

言っても無駄だとわかったフィリオは、呆気に取られた顔で注視する軍人たちの視線から逃れるため、

ベルの胸に顔を押し付けた。

そんな仕草が庇護欲を煽るとはフィリオ本人気づいてもいない。気づいているのはベルだけで、部下たちを視線で威嚇する姿には、凄みすら感じたと見物人の一人だったアグネタが後日教えてくれた。

本当に真正面で待っていた馬車は、二人を乗せるとすぐに走り出した。

基本的に建物が密集する場所での馬車の利用は禁止で、徒歩での移動になる。フィリオが儀礼庁の手伝いで、各庁へ届け物をするのに徒歩だったのはそれが理由だ。

二人を乗せた馬車は王家が使用するものだとわかるよう、はっきりと紋章が描かれている。そのため、特に通行を遮られることなく、すぐに城に到着した。


フィリオたちが案内されたのは、城の中でも小さな宮の一室だった。

現在は軟禁されているとはいえ、相手は一応友好国の王子だ。牢屋に入れるのは論外で——ベルはそれを主張していたが——、かといって丁重にもてなすには値しない人物と話をするにはどこがいいかと悩んだ挙句の離宮の小部屋になったらしい。

といっても、歌唱隊時代に大広間に通された以外で城内に入ったことがないフィリオには、どの部屋がどんな役目や格を持っているのかさえわからないので、説明されたところであまり意味はなかったかもしれない。

「来たな」

先に部屋にいたのは義父ダーインと、オーボエの兄でもあるキャメロン第一王女夫殿下だ。

とても高価そうに見えるという以外に表現出来ない深緑に金模様の立派な椅子に並んで腰掛けていた

二人は、フィリオたちの顔を見るなり破顔した。

「こんにちは。お義父様。それにキャメロン様」

「すまないな、フィリオ君。甥のせいでこんなところにまで呼び出してしまって」

「本当に。不肖の弟にもほどがある。私も呆れてしまったよ。昔からウェルナードを好きなのは知っていたけど、いい大人がここまで拗らせてしまうなんて笑い話にしかならない」

フィリオは苦笑した。笑い話ではあるのだが、実際に迷惑を被っているのは自分たちなので、キャメロンには悪いがさっさと帰国させてしまうのがいいと思っている。

だが、それをややこしくしているのが、クシアラータ国内でウェルナード＝ヒュルケン将軍を引き摺り下ろそうと画策している不穏分子との結び付きだ。

「シス国に逃げた連中の方は始末をつけたけど、他にも繋がっている者がいるかもしれないからね。こちらに護送されて来る貴族たちが素直に話してくれる保証があるなら、すぐにでもシス国に帰すんだけど……」

政治的な背景もあり、なかなかすぐにというわけにはいかない現状だ。

「待つ必要はない。フィリオを傷つける者は全員始末すればいい」

「こらこら、物騒なことを言わないのウェルナード」

さすが幼少時からの付き合いのあるキャメロンが、穏やかに制止を掛ける。

「フィリオ君のことだけじゃないだろう、ウェルナード。お前自身も狙われているんだぞ。キャメロンにも聞いたが、前にも狙われたことがあったそうじゃないか」

火事のことだろう。ベルへの抗議の意味も含め、ベルの留守中に森屋敷に火を放った。エメがいたからこそ延焼は免れたが、周囲を深い森に囲まれているため、初期段階で気づいていなければ火に炙（あぶ）られて、使用人や小動物含め全員が負傷するか命を落としていた可能性がある。

「伯父上、申し訳ありません。ウェルナードに強固に反発する貴族たちを止めることが出来なくて。すべて事が起こってからでないと対処出来ないのが現状なんです。全く……頭が固いのばかりが揃っていて」

ため息をつきながらキャメロン王子は自分のこめかみを指で押さえた。

キャメロンの妻はクシアラータ国の第一王女だ。女性を国主に据えるこの国において、次期国王はこの王女になる。そうなるとキャメロンも副王として、補佐をする形になるため、まだ自由に動ける今のうちに国内の不穏分子をどうにかしたいと考えていた。

「十年もいればもうシス国人じゃあないだろうにな。ウェルナードもキャメロンも、立派にクシアラータに根付いている」

義父は慰めるようにキャメロンの肩を叩いた。

「本当に腹が立ちますよ、伯父上。あれだけウェルナードの武勲に依存する生活を送っていながらよく言えるものだと」

戦で功績を上げて将軍にまで登り詰めた男に対し、随分勝手な言い草だとキャメロンはここぞとばかりに愚痴を吐き出した。

（キャメロン様でもこんな風になることがあるんだね）

いつもはフィリオのよき理解者として、優しい兄のような空気で包んでくれているキャメロンが、ダーインの前ではまるで子供のように素のままの自分を出している。ベルよりも年上なのは間違いないから、三十歳は超えているはずなのだが。

そのベルは、室内に入ってフィリオと並んで離れた場所にある二人掛けの椅子に並んで座り、先ほど発言した以外はじっと瞼を閉じたままだ。

密着して座っているせいか、手を握るなどの行動がないことに安心する。

(それにしても誂えたようにぴったりの椅子だなあ)

革ではなく織物のせいか、動物の模様がどこか可愛らしい雰囲気を出している。ベル一人が座っていれば不似合いだが、フィリオが一緒にいることで、調和が取れているという感じだ。

(この部屋に二人掛けの椅子があるのは不自然で気になるけど、これってまさか、僕とベルさん用にわざわざ運び込んだものじゃないよね?)

そう思いたいが、義父たちが座っている長椅子と対になる長椅子の他に部屋には、一人掛けの椅子が数個端に並べて置かれていた。人数に合わせて使えるようにするためだが、その椅子があれば二人掛けはいらないだろう。

(……あり得る……)

インベルグ王子ならあり得る。こちらもベルとは付き合いの長い王子だ。そしてフィリオへの執着をある意味一番よく理解しているのも彼である。結婚騒動からずっと何らかの形で、すべての出来事に絡んでいる男でもあり、今回もまた関わっている。

(たぶん、そうなんだろうな……)

この意匠の椅子がある時点で決まったようなものだ。

ベルに座らせて不似合いさを笑うのか、それとも他に用途があるからなのか。

インベルグ王子の思うままになるのは少々癪だが、今さら席を移すのも変だし、これから増える人を思えば、この配置が適当なのは違いない。

「フィリオ君」

「はい、なんでしょうお義父様」

首を傾げてフィリオが返事をすると、義父は笑顔でキャメロンに言った。

「お義父様……いい響きだと思わないか？　可愛げの欠片もなくなった息子の可愛い嫁から呼ばれるのは最高だ」

「気持ちはわかりますがね、伯父上。あまりフィリオ君に構うとウェルナードが機嫌を悪くしますよ。フィリオ君のことに関しては、本当に溺愛ぶりが激しいんですから」

「そうだろうとは思うが、父親としてはエメ以外に興味関心を持たなかった息子が貰った嫁だ。感慨もひとしおだ」

「確かに、ウェルナードが結婚する姿は想像も出来なかったですね。結婚するとしても、強制的に誰かとというくらいだったし」

　二人は「うんうん」と頷き合う。

「フィリオ君、もしもウェルナードと喧嘩をした場合にはいつでも私を頼っていいからね。ルキニ侯爵がいらっしゃるし、キト家への里帰りでもいいんだけど、ほら、私は第一王女の夫だから城住まいで、追い返すのに何の支障もないからいつまででもいることが出来るよ」

「おお、それはいいな。ウェルナードが我儘を言って困らせた時にはキャメロンを頼るといい」

「それは魅力的なお話ですけど、でもたぶんベルさんは強行すると思うので、キャメロン様のお言葉だけありがたくいただくことにします」

　ちらりと横を見れば、相変わらず目は閉じているが、不機嫌そうに頬が動いている。まだ大人しくしていることの方が珍しいくらいだ。

「やっぱりそうかな。インベルグを見張りに立てておけば大丈夫だと思うけど」

「キャメロン様、それは絶対逆です。お二人が揃っていて騒動にならないのを想像する方が難しいです。絶対に被害が増大するのが目に見えています」

　インベルグなら向かってくるベルを見れば、嬉々として戦うだろう。三宝剣のうち二人がやり合うのを止められる人物はいない。残りのナイアスにしても、二人を相手にはまず無理だろう。

「確かに、対抗として使うにはちょっと難しいところだね」

肩を竦めたキャメロンだが、前提が違うのだ。フィリオとベルが喧嘩をしてフィリオが飛び出した後のことを考えるよりも、そうならない手立てを考える方が有効だ。

そのために、フィリオも日々努力をしているのだから。主にベルを宥める方向で。

待っている途中で給仕がお茶と軽食を運んで来てくれたのは助かった。午前から城にいたのでそこそこ腹は減っていたのだ。

「遅い」

フィリオから鶏肉（とり）を挟んだパンを貰って食べていたベルの言葉は、その場にいた全員に通じるものだった。

呼び出されてそのまますぐに始まるのかと思ったが、軽食を摘（つま）めるほどの時間が経過しても、王家の者が誰も訪れない。

（インベルグ王子はすぐに来ると思っていたんだけど。何かあったのかな？）

フィリオの疑問は義父の疑問でもあったらしく、キャメロンに様子を見て来るように促している。

さすがにキャメロンも変だと思ったらしく、急ぎ足で出て行ったが、すぐに笑顔で戻って来た。

「来たよ」

聞こえて来る大きな声はオーボエのものだろう。それにインベルグ王子の声も聞こえる。

「オーボエとインベルグだけだね。陛下と副王は後から来るみたい」

つまりここでの成功責任者は自分だろうかと、キャメロンは思案する。

「さっさと歩け」

「歩いてる！　お前のせいで歩きにくいだけだ！」

「あれしきのことで歩けなくなるなんざ、シス国の軍隊は腑抜け揃いか？　ああ、お前が甘えて鍛錬を怠っただけか。そうだろうな、ダーイン＝ヒュルケン殿と比べた俺が間違っていたぜ」

　アハハと人を虚仮にしたような笑い声と共に、両手を前で縛られたオーボエとインベルグが室内に入って来る。

　インベルグは涼しい顔をしているが、オーボエの方は汗をかき、服の隙間から見える腕や首には痣も拵えていた。

「遅れて悪いな。あんまり喧しいんで、朝から特別訓練に同行させてたんだ」

「特別訓練って何ですか？」

　そんなものがあるのだろうかと傍らのベルを仰げば、

「疑似演習。戦場に在ると見立てて過酷な状況で生き残るための技術を学ぶ」

「ええと、つまり？」

「土嚢を背負って塀を乗り越え、膝まで浸かる泥水の中を走り、木の上で息を潜め……あとは無手で剣に立ち向かう練習」

「それ、本当に疑似なんですか？」

「疑似。城の中でするから疑似」

「参考までに疑似じゃない場合は？」

　もっと過酷なのだろうかと想像したフィリオだが、

「普通の演習。部隊の連携を取る練習。陣形の確認が主。あと、野営料理の練習もある」

「えぇーっ!?」

　思わず声を上げてしまった。疑似演習の方がきついではないか。

「そうとも言う。だから訓練の内容を聞く時にはみんな緊張している」

わざと「演習」と言った後に「疑似」と付け加えると悲鳴が上がるのだとかなんとか。

「インベルグのところが一番たくさん盛り込んでいるから、遣り甲斐はある」

「……そんな遣り甲斐、持ちたくないなあ」

素直な感想だったのだが、義父は違ったようだ。元々シス国の軍を率いていた義父は、その特別訓練に興味を持ったらしく、

「私も一度参加してみたいがどうだろう、インベルグ王子」

などと嬉しそうに尋ねている。足元に膝をついて息も絶え絶えなオーボエは、信じられないという驚きの表情で義父を見つめていた。

この件に関しては、フィリオもオーボエに同意する。

(軍人ってよくわからないや……)

体を鍛えるのが好きで、筋肉の成長を喜び、中には自らの肉体を他人へ見せつけるのが好きな兵士もいるらしい。これは実際にフィリオが見たのではなく、軍務庁勤務の姉からの情報だ。

「ベルさんも特別訓練に自分でも参加するの?」

一般人からすれば至極当たり前の質問だろう。将軍というすべての軍人の頂点に立つ男なのだ。指揮するだけでよいのではという感覚がある。

だが、

「する」

という端的な答えにも、

「そうなんだ」

という感想を抱いてしまうのも確かなのだ。

「フィリオ＝ヒュルケン……長くて言いにくいな、ヒュルケンは率先して参加するぞ。一度互いの軍で練習内容を交換してやったことがあったが、結構えげつなかった」

「それはインベルグも同じ。人のこと言えない」

「そうとも言うな。で、だ。話を戻すとこいつ」
インベルグ王子は顎でオーボエを示した。
「逃亡するだけの体力がなくなるようにと思いつつ
てな、俺のところの朝練に参加させたわけだが」
そこでインベルグは義父に向かって肩を竦めた。
「こいつ、本当に軍人なのか？　訓練中の疲れ具合
から多少へばるのは予想の範囲だったが、最初の走
り込みの時点でついていけなくなっていたぞ。さす
がおまけ王子だな。名に恥じない怠けっぷりだ。そ
れで軍人と名乗るのもおこがましいぜ」
「インベルグ王子の言う通りですな。甥は典型的な
末っ子気質で甘えが多い。軍団長がこれの兄で、こ
れがまた……」
視線をやられたキャメロンが頷く。
「あの兄なら甘やかすことは平気でするでしょうね」
「国に戻ったら要相談だな」
誰に相談するか。もちろん、シス国王だ。軍団長
をベルに譲るという発言もある。士気に関わる内容
だけに、そして身内なだけに甘い対応は出来ないだ
ろう。
下手をすると、反発が大きくなった結果、クシア
ラータ国で軍功を上げ将軍職に就いているベルを連
れ戻せという声が上がるかもしれない。
（それを見越しての譲る発言なら知恵が回るのかも
と思わなくもないけど）
オーボエと似たり寄ったりの性格ならば、何も考
えずに思ったままを口にしたと考えるのが妥当だ。
その件に関しては完全にシス国内での問題なので、
ベルに飛び火しないよう義父がうまく処理してくれ
ることに期待したい。
「おまけ王子、早く立て」
「立てるものなら立ってるに決まってるだろうが！」
爪先で突かれ、とうとうオーボエが吼(ほ)えた。
「煩(うるせ)えな。まだ叫ぶ元気があるなら、追加するぞ」

ぐっと詰まって反論するために開きかけた口を閉じたところを見ると、よほど嫌だったらしい。

「いいよ、インベルグ。そのままで。椅子に座る価値もないんだから、その辺に転がしていても問題ない。ウェルナード、足置きが必要なら提供するよ？」

「兄上！　足置きとは俺のことか⁉」

「それ以外に誰もいないだろ。で、要るかい？」

　ベルの青い瞳が真っ直ぐにオーボエを見つめ、それからすぐに逸らされた。

「不要だ。靴が汚れる。フィリオの近くに寄せたくない」

　なかなかにきつい言葉であった。

「ああ、確かにフィリオ君の側に近づけるのは危険だね。転がっていても噛みついたりすることは出来る。縛っていても、飛びかかるくらいはするだろうし」

「なら口に布でも突っ込んでおくか？　縛るのは得意だから任せろ」

　なぜか楽しそうに目を輝かせるインベルグ。そして、こういう会話になぜか口を挟むベル。

「インベルグの結び方はすごい。あれだけは褒めていい」

「そんなにすごいんですか？」

「すごい。模様みたいに綺麗に結ぶことが出来るのはインベルグだけだ。俺には無理。前に訊いてみたことがあるが、特別な夜の練習が必要だと言っていた。そういう技術を練習することが出来る店があるらしい」

「へえ、そんなのがあるんですね」

「だから、サーブルに提案したことがある。でも、叱られた」

　ベルはその時のことを思い出したのか、むっと口を曲げた。

「常識がないとか、今後一切インベルグから何かを教えて貰おうとするなとかいろいろ」

「ほほぉ、サーブル副将軍だな。いいことを聞いた。今度会った時にはぜひ可愛がってやろう」

インベルグの凶悪な笑みは今日も絶好調のようだ。

「こいつで実演して見せようか？　フィリオ＝ヒュルケン」

ぜひお願いします！

そう言いかけたフィリオだったが、

「インベルグ、さすがにそれは止めた方がいい。フィリオ君の前で披露する技じゃない。ウェルナードはともかく、そのことがルキニ侯爵や聖王親衛隊長に知れたら、それこそ君が縄の餌食になりかねないぞ」

キャメロンの制止と忠告に口を噤んだ。

インベルグが「ふむ」と思案するように首を傾げる。

「ルキニ侯爵はともかく、ナイアスはまずいな。あいつは本気で俺を落としに掛かるから面倒だ。よし、義兄上の言うように、この件は保留にしよう。機会があったら教えてやる」

にっこりと笑うインベルグを見たフィリオは、

（早まったかも？）

と自分の無邪気な発言を後悔していた。

副将軍だけが反対するならまだしも、父親のルキニ侯爵や聖王親衛隊長ナイアスまでもが引き留めに掛かるという縄術。尊敬する親衛隊長がインベルグに対抗する措置を取るようなものなら、きっとフィリオは知らない方がいいに違いない。

インベルグがベルに与える知識や策に翻弄されて来た経験を持つフィリオは、

（絶対に聞かないようにしよう）

と固く心に誓った。そして、いつもと同じようにベルが余計な知恵をつけられませんようにとも。被害を受けるのはいつもフィリオなのだから。

雑談のようなものが一段落したところで、まだ呼吸が整わないオーボエは腕を引っ張られるようにして、椅子に座る面々から見える真ん中に座らせられた。もちろん、床の上である。その隣には、椅子を引き摺って来て座ったインベルグ王子がいる。見張り番のつもりなのか、鞘ごと抜いた大剣を見せつけるように両手で支え突き立てているのが心憎い演出だ。

何か無礼を働こうとすればすぐに動ける。剣で叩くも小突くもよし。殺意を持って何かをしようとすればどうなるか、いくら物事の道理を弁えないオーボエにもわかるだろう。

「オーボエ」

最初に口を開いたのは義父だった。

「昨日も言ったが、お前ももうウェルナードがシス国に戻る気はないとわかっただろう。強制されたのではなく、脅されたのでもなく、自分の意志で残ると言っている。いや、語弊があるな。ウェルナードは既にシス国の人間ではない。クシアラータ国のウェルナード＝ヒュルケン将軍だ。これに異論を唱える者はいまいよ」

「だが伯父上！　ウェルナードがクシアラータ国にいることを望まない者もいる。全員が望んでいるわけではないぞ」

すかさずこんな反論が飛んで来て、

「こいつは……」

と思ったのは、フィリオを含めたこの場の全員だった。義父の目が天を仰ぐ。脱力するしかない気持ちはよくわかる。

「何がおかしい!?　あいつらはウェルナードが歓迎されていないと言ったぞ。失礼だが、キャメロン兄上の手前表立って批判出来ないだけで、国民の多くが同じ意見だと。だから俺に手を貸してくれたんだ」

既にシス国に逃げた貴族が捕縛され、移送中という事実を聞かされているオーボエは、協力を依頼されたことを隠そうともしない。

「いいか、オーボエ。お前は利用されたんだ。王宮の権力争いに愚かにも巻き込まれ、その片棒を担がされたんだぞ」

「オーボエ、お前には言ってもわからないかもしれないが、お前が敬愛するベルの地位を引き摺り降ろすだけでなく、命まで狙っていた貴族たちに、お前は尻尾を振って加担したんだ。それがなぜわからない」

命という言葉を聞いて、オーボエがはっとベルの顔を見る。もちろん、ベルはオーボエの方を見る気など全くないと態度で示しているように、先ほど一度視線を合わせたきり、横を向いたままだ。

自分が完全に拒否されていることに、ようやくオーボエは気づき始めていた。

「ウェルナード……」

まるで子犬のように縋る目つきだが、いかんせん、これまでの態度が悪過ぎた。誰も同情しない。最も多くの害を被ったフィリオも同じだ。

自分の愛する夫を取り上げようとした人物に寛容でいられるわけがないのだ。

（キャメロン様には悪いけど、どんなに謝っても許してあげられそうにないや）

若気の至りと言うには、オーボエの犯した罪は重い。

「お前はまだ実感していないかもしれないけれどね、オーボエ。もしもウェルナードがクシアラータ国から去ったとしたらどうなると思う」

「……別に将軍の代わりはいるだろう。そこの暴力王子がなればいいじゃないか」

「いい言葉だな、おまけ王子。暴力王子ってなあ俺のことか？　あァ？」

大剣の先がオーボエの背中に突き刺さる。鞘に入っているから切れることはないが、頑丈な鞘の先はそれなりに痛みを与える。

　オーボエは咄嗟に悪態をつこうと振り返ったが、インベルグの表情を見て口を噤んで俯いた。

「……すまない」

「口は災いの元という言葉がある。気を付けるんだな。言っておくが俺は優しい方だぞ。ヒュルケンなら何も言わずにそのままズバッといってる」

「オーボエ、お前はまだ自分がどんな状況にあるのかわかっていないようだね」

　兄キャメロンからも冷たい目で見られ、オーボエは不満そうな顔をしつつも、黙ったままだ。

「ウェルナードがどのくらい死に物狂いで頑張って今の地位を確保したのか、お前みたいにぬくぬくと兄に守られている男にはわからないのも仕方がない」

「今のシス国に戦はないからな。私がウェルナードを見つけた時が一番酷かったが、その後は沈静化して軍隊が出動するほどの規模の戦はない。生温いと言われればそれまでだ」

　この中で戦を経験していないのは、実はフィリオとオーボエだけだという事実を知らされた。インベルグ王子は軍人で、少年の頃からベルと並んで勇猛さを発揮していたから別として、見るからに文官のキャメロン王子までもが経験者だとは知らなかった。

「私の場合は後方勤務だったから、そこまで凄惨な場に直面したわけではないけれど、剣を持って戦いはしたよ。そもそも、私がシスからクシアラータに到着するまでの間にどれだけ戦闘を繰り返したと思ってるんだ？　どうしてウェルナードや護衛兵が多く従っていたと？　王族が婿に入るからじゃないよ。それだけ危険地帯が多かったからだ」

「兄上にそんなことが……」

「今でこそ平和だけれど、クシアラータは多くの危機に見舞われて来た。それを戦勝を重ねることで救ってくれた英雄がウェルナードだ。国民が手放すわけがない」

「ヒュルケンがいなければ神童と呼ばれた俺が将軍に就くのが順当だったかもしれんが」

そこに同年代のウェルナード＝ヒュルケン少年がいた。

「欲しいならいつでも変わるぞ。俺がフィリオと離れないで暮らすことが出来るなら。インベルグが将軍になったら俺が楽できる。フィリオといつもいられる」

「冗談抜かせ。そんなことになるわけないだろうが。仮に俺が将軍になったら、俺直属の部下にしてこき使うに決まってる。そもそも、俺は書類仕事が嫌いだ。その上、ババアたちからは無理難題の嵐だ。これ以上余計な役職を持ってたまるか」

「いい案だと思ったのに……」

心の底から残念そうにベルが舌打ちした。

「……思ったんだけど、仮にだよ。仮定の話として聞いて欲しいんだけど」

今の会話を聞いていたキャメロンがふっと思いついたようにベルに尋ねた。

「もしも、フィリオ君と住むための家をシス国に用意するから帰って来いって言われたら、君はどうするのかな、ウェルナード」

お、と誰もが思った。

これまではウェルナード＝ヒュルケンという個人だけを連れて帰る話だった。それに対してベルが強固に反対した理由が、フィリオと離れる気はないというものだ。

そうなると、一緒だったらいいのではないかという疑問も湧く。これまで誰もそのことを尋ねなかったのが不思議なくらいだ。

「フィリオも一緒に？　エメも？」

「そうそう。あくまでも、もしもの話としてだけど、どうする？　そういう提案があったら」

ベルはフィリオをじっと見つめた。その桃色の瞳は、ベルが大好きな色だ。そして今は真剣にベルの答えを待っている。

「もしもフィリオと住む城をシス国に用意されたとして」

「おいおい、屋敷じゃなくて城かよ」

インベルグ王子が肩を竦めた。

「インベルグ黙る」

「はいはい。それで、愛しの嫁と暮らす用意をして貰えばシス国に行くのか？」

全員がじっと注視する中、ベルは一言告げた。

「行かない。ここにいる」

「は!?　だって、ウェルナード、お前、そいつがいるからここに残るって言うんじゃないのか!?」

こいつとフィリオを指さした途端、背中から再び剣鞘に襲われたオーボエだが、痛みを我慢してベルに叫んだ。

「そいつが……その子供……ッ痛いッ！　殴るな！」

「言葉遣いが悪い。俺がしなかったらヒュルケンの足が飛んでくるぜ。また蹴り飛ばされたいのか？」

フィリオに絡んで蹴り飛ばされた時のことを思い出したのか、オーボエがぶるりと体を震わせた。

「そうだ、いい子だ。黙ってろ」

ぐっとインベルグを睨むが、睨み返されてそっぽを向く。強気な発言があったり、大声を出して威嚇するなどしているが、実際には小心者なのではないかとフィリオは思う。

「ウェルナード」

義父が膝の上に肘を置き、ゆったりとした姿勢で息子を見つめた。

「どうしてフィリオ君と一緒でも駄目なのかな？　私や妻や他の兄弟もいる。オーボエと一緒にいたくないなら、他の国に修行にやってもいい」

「伯父上！　何を言うんだ⁉」

　学習しない男オーボエは、再び鞘で突かれて悶絶(もんぜつ)だ。

「お前が拒否する理由はないと思うが。それこそ、軍団長の座だってお前のために自然に空けられるだろう。仮にボイドが椅子にしがみついても、兵士たちの方から要望が出るはずだ」

「ボイドというのは、シス国三番目の王子だよ。私のすぐ上の兄だね。軍団長をしているんだ」

　初めて聞く名前に首を傾げたフィリオにキャメロンがそっと教えてくれた。

「それでどうなんだ？　ウェルナード」

　ベルの手が膝の上のフィリオの手を握る。

「俺はフィリオとエメがいればそれでいい。でもフィリオは違う」

「つまりそいつはお前以外に好いた男がいるというわけだな……ぐッ」

「……オーボエ、お前本当に学習しない子だねえ。私、兄としてこの場に同席しているのが恥ずかしよ」

「私もだ。甥と紹介するのは避けたくなるぞ」

　力いっぱい鞘で突かれて床の上に伏せたオーボエの背中に、インベルグの足が乗る。鉄板を仕込んだ重い軍靴が、手加減なしに踏みつけるのだ。苦しくて悶(もだ)えているが、誰も助けようとはしなかった。

「すまないね、ウェルナード」

「いや」

「ベルさん、どういう意味なの？」

　フィリオの顔を見て、ベルは優しく微笑んだ。

「俺の家族だけいてもフィリオの家族がいなければ、きっと寂しがる。煩い姉がいないのは静かでいいが、あれでも一応フィリオの姉だから、置いて行くわけにはいかない」

「つまりウェルナード、君はフィリオ君が寂しがるから、フィリオ君の家族がいない国には行く気がないということだね」

「それならその家族が一緒ならどうだ？」

「それも無理。屋敷の奴らがいなければフィリオが忙しくなって俺が寂しい。犬猫を置いて行くのはエメが怒る」

「ベルさん……」

　フィリオの瞳にじわりと涙が浮かんだ。

　自分勝手で気ままで、思い通りにさせるためには手段を問わないこの傍若無人な将軍が、フィリオのことを思い、クシアラータ国から離れることはないと断言する。フィリオが何を大事にしているか、ベルはちゃんと見ていたのだ。

「ベルさん、ありがとう。僕、嬉しいです」

「当たり前。俺の一番好きなフィリオの好きなものを失くすのはよくない。俺は」

　ベルはフィリオの額にコツンと自分の額を合わせた。

「俺はフィリオが可愛く笑ってるのが好き。料理しながら歌を歌ってるのも好き。みんな好き」

「うん……うん、ありがと……ベルさん大好き」

　フィリオはひしとベルにしがみつき、胸にぐりぐりと頭を寄せた。

　微笑ましい風景を見てキャメロンが微笑みながら小さく拍手をした。これは、口数の少ないベルがよくぞここまで自分の気持ちを伝えることが出来たという賞賛だ。

　インベルグはにやにやと笑みを浮かべ、義父は大きく何度も頷いている。その瞳に輝くものが滲んでいたのは、皆が見て見ぬふりをした。

「なるほど。つまりどうあってもクシアラータのウエルナード＝ヒュルケンでい続けるというわけだな」

「そういうことだ」

「だがダーイン＝ヒュルケンの息子であることを止めたわけではないな？」

「止められるのか？」

「いや。それは無理だな。私も妻もお前の他の兄たちもずっと家族でい続ける。離れているのは寂しくはあるが、こうして顔を見ることも出来る。三十手前の男を摑まえて、今さらどうこう言うほど私は過保護でも心配性でもないぞ。心配性だったら、最初から軍人などにはさせやしない」

ダーインの表情はさっぱりしている。

（やっぱりベルさんのこと、心配して来てくれたんだ）

いろいろと理由はあるだろうが、遠い距離を日数を掛けてわざわざ来るには、ちゃんと理由がある。クシアラータ国に来て十年の節目を経て、クシアラータの戸籍を得たベル。可愛い息子が手元を離れていくのを、誰よりも実感したのはダーインら家族だろう。

オーボエは違う。この男は最初から自分の気持ちを押し付け、ベルの気持ちを勝手に決めつけていた。

（あれ？　ということは……）

嫌な予感が浮かび上がりそうになり、フィリオは慌てて振り払った。

（まさか……ね）

まさかオーボエがベルに固執しているのは、尊敬する従兄だからというだけではないのでは。

そんな疑問がふと湧いて出た。

ただ、同じ疑問を抱いていた者は他にもいた。おそらくはベル以外全員が抱いていた疑問かもしれない。

あまりにも滑稽で、あり得なさ過ぎて、声に出して誰かと疑問を共有することがなかっただけで、下地は十分にあったのだろう。

「——だからウェルナード一人だけで帰って来ればいいだろ。別にそいつがシス国に必要なわけじゃない。男がいいなら、シス国にだってたくさんいる」

全員の視線がオーボエに突き刺さった。

「お前、何言ってるのかわかってるの？」

キャメロンが眉を寄せ、弟を睨むように低い声を発する。

「あ、これは死んだな」

笑い半分に言うのはインベルグ。

「馬鹿なことを。お前はウェルナードが不幸になってもいいのか？　ウェルナードのことを考えるなら、ここに残ることが幸せだとわかるだろう」

「しかし伯父上」

「もういい」

ベルの声に、全員が動きを止めた。すっと椅子から立ち上がったベルが、ゆっくりとオーボエに近づいて行く。

「もういい。何を言ってもこいつには通じない。いつも邪魔ばかりする男は要らない。シス国にも有害だ」

将軍としてベルは城内でも帯剣してよいという許可がある。その剣の柄(つか)に指が掛けられた。

「ベルさんっ！」

フィリオが制止の声を上げた時にはもう、ベルの剣の切っ先はオーボエに向かっていた。

血生臭い惨劇を避けるようにフィリオは目をぎゅっと閉じた。

軍人として敵を多く屠(ほふ)って来たベルのことは知っている。実際に、貴族の腕を切り落としたのも見たことがある。決して聖人君子ではない。将軍という地位と役職を賜っているだけの理由はちゃんとあるのだ。

フィリオが最後に見たのはオーボエの驚愕(きょうがく)に見開かれた瞳、それから恐怖に引き攣(つ)った顔だった。

剣を向けられるその時まで、自分が許されると思っていたのだとしたら、それは大きな間違いだ。

そもそも、オーボエに好意的であった試しがないベルが、どうして手を緩めると思うのだろうか。

一瞬後にはオーボエ＝システリアの亡骸が転がることを誰もが疑っていなかった。

しかし、この場にはベルに匹敵する腕を持つ軍人がいる。三宝剣の一人、インベルグ王子だ。

ベルが剣を抜いた時には大剣がオーボエの首の前にあった。間一髪のところで、首を刎ねるのを阻止したのだ。

高い金属音が鳴り響く。

そして戻って来る静けさ。

「――邪魔するな」

インベルグの大剣とベルの剣。力が拮抗する二人の武器は、オーボエの目前で力を反発させ合っていた。

「ここが城じゃなければ俺だって邪魔はしねえよ。だが、自分の家が汚れるのを見逃していたんじゃあ、後から俺がババアに叱られる。だから剣を引け、ヒュルケン」

「陛下が怖いのか？」

「ああ。怖いね。親ってのはいつだって怖いものなんだぜ？」

ベルの視線がちらりと義父に向かった。気づいた義父が満面の笑みを浮かべる。「親」という言葉に反応して、自分を真っ先に思い出してくれたのが嬉しかったのだ。幸いだったのは、この場にエメがいなかったこと。

幻獣フェン。赤ん坊のベルを保護し、それからずっと慈しみ育て、護って来た黒い獣。ダーインも確かに親ではあるが、エメには一歩以上譲っている。

「ウェルナード、剣を引け」

立ち上がったダーインがベルの腕に手を掛ける。振り払うかと思われたが、意外にも素直にベルは柄から手を離し、剣を父に預けた。

ほっとした空気が流れたのは、ベルが元通り椅子に座ってからだ。

「ごめん」

小さな謝罪の声に、

「ん」

とだけフィリオは返し、ベルの腕にしがみついた。

しかし、フィリオには甘いベルだが、オーボエに対してはそうではない。排除出来ないのが腹立たしいのか、見つめる視線はいつも以上に冷ややかだ。

「一つ、いいかな」

発言の許可を求めるようにキャメロンがゆっくりと手を上げ、皆の顔を見回した。

「黙っていようかと思っていたんだけどね、ここははっきりさせた方がいいと思うんだ」

「何をだ？」

腰を抜かしたオーボエを転がして足置きにしたインベルグが尋ねると、言いにくそうにしながらもキャメロンは弟オーボエを指さした。

「オーボエ、お前、ウェルナードのこと好きでしょ」

好き。

友情や家族の情ではなく、ましてや敬愛でもなく、愛欲を伴う恋愛的な意味での好き。

（言っちゃいましたね、キャメロン様）

キャメロンの発言に驚いた顔になったのは一人だけ。一人は完全に無関心を貫いているため除外するとしても、他の三人には抵抗なく受け入れられていた。

「馬鹿なッ！　兄上、何を言い出すんだ⁉」

「何をも何も、お前がウェルナードのことを好きすぎて拗らせているという事実をそのまま言葉に出しただけだけど？」

「事実ではない！　俺がウェルナードをす、好きなどと！　確かに俺はウェルナードを尊敬している。軍人としても、人としてもそのすべてが素晴らしい。だから当たり前ではないか」

「……人として素晴らしい？　そりゃあ一体誰のことだ？」

インベルグ王子の問いに答える者はいない。というよりも、あえて聞かなかったことにした。ベルの嫁であるフィリオでさえ、

（人として素晴らしいっていうのは盲信的過ぎると思う）

と考えているくらいだ。

（でも、だからなのかな。オーボエ様はベルさんのいいとこしか見ていないような気がする）

もっと言えば、自分に都合がいいように書き換えているとでもいえばいいのだろうか。

それはオーボエと初めて会った日から、フィリオが感じていたことでもある。こちらが筋道立てて話をし、これでわかっただろうと思うことでも、自分の方が正しいのだと信じて疑わない。

己を信じるのはいいことだとは思うが、自分の中にある理想の「ウェルナード＝ヒュルケン」から外れた行動をしたと認識した時に、オーボエが取った行動は自己中心に過ぎる。

シス国にベルは必要だ。地位も職も用意出来ている。

その最愛の従兄は結婚という枷を付けさせられ、無理矢理クシアラータ国で働かされている。

それをさもベルに同情しているように聞かされて、オーボエがどう考えたのかは想像するまでもない。

踊らされていたオーボエは、だがクシアラータ貴族にとっても、シス国にとっても囮だった。裏切りと陰謀と虚偽によりシス国へ入った貴族たちは、数日のうちにはクシアラータ国の地を踏むはずだ。

「認めなさい、オーボエ。お前はウェルナードを愛していた。だから結婚が許せなかったんだろう？　独身ならそのうちシス国に戻って来ることもある。だけど、結婚して二度と戻らないと聞いて、無理矢

理にでも連れ帰りたくなるくらい恋い焦がれたんだろう？」

キャメロンの追及は止まない。

ベルだけならまだしも、オーボエの暴挙は城内の各所で噂に上り、次期国王の夫としても居心地の悪い思いをしていたはずだ。大人しく帰国すると言えば穏便に済ませることも出来たが、そうでない以上、ここで止めを刺す必要がある。

もう二度と恋情に駆られた馬鹿な暴走をさせないためにも。

自分が気づいていない感情を暴露されたオーボエは、脱力して膝をついている。既にインベルグの足は除かれているのだが、オーボエが気づいた様子はない。

「俺は……ウェルナードを……好きなのか？」

知りません。

フィリオは胸の中で応えた。

それに気づいたとしても失恋は確定。オーボエの気持ちに応えることは永遠にない。たとえフィリオという伴侶の存在がなくても、変わらないはずだ。

「俺とすれば、こいつがヒュルケンを好きだろうが、横恋慕していようがどうでもいい。ただ、その結果、引き起こしたことに対してどう責任を取るつもりだろうな。なあ、おまけ王子さんよ」

「責任？　俺に責任があると？」

「当たり前だろうが。フィリオ＝ヒュルケンに突っかかること数回、それも公衆の面前でだ。そこで蹴り飛ばされたのはお前の自業自得だから、被害届は受理できん。おまけにだ。今度移送されてくる例の貴族たちが、お前に唆されたと証言したらどうなるかくらいわかるだろう」

オーボエが唆されたのか、それとも唆したのか。

懲罰の比重が変わる。オーボエに傾いた場合には、正式にクシアラータ国王の名で、シス国王へオーボエの身柄の引き渡しの要請が入るだろう。

　もちろん、国内を混乱させた罪を裁くためだ。

「つまり、お前は罪人としてずっとこの国で暮らしていくことになるんだ。よかったなあ。大好きなヒュルケンと同じ国だぞ。顔を合わせる機会はないだろうけどな」

「俺が罪人……？　伯父上……」

　救いを求めて義父を見つめるオーボエだが、

「国同士の話し合いの結果に私が干渉することは出来ないぞ。見たままを述べることは出来るが、それもお前には不利な内容ばかりだ」

　つまり当てにするなということだ。

「兄上」

「私は無理だよ。罪人をかばうようなことは出来ない。それ以前に、公正な判断をするためにも真っ先に除外されるはずだ」

「だから言っただろうが。さっさと国に帰れってな。人が親切に忠告していたのに、聞かないからそうなる」

　気の毒になあというインベルグだが、顔が笑っているのでまるで信憑性がない。

「オーボエ。シス国へ帰ろう。お前のためにもそれがいい」

「伯父上」

「このまま滞在を続けてもしまた揉め事を起こせば、私も助けてやれん。クシアラータ国王陛下の忍耐の限度もそろそろ超えそうだぞ」

「それは正しい」

　うんうんと頷くインベルグが一番それをよく知っているのだ。

「ウェルナード」

　逡巡した後、オーボエはベルの名を呼んだ。

　退屈そうにフィリオの髪の毛を弄んでいたベルは、嫌そうにオーボエの方を向いた。

「なに」

「……俺は迷惑だったのか？」

「当たり前。邪魔ばかりした」

「俺のことは嫌いか？」

「好きだったことは一度もない」

「……そいつと離婚は？」

「する理由がない。俺はフィリオを好き。フィリオも俺を好き」

「騙されては」

「いない。俺が頼んで嫁に来て貰った。大事な可愛い嫁だ」

「……俺もお前を好きだぞ」

「知らない。お前はいつも煩く騒ぐだけだった」

一瞬考えて、ベルは付け加えた。

「エメを追い払おうとしたのも悪い。だからエメはお前を嫌っている」

「幻獣に嫌われちまったらどうしようもねえな」


吹き出したインベルグが爪先でオーボエの背中をつついた。鞘から靴に変わったため、そこまで痛みはないはずだ。

「……俺は間違っていたのか？」

「全部だよ、オーボエ。お前は最初から全部間違っていた。自分の思い込みだけを信じた結果だ。その責任はお前が負うものだ」

諭すようなキャメロンの声に、オーボエは両手を床につき、項垂れた。

「俺は……ウェルナードみたいに強くなりたかった。ウェルナードの強さが羨ましかった。そして誇りだった」

だからクシアラータの貴族に話を聞いた時に、自分が救け出さなければと思ったのだと、ぽつぽつと話し出した。

後は息子に会うためクシアラータ国へ行くダーインについて行き、何とか監視の目を逃れて連れ帰るつもりだった。

「監視の目？」

「そうだ。無理矢理結婚させたから、勝手に破棄させないために見張りを置いていると言っていた」

「出鱈目もいいところだな」

　インベルグは呆れた声でオーボエに言った。

　聖王神殿で挙式を上げた以上、破棄するにも同じ神殿に申し出る必要がある。ただでさえ審査が厳しい上に、ベルが無理矢理ねじ込んだ式なのだ。破棄などと言い出せば、聖王親衛隊長ナイアスが烈火の如く……いや氷柱の如く冷気を迸らせ、静かなる怒りに燃えるだろう。

　他の国ではどうか知らないが、聖王神殿はそれだけの意味を持つ場所なのだ。

「……そうか。それでも俺はウェルナードを連れ帰ることだけに全力を尽くした。ウェルナードと当たり前のように一緒にいて優しくされるそいつは、誰に言われなくても好きになれなかっただろうが、その顔でウェルナードを脅すか、籠絡したのだと思うと腹が立って仕方がなかった」

　ぴくりと動いたベルの腕を、小さな声で「駄目ですよ」と言ってフィリオが押さえる。

　白銀の髪と桃色の瞳をした少年は、誰よりもウェルナード＝ヒュルケンに愛されている。

　それを知らない民はいない。

　知らなかったのは――認めようとしなかったのは、オーボエ＝システリアだけだった。

「ウェルナード」

　オーボエは言った。

「俺はお前の幸せを奪おうとしていたのか？」

　ベルは頷いた。

「俺の幸せはフィリオと共にある」

　十年掛けてやっと掴んだ幸せ。

　付け加えられた言葉を聞いたオーボエ＝システリ

アの瞳から、うっすらと一筋涙が零れた。

森屋敷に戻ったフィリオは大きく腕を伸ばして深呼吸をした。

「よかったね、ベルさん」

最初はどうなるかと思っていたオーボエだが、自分の非を認識してからは、まるで別人のように大人しくなった。そのことをインベルグ王子は残念そうにしていたが、キャメロンや義父は安心した顔をして互いに笑っていた。

「もう二度と顔を見たくない」

ぶっきらぼうに言い捨てるベルは、さっさと軍服を脱ぎ散らかす。

「もう！　脱ぐならちゃんとしたところで脱いでください」

拾い集めながら文句を言うが、また一つ脱いで行く。

二人が森屋敷に帰って来たのは、夜になってからだった。あの話し合いの後、義父とオーボエが帰国する日程を決め、それから遅れて来た国王夫妻と食事を共にしたりと、なかなか城から出ることが出来なかったのだ。

既にサイデリートは城内のインベルグの屋敷に戻り、小動物たちも寝付いてしまっている。起きていた使用人を労った後は、二人もさっさと寝室に引き上げた。

城について行かなかったエメは、子犬たちのいるところで一緒に寝ているようで姿が見えなかった。最近はやんちゃ盛りの子犬や子猫の相手をすることが多く、疲れているのかもしれない。

そしてベルはといえば、

「捕まえた」

脱いだ服を抱えたフィリオを腕の中に閉じ込めていた。

「……ベルさんの作戦に引っ掛かっちゃった」

点々と散らばる服を拾うフィリオが最終的に辿り着いたのは、風呂だった。そこには全裸のベルがいてフィリオを待ち構えており、ハッとした時にはもう逃げられないよう囲い込まれていたわけだ。

裸のベルに抱き締められる服を着ている自分。

客観的に見て、かなり恥ずかしい。

どちらも裸の方が恥ずかしさが少ないのはなぜだろうと、フィリオが考えているうちに、さわさわと手を動かしたベルの手が、まるで皮を剝くようにフィリオから布を取り除いて行く。

「ベルさん……」

触れた個所が火傷しそうに熱い。

昂っているベルのものが、今すぐにでもフィリオを貫きたいと欲望の滴を垂らす。

「我慢しなくていい？」

自分のそれにフィリオの手を導きながら、ベルが問う。

「我慢、してたの？」

「してた。ずっとフィリオを抱きたかった。あいつの前で抱いて見せつけてやりたいと思ったら、止まらなくなった」

「それはしなくて正解だよ。もしもそんなことされてたら、実家に帰ってたかもね」

唇がフィリオの耳を食み、首筋をきつく吸う。フィリオの手と自分の手を重ねたベルが、動かすようにと促した。

「熱いね、ベルさんのここ」

「フィリオが欲しくてたまらないから熱くなる。でも、俺よりもフィリオの方がいつも熱い。フィリオの中は熱くて狭くて、とても居心地がいいから好きだ」

片方の手が裾を捲(まく)り上げ、ズボンの中に入り込み、するりと尻の合間を撫で上げる。

「まだ、まだ駄目だよ、お風呂に入ってから」

「それなら早く入る」

ベルの声だけで蕩(とろ)けそうになって指がおぼつかないフィリオの代わりにベルがてきぱきと衣服を脱がす。

それだけ焦(じ)れている証拠だろう。

湯船にはたっぷりと湯が張られていて、白い湯気が視界を曇らせている。城の風呂は一日中いつでも入れるようにされているそうだが、個人の屋敷ではそうはいかない。毎日のように水を汲(く)み入れ、火を焚(た)き付けて沸かすのはそれなりに労働力を使うが、使用人たちのための風呂場も用意されているため、彼らも率先して毎日湯を沸かしていた。

清潔な身なりと生活習慣は、人の心も豊かに明るくする――と屋敷の主であるベルが薫陶したかどうかは別として、仮婚の間からフィリオが風呂で不自由したことはない。

元々森屋敷は小さな宮殿といった趣を持つ白亜の屋敷である。風呂場もそれなりに大きく、二人で入る分には何ら問題がない。

嬉しいのは、湯船の中の壁側に段差があり、椅子に座るように腰掛けることが出来ることだった。身長差のある二人なので、二人で入る時にはフィリオが段に座り、ベルが底に座ってちょうどいい高さになる。

ほぼ同じ高さの目線になるこの時間は、実は秘(ひそ)かにフィリオのお気に入りだったりもするのだが、それを言うと常に一緒に入りたいと駄々をこねる大人がいるため、内緒である。

そして今晩はというと、

「ふ……っ……んっ……」

湯船の縁に腰掛けたフィリオの開いた膝の間にべ

ルが膝をつき、石鹸でぬめりを帯びた指を後孔に入れて、解していているところだった。

「ベルさ……はずかし……よっ」

何度もベルを受け入れたそこは、さほど手順を必要とするまでもなく、すんなりと指を受け入れるようになっていた。柔らかく伸びて淡く赤く色づき、飲み込んだベルの指を締め付けながら中へと導く。

大きく開いた足。ベルの顔はまさにフィリオの股間を凝視する位置にあり、見られているという恥ずかしさと、見て欲しいという欲求がフィリオの体を淫らに揺らす。

「可愛いフィリオ、俺のフィリオ」

別にフィリオのものが小さくて可愛いと言っているのではない……と思いたい。立ち上がり、ふるふると震えている様がベルのお気に入りなのだ。

「触っていい？」

「触って欲しい」

触れられてもいないのに、どうしてこんなに硬くなってしまうのか。

愛する人に見られているだけで、高揚した気分はそのまま陰茎へと伝わり、恥ずかしげもなく己の要求を突き付ける。

親指が先端から溢れ出た滴を掬い、ぬるりという音を立てて塗り込まれた。

「あ……んっ……」

たった一回触れられただけなのに、びくんと震えてしまう。はしたなくとろとろと滴を零しながら、次は何をしてくれるのだろうと期待するのは仕方がないだろう。

フィリオの胸の尖りは、散々ベルに吸い上げられて腫れたように赤く熟れている。敏感になってしまったそこは、今は触れると痛いくらいに張っていた。母親が赤ん坊に乳をやる時にも同じように感じるのだろうかと、与えられる絶妙な強弱と吸引を受けながら考えていた。

　ベルのお気に入りの一つ、陰毛は先ほどまで執拗に泡を立てて洗われていた。自分にはない色だからというのもあるが、ベルに言わせると手触り――毛触りがとてもいいらしい。それを触っているだけで、とてもよい気持ちになるのだとか。

　薄く生えているだけのフィリオには、黒々としたベルの陰毛の方がドキドキするのだが、その黒い繁みの間に聳える赤黒い屹立があるからかもしれない。

「あッ」

　フィリオが短い声を上げ、ベルの頭を摑んだ。内部を探っていたベルの指が、フィリオに快感を与える突起に触れたのだ。

「やっ……そこはやっ……ベル、さんっ」

　くねくねと動く指は、掠っては他の場所へ行き、そしてまた戻っては掠るを繰り返す。

　フィリオは、

「くっ……んっ……」

と短い声を断続的に放ちながら耐えるしかない。

「も、や……だ……」

「いや？　もうしなくていい？　もうフィリオの中から抜いていい？」

　意地悪な青い瞳がフィリオを見て笑う。だがその瞳は問いかけとは反対のことを望むように、光っている。

「抜くのはいや……でも、ちが……」

「フィリオが欲しいのはどれ？　俺に教えて」

「ベルさんの、意地悪……。ベルさんのこれが欲しい……」

　手はベルの頭の上なので、摑むことは出来ない。だから、膝を曲げて爪先でちょんと首をもたげたところをつつく。

「入れてください」

「うん。俺も早くフィリオの中を食べたい」

上半身を起こしたベルがフィリオの唇を荒々しく塞ぐ。片方の手はフィリオの足を広げ、もう片方の手は己の分身に添えられ、入り口に押し当てている。

生身の武器。

そう表現しても構わないと思う。

柔らかいのに硬いという表現しか出来ない肉の剣が、ずぶりとフィリオの中に押し入った時、天井を見上げて、

「はふっ……」

と大きな吐息を吐き出した。

受け入れる瞬間のこの感じがフィリオは好きだ。

一番最初にベルを受け入れた時には抵抗ばかりしていたが、何度も抱かれるうちに、入り口もまた快感を得る場所であることを学んだのだ。

ぐいぐいと押し込まれ中を進んでいく太くて長いベルのもの。

眉を寄せ、腰を振り押し付けるベルの姿にまた、下半身がずきずきと反応する。

「いい？」

「うん、いい。気持ちいい」

ベルの首に腕を回し凭れると、しっかりと抱き留めてくれた。繋がっている二人。ベル一人分を挟むように広げられた足は少し痛いが、すぐに快感の波に飲まれて気にならなくなることをフィリオは知っている。

ゆっくりとベルが動き始める。

そのままでは動きにくいだろうと、フィリオは洗い場の床に手をついた。体が離れてしまうが、逆にこの姿勢だとベルの姿がよく見える。

フィリオの腰を掴み、ぐいぐいとベルが押し入って来る。奥を突き、中を抉(えぐ)るようにつつき、何度も出し入れされるのを見るのも好きだ。

恥ずかしいのは、この体勢だと自分の性器が丸見えだということだ。ベルの手は、逃げないように腰

に添えられているため、慰めるなら自分でするしかない。

どうしようかと迷っていると、ベルと目が合った。やれ。

そう命令された気がして、フィリオは自分の性器を握った。本当はベルの大きな手に包まれるのが好きなのだが、我儘は言っていられない。内部を突かれるのもまた好きなのだ。

硬さも長さも太さも、ベルのものに比べると一回り以上小さいが、快感を感じるのは同じだ。

上下に擦り、たまに先端を撫で回しているうちに、快感のみを追うようになる。

「フィリオ……」

白い額に流れるのは湯気が落ちて水蒸気になったものか、それとも汗か。

荒い息遣いのベルに頷く。

「お願い、僕の中で」

頷いたベルが体を乗り出し、フィリオに口づける。

フィリオはこれから与えられるものへの期待に瞳を潤ませた。

奥を突き、途中では抉るように何度も角度を変えて刺激され、自身を掴むフィリオの手の動きも速くなる。

ハッハッという荒い息が浴室に響き渡る。

ベルの動きは徐々に速く荒々しくなる。

苦渋するかのように眉間に皺を寄せ、一心に快感を追うベルの顔がフィリオは好きだった。

普段とはまるで違う野生の獣のような男の顔。全神経でフィリオを感じ取ろうとしている。

深く浅く、浅く深く。

何度も何度もベルが内部を往復する。

ベルがフィリオの中で快感を味わうように、フィリオはベルを感じて歓(よろこ)びを得る。

「フィリオ……もう……」

「うん、お願い、ウェルナード」

荒々しく口づけた後、ベルはこれまで以上に腰の動きを激しくした。陰嚢(いんのう)が尻に当たって肌が叩き付けられる音がする。それほどまでに出し入れは深く、繰り返された。

そして解放。

「あ……ッ」

仰(の)け反(ぞ)ったフィリオの褐色の肌の上に白濁が飛び散る。脇腹に落ちたそれはトロリと少しだけ垂れて止まった。

「俺も」

青い瞳が獣のように燃えて見えた。

がつがつと音がしそうなほど、飢えたベルがフィリオを食らい尽くすため、腰を打ち付ける。

深く浅く、浅く深く。

そして速さが最高潮に達した時、

「……！」

最奥に熱が迸ったのをフィリオは感じた。じわりじわりと内部に広がる温かなもの。一度だけで終わらず、何度か絞り出すように腰を突き入れすべてを吐き出し終わったベルは、フィリオの上に被さるように倒れ込んで来た。

荒い呼吸はまだ整わない。

軍人で厳しい訓練を日常的に行っているベルがどれだけ全力で臨んだかがわかるというものだ。

しばらく呼吸を整え、ようやくベルが身じろぎした。ずるりとフィリオの中にあったものが出て行く。既に硬さは失ってはいるが、先端のくびれ部分が襞(ひだ)を擦る時にはフィリオの体が反応してしまい、ベルに笑われた。

見つめ合い、微笑み合った二人は軽く口づけると、体に湯を流して綺麗にし抱き合って湯船に浸かった。

「俺、頑張った」

「うん、すごかった」

「フィリオでおなかがいっぱいだ」

「美味しく食べてくれてありがとう」

湯を手で掬い、ベルの顔を洗ってやる。子猫たちのように、湯を掛けられて嫌そうに首を振るベルが楽しくて、何度かそれを繰り返した。

余談だが、エメは入浴を嫌がることはない。自身がお手本のように小動物たちの前で盥(たらい)の中に入り、湯で洗われるのだ。そして終われば、小さな犬猫の首をくわえて盥の中に放り込む。エメがベルの世話をしていたと言われて半信半疑な人々も、この様子を見れば事実だと知るだろう。

先ほどまでの激しい交わりがまるで嘘のように静かに落ち着いた時間が流れる。

訥々(とつとつ)と交わされる会話はいつもの二人だ。

寝室に戻った二人はすぐに横になった。

「ねえベルさん」

フィリオはそっと隣の夫に話し掛けた。

「ん？」

「ベルさんは、本当によかったの？」

「何が？」

「この国に、残ることを決めたでしょう？　それでよかったのかなって思って」

義父と会って思ったのだ。ベルは家族に愛されて育てられたんだな、と。

特殊な生い立ちを持つベルが真っ直ぐな性根でいるのは、家族の愛情に包まれていたからだろうと思う。一部オーボエのような男もいたが、キャメロンらシス国王家の兄弟たちは、血の繋がりのないベルを従弟として接して来た。

ベルは、フィリオの大事な人たちがいるからクシアラータに残ると言う。だがベル自身はどうなのだろうか。

「お義父様、少し寂しそうだった」

「フィリオ」

ベルは体をフィリオの方へ向け、白銀の髪を優しく撫でた。

「二つは選べない。だから俺は俺の大切にしたい方を選んだ。ダーインも嫌いじゃない。好きだ。でも俺の一番はフィリオだけ。だから俺がクシアラータにいるのは俺の意思だ」

「僕でいい？」

「フィリオしか要らない」

「ありがとう。ベルさん大好き！」

フィリオはベルに抱き着いた。

「父上も姉上もキト家のみんな、ベルさんの新しい家族だから寂しくないいね。仲よく……はベルさんには出来ないかもしれないけど、うちの家族はみんなベルさんのこと好きだからね」

「別にフィリオだけでいいのに」

こらっと笑いながら鼻先を指で弾き、胸に顔を埋める。

「ベルさんが暇になったら、シス国に行ってみたいなって言ったら怒る？」

「……どうして」

「僕もベルさんの家族に会いたいからですよ。お義父様見ていたら、お会いしたくなっちゃったんです」

ベルは思案して、あまり気乗りがしない顔で言った。

「いつか俺が暇で、サーブルが仕事をして、インベルグに邪魔されない時が来たら少しだけ行くのはいい」

「ベルさん忙しいですもんね」

でも、とフィリオは笑った。

「お義父様たちのお見送りの日が決まったら、長いお休みが貰えるって決まったから、今度こそゆっくり出来るよ。それまでもう少しだけ我慢してね」

「それなら」

――毎日フィリオを食べさせて。

ベルが囁いた言葉に、フィリオは顔を真っ赤にして布団の中に潜り込んでしまった。

「お義父様」

フィリオはいっぱいの涙を浮かべて義父を見上げた。桃色の瞳は潤み、涙を零すまいと震える睫毛に滴が光る。肩を抱くベルも、さすがにこういう場面で独占欲を発揮したり、フィリオを隠したりするような狭量な振る舞いは控えていた。

今日はいよいよ義父たちがクシアラータから出国する日で、間近に迫った別れを前に、フィリオの涙腺はもうずっと緩みっ放しだった。

シス国で捕らえられ移送されて来るクシアラータ国の貴族たちが戻る日が確定し、それに合わせてオーボエ王子の強制出国……もとい義父ダーイン＝ヒュルケンが帰国に向けて出立する日も決まった。離宮でオーボエに現実を認めさせた時には既に護送車はクシアラータ国へと移動を開始していたため、そこから七日後——詳細な日程が告げられてから五日後というのは、フィリオにはとても短く感じられたものだが、ベルや義父など即日出立に慣れた武人にとってはゆったりとした日数だったようだ。

ベルの方は、

「そんなに待つならその間にフィリオを連れてどこかに行く」

などと主張をしていたが、

「でもベルさん、休暇を先にしちゃったら楽し過ぎて休暇を延ばしたいなあって思っても、後の用事が詰まっていたらどんなに楽しくても帰らなきゃいけなくなっちゃいますよ」

例によってフィリオの巧みな誘導によって当初の予定通り、義父たちが出立した後の長期休暇を納得して貰った。さすがにベルも義父の見送りまで蔑ろにする気はなかったようで、待ちに待った休暇の予定を立てることで気を紛らわせていた。

　大きな地図をテーブルの上に広げ、ペンで帳面に書きつけながら真剣な表情で旅行先を吟味している姿はここ数日の森屋敷でのベルの平常時の姿だった。無論フィリオがいる時には地図よりも可愛い嫁を優先して片時も離さなかったが、灯りの油の減り具合を見る限り、フィリオが休んだ後も眠らずに頭を悩ませていたようだ。

　珍しいことに、旅行先については義父の意見にも耳を傾けていた。よく考えれば当然のことで、ほぼクシアラータ国内から出たことのないベルに対し、義父は王族の務めである外交で、或いは戦後処理として他国に赴いたことが数えきれないほどある。ベルが話を聞いて参考にしたいと考えるのも納得だ。

　実はフィリオも話題に加わろうとしたのだが、

「内緒」

と堂々と言われてしまっては、

「あ、はい。わかりました」

と退くしかない。どうもインベルグ王子の入れ知恵のようで、サイデリートから聞いたところによると「内緒にしていて驚かせて喜ばせて抱き着かれたい」から、らしい。

　フィリオとしては、未だ見ぬ風景を二人で想像して楽しみつつ旅程を考えるのもありだとは思うのだが、フィリオを驚かせるのを楽しみにしているベルと、息子の側で長く語らう機会を楽しんでいる義父の様子に、黙ってベルの好きにさせることを選択した。

　自分はこれからもずっとベルと一緒だが義父は違う。ベルの遠征やらオーボエの後始末やらで限られた滞在期間のうち数日は無駄にしてしまったのだ。残りは思う存分親子の情を深めて欲しいと願った。

キト家で家族の愛情に十分過ぎるほど恵まれて育ったフィリオは、自分とこれから作る家族の愛の他にも確かに家族の愛情はあったのだと感じて欲しかった。

（今は気が付かないかもしれないけど、ベルさんもきっとわかるよ）

義父やキャメロン王子を見ていると、どれだけベルが愛されて成長したのかがわかる。ベル自身は無意識のうちに意識しないようにしているのかもしれないが、ウェルナード＝ヒュルケンという男を育てたのはヒュルケン家一同やシス国王族の愛情が土台にあってのことだ。オーボエだけでなく一部屈折した愛情を向ける人物もいるようだが、ある意味それも無償の愛と言えるだろう。

だからフィリオは最終的にベルがどこを旅行先に決めたのかを知らない。フィリオがしたのは、二人が話をしているところに飲み物や食事をそっと置くだけで、ベルの意向を汲んで出来るだけ地図や走り書きを見ないように気を付けていたからだ。

幸いにして、ベルの「秘密」は誰からも暴露されることなく現在に至る。旅行に関連した何かを思いついて話し掛けようとする素振りが数回見られたものの、慌てて顔を背けるベルの様子に、これまたフィリオは追及はしなかった。

楽しみは共有したいが、まだフィリオには言えないから我慢――。

そわそわするベルを見ているのは楽しく、義父も柔らかな笑みを浮かべて息子を眺めていた。オーボエがインベルグ王子の預りになった後、問題児の甥を見張らなくてよくなった義父は二晩ほど森屋敷に泊まった。最初は旅先での話が長くなった結果で、日が暮れてからも話が尽きない義父も含めて食事をし、酒を振る舞えば、もう泊まってくださいという暗黙の了解だろう。

クシアラータ国に来てからずっと気が休むことのなかったはずの義父を労うため、フィリオも屋敷の料理人や使用人一同ももてなしを頑張った。彼の国でも馴染みのある食べやすい料理から、クシアラータ国の家庭でよく食されるスープや総菜など多くの皿は、舌の肥えた健啖家の義父も喜んでくれたと思う。

その夜は、フィリオの父親ルキニ侯爵や他の家族も森屋敷にやって来て、互いに顔を合わせて親交を結び、今後も親戚として文などを通じて交流することを約束していた。どちらも国の重鎮なので約束が果たされるのは間違いない。

一度森屋敷に義父を泊めてしまえば、ベルも文句を口にすることはなかった。ベルが大人になったというよりは、エメが義父の滞在許可を出したのが大きいと思われる。キャメロンから聞いた話では、ダーインを養い親に選んだのはエメ本人なので、それなりに一人と一匹は気安い関係ではあるのだろう。

ベルを伴い、義父と三人で買い物にも行った。仏頂面をするベルにはちょっと街の人混みは気の毒だったが、後から十分に機嫌を取って宥めたし、それなりにベルも付き添いを堪能していたと思う。

ウェルナードの伴侶として、ダーインの息子の可愛い嫁として、五日間、短い間だったが家族として過ごすことが出来た。

今、フィリオは城の前庭で義父との別れを惜しんでいた。昨日の昼餐を王族と共にした義父は、夜には森屋敷に戻って最後の晩餐とし、そのまま泊まって、つい先ほど王族への帰国の挨拶を済ませたところだ。来る時には商人の馬車の護衛などをしながら来たという義父たちは、シス国の馬車での帰国になる。護送されるオーボエがいるせいもあるが、シス国からクシアラータ国まで煽動犯たちを移送してくるシス国の役人の帰国の足の意味が大きい。

門の前に並んでいる馬車や荷馬、軍馬と兵士たちは、国境の二つ手前の街セトまで義父たちを護衛しながら五日進み、囚人を受け取って再び戻る兵士が半数、そのままセトで警備兵と交代して残るのが半数らしい。そのせいか、義父とオーボエの二人だけを連れて国境近くまで行くには仰々しいくらいの人数だ。

そして、その集団の責任者としてベルも共にセトへ向かうことになっていた。その命を受けた時のベルの憮然とした表情はどう表現すればよいのか。最高に不機嫌な感情を顔にしたらこうなるという見本のようだった。義父たちが首都を去った直後から休暇に入る予定でいたのが台無しにされてしまったのだから、国王からの辞令を森屋敷に運んで来たインベルグ王子ですら、茶化しもしないで慰めの言葉しか掛けることが出来なかった。

国境までは行かないにしても、朝出掛けて夜には帰って来られる距離ではない。馬で昼夜駆け続けるわけにもいかず、休息を取り、宿に泊まることを前提とした道程では、いくら馬車でも日数は掛かる。ベルの不在は往復で十日程度と考えられる。

それを厭うたベルは、今回はごねるだけでなくきちんと頭を使った。

つまり、任務は仕方がないとしても、首都に戻ればまたすぐに旅行に出掛けるのだから、最初からダーインたちが乗る馬車にフィリオも乗せて行けばよいではないか、と。そしてセトでダーインたちを見送り、囚人の受け渡しまで確認した後は二人で別行動を取ればいい、と。これなら自分はフィリオと離れなくていいし、フィリオを気に入っているダーインも喜ぶだろうし、義父と仲よくなったフィリオも嬉しく思うはずだ、と。

　任務と自分の欲望を両立させるという提案をベル自身が直接国王に伝えたが、その結果といえば、

「それは認められません。却下です」

　という無情なものであったらしく、森屋敷に帰宅した時は機嫌が悪かった。当然のことながら宥めるのはフィリオの役目ではあったのだが、さすがにここまで休暇を引き延ばされたベルをどう宥めてよいか計りかねていたところ、キャメロン王子を介して義父が直接国王に新婚のベルへの配慮を願い出たらしく、国境近くの町セトまでの往復に掛かる日数も加え、ひと月近くになる長い休暇の確約を取り付けることに成功していた。

　それこそシス国への里帰りも余裕をもって行える日数なので、ベルが予定する新婚旅行の途中にあわよくばシス国に寄って貰えるかも、という義父の思惑もあったのかもしれない。


　国境近くまでの往復、それから旅行でヒュルケン将軍が首都を不在にする期間が余計に長くなるだけなのによいのだろうかと、フィリオなどは考えてしまうのだが、国王が諾としたのならそれで構わないのだろうと思うことにした。フィリオがおまけで護送集団にくっついて行った方がベルの首都不在期間が短くて済み、国防の面からもそちらの方がいいように思うのだが、フィリオにはわからない政のお約束みたいなものがあるのだと思うことにした。

　手間と時間は掛かるが、公事と私事を分けるのならフィリオの同伴が認められないのは普通のことで、それに対するベルへの慰謝料だと思えば納得も出来るし、それが一番近い回答のような気もする。

　なんにせよ、くっついてセトまで行けない以上、フィリオはここで義父と別れなければならないのだ。

「お義父様、これ、道中で食べられるように簡単なものを詰めて来たのでどうぞ受け取ってください」

フィリオは抱えていた蓋付きの籠を義父の前に掲げて見せた。

「こちらはお野菜や肉を使った総菜やパンで、いつでも摘めるようになっています。それから」

と、ベルの足元に置いていた袋を抱え上げ、口を少し開いて見せた。甘く芳しい香りがふわっと広がり、義父だけでなく近くで出立の用意をしていた兵士たちの目がカッと見開き、鼻がヒクヒクと動くのが見えた。

「こっちは日持ちがするお菓子です。お義父様、お酒もお好きでしょう？　お酒に浸した果物や実を入れて焼いたお菓子と、たっぷりお酒を使って焼いた後じっくり熟成させたケーキが入っています。旅の間はあまりお菓子や甘いものは買ったりしないだろうと思って持って来ました」

汚れないよう個別に油紙に包んでいるとはいえ、少し袋の口を開けただけで漂ってくる菓子の砂糖や乳やバターの甘い香りに混じる濃厚な酒の香りに、義父は目元口元を綻ばせた。

「これはありがたい。酒を飲みながら移動するわけにはいかんからな、肴になるものがあれば口も寂しくない。ああ、これは嬉しい」

フィリオの手から袋を受け取ったダーインは、鼻先を近づけて嬉しそうに笑みを浮かべた。

「甘さは控え目にしていますけど、一度に食べ過ぎないでくださいね」

「ああ、気を付けるようにする。少しずつ食べるようにすればシスまで十分に保ちそうだ。無論これは私一人で食べてよいものなのだろう？」

チラリとベルの方へ視線を向けた義父へ、フィリオは困ったように苦笑を浮かべた。

「はい、お義父様がお食べになってください。ベルさんには別に持たせてますので」

話に小耳を傾けていた兵士たちがものすごい表情

で「俺たちの分は!?」と訴えていたので、フィリオは慌てて付け加えた。

「それからっ、他の方たちの分も別に分けてお渡ししますのでっ」

どうぞご安心くださいと言い切る前に見た兵士たちの顔は幸せそうに緩んでいた。フィリオの横ではベルが兵士たちを睨んでいるのだが、せっかく彼らの分まで用意したフィリオの手前、取り上げることも文句を言うことも出来ずにいた。さらにはベルを横目で見てニヤリとしたダーインがいるのだが、こちらは口で勝てるとは思っていないので黙っていることで一応の不満の表明としていた。

とはいっても、ベルも見送られる側の人間だ。今回軍事行動を伴わないとはいえ、遠征時と同じように軍備は従卒に任せ、旅装その他はフィリオと一緒に屋敷から準備して運んで来ており、出立の準備はこちらも万端である。ベル本人は、間際に迫った出立を前に少しでもフィリオに触れておきたいという気持ちがだだ洩れなので、

「いつもの将軍だ」

「ヒュルケン将軍だものなあ」

「新婚さんだから仕方がない」

「フィリオさん今日もとても可愛らしい……ってすみません将軍すみません剣柄に手を伸ばさないでください。でも将軍のお嫁さんが可愛いのは本当です」

などと温かい目で見守っている状態だ。ベルと結婚してから軍務庁に顔を出すことも増えた結果、自分について妙なことを口走る兵士がいるのにも何となく慣れてしまったフィリオである。悪口ではないのだからまあいいか、という具合で。

「ヒュルケン」

フィリオたちが義父と話をしている間に準備がすべて整ったのか、今回の護送を担当する文官と話をしていたインベルグ王子が裏地が赤い白いマントを

背に靡かせながら歩いて来た。最終的な旅程の確認をするようで、フィリオに一言断ってベルはインベルグと少し離れたところで話し始めた。

（マント着けてるなんて珍しい）

王族であると同時に軍属でもあるインベルグは普段はどちらかというと軽装で、城の中で見掛ける際も帯剣している程度である。フィリオが他の王子王女の顔をあまり覚えていなかったように、城の中でばったり会っても顔を知らなければ王族だと気づかれないことも多々あると、森屋敷へ臨時執事として派遣中のインベルグ王子の乳兄弟サイデリートが話していたのを思い出す。

ゆったりとした足取りでやって来た第三王子は、今日は国軍副総裁の立場として出立を見送るらしい。インベルグと一緒にやって来たキャメロンも次代副王としての立場で、シス国王兄を見送るために礼装を身に纏っていた。


「伯父甥ではあるけど、こういう時には立場を気にしなくちゃいけないからね」

苦笑を浮かべてフィリオに挨拶したキャメロンは別れを惜しむようにダーインと抱擁していた。

（ベルさんはしないのかな？　お義父様も嬉しいと思うんだけど）

手が空いたので、義父が乗る馬車に菓子入りの袋や食事を詰めた籠を乗せながら親子のことを考えていると、

「フィリオ君」

こっちへおいでとキャメロンに手招きされた。

ダーインの足元には今日も青銀を散りばめた黒い毛並みも艶やかなエメがいて、二尾をゆらゆらふさふさ揺らしながら義父の脚に触れさせていた。赤ん坊だったベルを育て親として託すくらいだから元から信頼はあったはずで、露骨な親愛表現こそしなかったが、義父が森屋敷にいる時にフラリと側に来て

は尾を触れさせたり、自分の毛が義父の手に当たるようにすれ違ったりしていたと思い出す。

　義父は一旦腰を落としてエメの首に腕を回し、

「ウェルナードのお守りを頼むぞ」

　ベルが聞けば憤慨しそうなお願いをした後、立ち上がってフィリオに向かい大きく両腕を広げた。

「え……？」

　と思う間もなく小柄なフィリオの体がすっぽりと義父の腕の中に閉じ込められてしまう。そのまま背中に腕を回されてオタオタしているフィリオの背に、キャメロンの笑い声が聞こえた。

「フィリオ君もほら、伯父上を抱き返してあげないといけないよ。さっき私と伯父上が抱擁しているのを羨ましそうに見ていただろう？　ウェルナードがインベルグに捕まっている今がいい機会だと思わないかい？」

　そういえば飛んで来そうなベルの声がないなと、そっと後方へ首だけ回して振り返れば、にこやかな怖いインベルグ王子の笑みが目に入った。今のフィリオの姿を見れば絶対に邪魔をするとわかっているため、意図的にベルがこちらを向かないよう仕向けているらしい。キャメロンとインベルグ、義兄弟の間柄ではあるが意思の疎通は完璧に出来上がっているようである。

　戸惑いながらもフィリオはそっとダーインの背に腕を回した。父親のルキニ侯爵よりも上背に勝り体格がよいのは当然として、しっかりとした肉厚の体は老齢になってなお逞しく引き締まり、どっしりとした安心感を与えてくれるような気がした。

　ベルとは違う「父親」の腕にフィリオは幼かった頃を思い出し目頭を熱くさせた。

（父様……）

　小さなフィリオを抱いた実の父親は軍人で、父の兄であるペリーニ＝ルキニ侯爵よりも体が大きく逞しい人だったと記憶している。小さなフィリオはその腕の中に収まるのが好きで好きでたまらなく、胡坐（あぐら）をかいた膝の中に丸まって眠るのもお気に入りだった。

　厳しくされた覚えはない。優しく強かった実父は、優しい思い出をフィリオに与えたまま戦争で命を落とした。母親の第一夫――フィリオのもう一人の父親も同じ戦で亡くなっている。彼は真面目だけれど明るく愉快な人だった。きつい性格の母親が三人の夫たちと仲違（なかたが）いすることなく上手に暮らしていけたのはこの第一夫の功績だったとルキニ侯爵は昔話をする時に必ずそう言って笑う。実父と同じように逞しく体が大きかった彼は、母親に似て気の強い長女と次女に泣かされた兄やフィリオを慰め匿（かくま）ってくれる頑丈な砦（とりで）のような人だった。

　そんな二人の父親とダーインの姿が重なって、フィリオは背中に回した手でギュッと上着を掴んだ。

（父様……お父様……）

　零すまいと瞼を閉じて義父の胸に顔を押し当てるが、滲み出た涙が布地に吸い込まれていくのを感じた。黙って震える細い肩に何かを感じたのか、一瞬力が入り掛けた義父の腕はすぐに力を抜き、ぽんぽんと背中を優しく撫でてくれた。それは父親が子供を慰めたり宥めたりする時の仕草で、フィリオはますます顔を上げられなくなって義父にしがみつく。

　キャメロンが横で見ているのはわかっているが、人前で父親を恋しがって泣いてしまったことが恥ずかしい気持ちが半分と、懐かしさを感じさせる腕の中にもう少しだけいさせて欲しいという小さな願いから、離れることが出来ないでいた。

（どんな顔をしてお義父様やキャメロン殿下の顔を見ればいいのか……）

　羞恥が勝った結果、涙は引っ込んだものの身動きが取れなくなってしまっていたのである。

（僕もう十七歳なのに子供みたいなことをして……）

十年前の子供の時分に引き戻されてしまったように、心が父親を求めてしまった。背中に触れる義父の手の温もりも懐かしさを思い起こさせる一因になっていた。

ベルに抱き締められる時、極偶に無性に懐かしさを覚えることはあっても、どちらかというと一過性の衝動のようなものなので、夫婦として愛し愛されていることを実感することがほとんどだ。どちらからも与えられるのは無償の愛情なのに、父親と夫、立場が違えば受け取り方も感じ方も違う。今まさにフィリオはそれを実感していた。

しかし、いつまでも抱き着いたままではいられない。第三王子がベルの注意を引き付けておくといっても、さほど長く延ばせないのはわかり切ったことで、どちらにしても出立の刻限前には義父は馬車に乗り込まなくてはならないのだ。

（何事もなかったように顔を上げる？　それとももう一度ぎゅっと抱き着いてぱっと離れたらいい？）

さてどうしよう。

悩んでいたフィリオだが、悩みは幾らもしないうちに自分を呼ぶ声によって解決されることになった。

「フィリオ」

肩に掛かった手はベルのそれで、腹に回された腕もベルのもので、義父から引き離されたかと思ったら、今度はそのままベルの胸に顔を押し当てるように抱き込まれてしまっていた。

「フィリオは俺の。泣くのも俺の前だけでいい」

腹に回したのとは別の手が白銀の髪をかき分けて項から頬へと指を滑らせる。それから長い睫毛をなぞった指の腹が目元を確認するように触れた。

泣いたといっても涙がジワリと滲んで浮かんだ程度で、ボロボロ涙を零したわけではないため、頬が濡れているわけではない。しかし、

「フィリオの涙は一粒だけでも俺のもの。他の奴らに見せるのはもったいない」

閨の中でも、フィリオの零す汗も滴も精もすべて余すことなく自分のものだと言い切るベルなので、大変価値のあるものとして、占有権を主張して譲らない。

「もう泣いてないですよ?」

「それでもまだ駄目。泣いた後のフィリオは可愛過ぎるから誰にも見せたくない。フィリオが泣いていいのは俺の前だけ」

「……」

夜の寝室で聞く機会が多い台詞に、フィリオの頭の中に閨での情景がポッと浮かんだ。

(……ベルさん、違うよ……。泣くは泣くでも意味が違うよ……)

喘ぎ懇願し艶やかな声で嬌声を出すことを「泣く」と認識――インベルグに刷り込みされていた!

――しているベルには、どちらもフィリオが「泣く行為」なので同一視されてしまっているようだ。

これは一度懇切丁寧に意味の違いを教えなくてはと頭の中に覚え書きを書き留めたフィリオは、若干腕の力が緩んだのを幸いと上体を反らすようにしてベルの胸に手を置いて体を離し、顔を上げた。

ベルと話して他のことを想像してしまったことで、少し気を張っていたフィリオの身体からふわりと力が抜け、泣き顔云々どうしようと考えていたこともあまり気にならなくなっていた。

「ベルさん、見て。もう泣いていないでしょう?泣いた痕だってないのがわかるでしょう?」

多少は睫毛や目元が濡れていたとしても、痕跡としてはっきりと残ってはいないはずだ。

「どう?」

見上げるフィリオを検分するように眉根を寄せてじっと観察するベルの目は、一つの泣き痕も見逃さないというようにしつこく……鋭くて、自分から見てと言っておきながら居たたまれなくなったフィリオがスイッと視線を横にずらすと、

（いつの間にか父上まで……！　それにナイアス様まで来られてる！）

短い滞在中に親しい知己となったルキニ侯爵が義父を見送りに来るのは当然として、聖王親衛隊長のナイアスまでがシス国の二人を見送りに出て来たのには驚いた。囚人の移送という軍事的な行動はあるにしても、そちらは国軍副総裁のインベルグ第三王子や、責任者としてのヒュルケン将軍がいれば事足りる。

（僕の知らない間にお義父様と親しくする機会があったのかな）

ナイアスはキャメロンとも親しくしているので、王城滞在中に義父と話す機会を持ち親しくなったというのも十分考えられる。それに思い返せばフィリオが知らなかっただけで、この十年の間に数回はクシアラータ国を訪れていたらしいダーインは、息子と近しいナイアスやインベルグのような人々とも浅くはない交流もあったのだろう。今回も軍部の鍛錬や稽古にも参加していたのはフィリオも知っていたので、王城内には他にもたくさんの知り合いがいるのかもしれない。

何より、義父は社交性がある。王族として長く外交や交渉を行って来た人でもあるので、人と対話するのが上手なのだ。年の功と言っては何だが話題も豊富で頭の回りも早く、相手を退屈させない術をよく知っている。

（お義父様はこんなに賑やかで話し上手な方なのに、ベルさんはどうしてこう口数が少ないんだろう）

非常に不思議であるが、逆に考えれば義父や他の家族がベルの代わりに喋る環境にいれば、口を開かなくても十分に事足りたのではないだろうかとも言

える。

（小さな頃からベルさんは家族の人たちにとっても可愛がられて育ったみたいだし）

ベルが何かを言う前に先回りして行動することが多くなれば、確かに言葉は要らないと感じたとしても無理はないような気もする。その環境が悪かったとは思わないし、突然やって来た小さな赤ん坊に皆が表情を蕩けさせたのは想像に難くなく、可愛くてたまらなかったのもわかる。

オーボエという不穏分子はいたものの、義父の来訪により、優しい中に厳しさも交え、深い深い愛情をもってダーイン家の中でベルが育って来たのだとわかったのは大きな収穫だった。何しろ、何日も掛かる遠い国からベルに会うためだけにやって来たようなものなのだ。行動力の源が家族愛なのは誰が見ても明らかだ。

その愛情についてベルは口に出しはしないけれども、わかってはいるのだろう。言葉に出す必要のないほど、ベルにとって家族から寄せられる愛情は当たり前のものなのだ。

ルキニ侯爵が義父と固く握手をしているのが見えた。ナイアスとインベルグが話をし、何か隊列に指示を出しながらキャメロンに歩み寄ったのも見えた。

（本当にもう帰ってしまわれるんだ……）

移動する馬車、これまでの雑然としたざわめきでなく、音を立てながらも整然と動き出す兵士たちに、これ以上別れを引き延ばせないことを知る。

「ベルさん」

フィリオはベルの腕を軽く叩いて意識を周りに向けるよう促した。

出立が迫っていることを悟ったベルが不機嫌に唇を曲げるのを見て、フィリオは手を伸ばして口角を両手の指で引き上げた。

「そんな顔しないの。いつもの遠征の時よりは早く戻って来られるんだから、もうちょっとだけお仕事頑張って来てね。ベルさんがいない間に僕に出来ることありますか？　旅行の行き先を教えてくれたら、それに合わせて必要なものを準備したり出来るけど」

どう？　と首を傾げながら尋ねると、ベルは少し考えて頭を横に振った。

「俺が戻ってから一緒に詰めるから、フィリオは何もしなくていい」

「そう？」

前もって出来る準備ならした方がよいと思うのだが、今回の新婚旅行を考案したベルにはこの男なりのこだわりがあるのだろう。一応肌着や小物など持って行った方がよさそうなものは見繕って、わかりやすくまとめておくつもりだ。

「ウェルナード」

「ヒュルケン」

義父とインベルグの声が重なるように聞こえ、ベルはフィリオの肩を抱いて義父の前に戻った。

随行する騎馬は交代要員を含めて三十騎、それに移送の手続きのために出張する役人を乗せる馬車、オーボエを乗せた護送車、義父が乗る馬車、荷物を積んだ大きめの幌(ほろ)馬車が二台という、普段の遠征や視察に比べると少ない数ではあるのだが、周りにいるのが普通の馬よりも一回り大きな軍馬や体格のよい軍人ばかりなので、迫力という点では申し分ない。

火事の時にお世話になった兵士たちやいつもベルと行動を共にしているサーブル副将軍の顔も同行者の中に見られ、彼らに目礼されたフィリオも黙って目礼で返した。

従卒がベルの馬を引いてすぐ側までやって来た。普段は白馬に乗っているベルだが、今回乗る馬は大柄な黒馬だった。

手綱を受け取ったベルがフィリオの頰に唇を寄せた。

「――行ってくる」

「はい。お帰りをお待ちしています」

フィリオはしっかりとベルの目を見て一礼し、顔を上げて微笑んだ。この期に及んでまだフィリオを同行させることに未練たっぷりのベルを、笑顔できっちり見送るのがフィリオの仕事だ。

それからフィリオはもう何度目かになる挨拶、これで最後になる言葉を義父と交わした。

「お義父様、お会いできて本当に嬉しかったです」

「私もだ。とても可愛い嫁だったと家族皆に自慢して羨ましがらせてやろう」

義父は笑いながらフィリオの頭を撫でた。

「ウェルナードをよろしく頼む」

「お任せください」

うむ、と深く笑顔で頷いた義父が馬車に乗り込み、邪魔にならないようフィリオは数歩下がってルキニ侯爵と並んだ。

これですべての準備を終えて、後はベルが出発を告げるだけとなる。

フィリオは窓から見える義父の顔をしっかりと目に焼き付けようと見つめていたが、ふと、小さなざわめきが聞こえ、背後に立っていた見送りの人たちがサッと左右に分かれたのを見て、頭に疑問符を浮かべた。

「父上、何が――」

始まるのですか――。

隣のルキニ侯爵に尋ねようとしたフィリオは、しかし寄って来た気配に気づいて目を見開き、慌てて左右に視線を走らせた。

いつの間にかフィリオの横に並ぶようにして青い制服を着た歌唱隊の子供たちが二十人ほど立っていた。フィリオの左右にいたルキニ侯爵とインベルグ王子が場所を子供たちに譲ると、すぐにフィリオを中心にして緩く半円を描くように横一列に並びながら、彼らは可愛らしい声で歌を口ずさみ始めたのである。

（これは……この歌は……）

はっとして目を見開き、歌唱隊の子供たちを連れて来たはずのナイアスの姿を探すと、少し離れたところで腕を組み、フィリオに向かって促した。

歌いなさい、始まりの歌を。

ナイアスはそう告げていた。

驚いたような義父の顔、それから馬上の高い位置でフィリオを見つめるベルの青い瞳。それから護送車の中に見えたオーボエ。

「フィリオ君、お願いする」

そのオーボエに馬車の窓越しに話し掛けていたキャメロンがフィリオの背後に回り、そっと耳打ちした。

「彼ら――伯父は国賓でもあるからね。出迎えは突然の来国だったから何もしなかったけれど、見送りはきちんとしたいと思っている」

インベルグやキャメロンが王族の礼装なのは、シス国王兄のダーイン＝ヒュルケンがクシアラータ国にとって大切な友人であることを示す意味もあるのだと、この時フィリオは気が付いた。よく見るまでもなく、父親のルキニ侯爵も儀礼庁で保管している予備の礼服を着ていたし、いつの間にかキャメロンに寄り添っていた金髪の美女はもしかしなくても彼の妻の第一王女で間違いない。

元は私的な目的のためにクシアラータ国を訪れた義父だが、目立つ城門で目立つ見送りを行えば、誰が見ても重要人物なのはわかる。未だに燻る反ヒュルケン将軍派に対する牽制の意味は確かにあるだろう。

それでも。

フィリオは戸惑いを捨て、両隣の子と手を繋いだ。

小さな手はすぐに握り返してくれ、見下ろすと頬を

紅潮させた可愛らしい少年たちのはにかんだ笑顔があった。フィリオたちを真似して、子供たちがそれぞれ手を繋ぎ、一つの線になる。

小さかった歌声は、少しずつ少しずつ大きくなり、最初の一声を待っていた。

フィリオはコクリと喉を鳴らして湿らせ、「うん」と自分に対して一つ大きく頷くと、子供たちの歌声に重ねるように大きく口を開いた。

少年から青年に変わる途中の年代にしか出せない澄んだ声色が城門一帯に響き渡る。すぐに高い子供たちの声が重なって紡ぎ出す歌の名前は「始まりの歌」。シス国国家である。

つい先日、結婚式で歌われたその曲を臨席して聞いていた兵士たちは「ああ」と今この時になぜこの歌なのかという理由を理解し、そうでない人たちはただただ歌声に聞き入った。

フィリオは義父へ、ベルへ思いを告げる。


――お義父様、ベルさんを育ててくれてありがとうございます。僕に会わせてくれて本当にありがとうございます。

――ベルさんが生まれて育ったシス国は僕にとっても大切な国です。

――いつか連れて行ってくださいね、ベルさんの故郷へ。


歌声に感じ入るように束の間瞼を閉じていたベルがすっと顔を城門の外に向け、挙げた片手を軽く振って合図する。

「向かう先はセトだ。出発」

歌声にベルの声が重なって、一緒に歌っているような気持ちになる。

馬の蹄の音、車輪が石畳の上を動き出す音。

手を振る義父に、手を振り返しながらフィリオは歌い続けた。

　彼らが無事に旅を終えて家に帰り着くことが出来ますようにと願いを込めて。

　また会える日を楽しみにしていますと、未来への期待を乗せて。


　やがて隊列のすべてが城門から姿を消すと、歌声は静かに余韻を残しながら終わりを告げた。ほっとしたのか、歌唱隊の子供たちがわらわらとフィリオを取り囲んで話し出す。

「フィリオ様、ありがとう」

「一緒に歌えてすごく嬉しかったです」

　歌唱隊の子供たちにとっては見送りという儀式よりも、歌唱隊の先輩で憧れのフィリオと一緒に歌えたことが興奮するほど嬉しかったようだ。

「僕も一緒に歌えて嬉しかったたし、楽しかったよ。ありがとう」

　一人一人と抱擁し、頬を寄せて機会があればまた一緒に歌おうねと約束を交わし、子供たちが引率の親衛隊士に連れられて去ると、フィリオはすっと顔を開かれたままの城門へ向けた。

　遠い町へ出発したばかりだというのに、もうベルの帰りを待ち焦がれてしまう自分を感じながら。

今回はエメも義父たちの見送りに同行したので、フィリオは儀礼庁で仕事をし、帰りはルキニ侯爵の馬車に同乗して森屋敷に帰宅した。

白亜の宮殿風のヒュルケン邸の玄関前で馬車を降りたフィリオは、扉を開けたままルキニ侯爵へ頭を下げた。

「父上、送ってくれてありがとう」

「どういたしまして。それよりフィリオ、本当にキト家に泊まらないでいいのかね？」

「はい。実家に泊まるとはベルさんにも伝えていないし、お屋敷ですることもあるから」

帰りの馬車の中のみならず、儀礼庁での仕事中もしきりにベルが戻るまで実家に身を寄せていてはどうかと誘われたのだが、申し訳なく思いながらもフィリオは父親からの誘いを断っていた。

「お屋敷でサイデリートさんから教えて貰わなくちゃいけないこともあるし、それにエメもいないでしょう？　いろいろすることもあるから」

煩雑な忙しさがあるというわけではなく、屋敷や敷地の広さに比べて単に使用人が少ないため各人が持つ役割が多少他の屋敷に比べて多いというくらいで、大したことがないと言えばそうである。それでもヒュルケン将軍の嫁として屋敷の主の一人であるからには、ベルの不在中の管理責任は自分にあると考えているフィリオにとって、ベルがいないからこそ自分が屋敷にいる必要があると思っている。

事務的な処理もあるし、屋敷内の雑事もそうだ。それに広い庭――というよりも森の手入れに、小動物たちの世話もある。普段はエメがすべてやっていることを人の手で行うのは気力も体力も使うのは、結婚式直後のベルの出征に伴うエメの不在時で経験済みだ。

世間一般の貴族の屋敷とは違う部分もあるので、ヒュルケン邸に住むようになってまだ日が浅いフィリオはこの機会にいろいろと学ばせて貰うつもりでいた。

「お前がそう言うなら」

ルキニ侯爵は残念そうに髭を触っていたが、諦めたように苦笑してフィリオの頭を撫でた。

「だが困ったことがあればいつでも頼っておいで。儀礼庁には私もいるし、屋敷回りのことならイェスタが頼りになるからね」

イェスタとは長姉ドリスの夫で、現在キト家の中を回す家令として立ち回っている男だ。気性も穏やかで、姉と結婚する前、フィリオが小さな頃からキト家に出入りしていたこともあり、二人目の兄として懐いていた。

キト家において、フィリオと並ぶルキニ侯爵の癒しの存在でもある義兄は、フィリオが結婚すると決まった時に困ったことがあればいつでもおいでと言ってくれていた。

「はい。困ったことがあればぜひ」

「そうでなくても、キト家はお前の実家なのだからいつでも遊びに来ていいのだからね。私は儀礼庁でお前と一緒になることも多いけれど、家の者たちはそうではない。たまには皆に顔を見せにおいで」

フィリオは頭を撫でられながら、擽ったそうに目を瞑って笑った。そんなフィリオの頭の上に口づけを一つして、ルキニ侯爵は自宅へと帰って行った。

木々の向こうに馬車の陰が消えたところまで見送って、フィリオは屋敷の中へ入った。

「お帰りなさいませ、奥様」

「お帰りなさいませ、フィリオ様」

出迎えの使用人に笑顔で留守番ご苦労様でしたと声を掛けながら、フィリオは一階奥のベルと共用の部屋へ向かった。既に夕刻を過ぎて暗くなって来ている中、屋敷の中は火が灯されていて、明るく暖かい。完全に陽が落ちてしまえば、背の高い木々に囲まれた屋敷はすぐに暗闇に包まれてしまうため、まだ少し明るいうちから火を灯すのは、森屋敷の日常となっている。

部屋に入り、ベル厳選の柔らかで座り心地のよい長椅子に腰を下ろしたフィリオは、

「ふぅっ……」

と息を吐き出し、背凭れに体をくったりと預けた。

義父たちの帰国が決まってから今朝までの短い日数、ずっと忙しく動き回っていて、その疲れが今になって体の上に圧し掛かって来た感じだ。買い物に食事にと義父と連れ立って歩き回り、それからベルの不満を宥めるべく世話をして、義父との付き合いでキャメロン第一王女夫殿下とのお茶会を持ったり、甘えからか閨の回数を増やしたいベルの求愛を何とか押し留めたり……などと、怒涛の数日が記憶に蘇る。

義父から自分の知らないベルの昔話を聞くのは楽しかったし、義母や義兄姉となるシス国の家族のことを想像しながら買い物したりと充実していたのは確かだが、気を張っていたのもまた本当なのだ。

しばらくは脱力して座り込んでいたフィリオだが、

「ベルさんがいない今の間にすることとしておかなきゃ」

両膝を手で叩いて立ち上がると続き間になっている自室へと向かった。

元々は寝室と物置となる小部屋と居間の三部屋からなっていたベルの部屋は、フィリオと結婚するに当たって改築され、隣の部屋との間に扉を付け、そこをフィリオの部屋としていた。

とは言うものの、フィリオが生活する場はもっぱら屋敷の居間だったりベルの部屋だったりなので、着替えを取りに行く以外そこにいる時間はほとんど

ないようなものだった。「フィリオの居場所は俺の側」と言い切るベルの独占欲が如実に出ている例である。

　それでもいくらそこにいる時間が短くても「ヒュルケン将軍の伴侶の部屋」なので、精選された調度品が品よく壁際に並び、フィリオの雰囲気に合わせて淡い色彩でまとめられた敷物やカーテンなどが取り付けられている。壁際に並ぶ箪笥や小物入れ、飾り棚に書卓は木目が美しい白い楢材で統一されていた。

　薄蜜柑色の絨毯の上には体を曲げたフィリオが収まりそうなほど大型の旅行鞄が蓋を開けたまま置かれていて、数枚の衣類が収められていた。ベルが帰宅次第出掛ける旅行のための準備である。

「ベルさんは特別に何もしなくていいって言ってたけど、そんなわけないよね」

　どこに行くかは知らされていなくても、散々新婚旅行をお預けされたベルのことだ。出来るだけ首都を離れた遠くに行くことは予想がつく。追加された十日と併せて、最低でも二十日分は用意をしていた方がいいと思うのだが、そうなると今度は嵩張り過ぎてしまう。

「ベルさんたち、視察や遠征に出掛ける時にそんなに大荷物じゃないと思ったけど、僕が知らないところでたくさん持って行ってるのかな？」

　鎧などの武具は当然としても、それ以外にベルが自宅から持ち出す荷物は旅装用の袋に押し込んだものが一つと、小さな行李が一つくらいだった。いつ呼び出しが掛かってもいいようにと、前回の視察から帰宅してすぐに中身を新しい衣類などに入れ替えたフィリオは、これだけの枚数で本当に十日以上も着回せるものなのだろうかと不思議に思ったものだ。

　その疑問をそのままベルに伝えたところ、洗濯当番がいるからという単純な答えが返って来て一応は納得したものの、不思議な感覚は残ったままだったが、貴族の子息であることを思えば無理ないことでもある。

　貴族や富裕層がどこかへ旅行に出掛けようと思えば、馬車一台が丸ごと荷物入れになるのは一般的な光景だ。最初に姉アグネタが仮婚だと勢い込んで森屋敷に乗り込んだ時も、馬車の屋根の上にまで行李や鞄を乗せてやって来た。あの時のフィリオの荷物はいつでも取りに帰ろうと思えば帰れる場所だけに、行李一つ分で済ませたものの、長期旅行となるとそれ以上に嵩張ることは予想される。

　それが前提にあるからフィリオは荷物整理に悩んでいるわけだ。

　これは持っていなくてもいいがこっちは必要で、これは持って行ってもいいかもしれないなどと、あれこれ入れて出してを繰り返し、途中で食事の用意が出来たと使用人頭が呼びに来て食事を済ませた後も、部屋に戻ったフィリオは一人、とうとう床に散らばってしまった衣装や小物を前に座り込んで唸(うな)ってしまった。

「寒い場所か暑い場所かがわかるだけでも荷物の量は違うのに。もう、ベルさんのけち」

　ついには行き先を教えてくれないベルに八つ当たりを飛ばしてしまう。

「僕が準備しようとすると邪魔するし」

　ぽすぽすと乱れた衣類を畳み直しながら、フィリオの愚痴は止まらない。

「お義父様がいらしている時にあんまりベルさんに構わなかったのは悪かったと思うけど、ここに泊まっている時にはその……アレをしないのは当たり前だと思うし」

　アレ——つまりは閨での夫婦の営みを指す。

「ほんの何日かしなかっただけなんだから我慢してくれてもいいのに」

オーボエに最後通牒(つうちょう)を突き付けて強制送還が決まった日の夜にはしつこいほど愛し尽くされて、肌艶もよく元気に上機嫌なベルと反対に、翌日のフィリオは体の至るところが痛くて大変だったのだ。それなのに、そこから帰国までの数日も「待て」が出来ないのは由々しき問題だと思う。

　フィリオは膝をついて絨毯に座り、畳み掛けのブラウスを太腿(ふともも)に乗せたまま腕組みをした。

「お部屋は二階の客間を使っていただいたけど、お年を召した方は小さな物音でもすぐに起きると言うし、軍人だったお義父様なら耳もいいだろうから、こ、声だって聞こえちゃうかもしれないのに」

　我慢すればよいだけではないかとインベルグ王子なら言いそうだが、とんでもない。フィリオのすべてを喰(く)らい尽くそうと頑張るあの獣を前に、声など我慢できるものではない。布を巻いて轡(くつわ)にしても唸り声のようなものは出てしまうはずで、そっちの方が逆に不審者として怪しまれ寝室に踏み込まれる危険性が高いのではないか。

　あの深夜の攻防で、よくもまあベルを撃退することが出来たものだとフィリオは自分自身を褒めてあげたい。最終的には、手を上げるなど物理的にフィリオに無理強いをしないベルが、敷布――掛け布団でも毛布でもなく紛うことなき敷布に蛹(さなぎ)のように包まったフィリオの頑なさに渋々折れてくれた形だ。

　その前の晩餐の席でフィリオと義父が仲よく喋っていてあまり自分に構ってくれなかったことが気に入らず、繋がることで独占欲を満たし、安心を得たかったのは何となく理解はしていたので、義父が宿泊している城に戻った後は存分にベルに独占させてあげたが。

「食事もしないで寝室に籠もりきりなんて、お屋敷の人たちになんて思われていたのか考えると恥ずかしいっ」

思い返しただけでも身悶えしてしまう。実際にフィリオは畳み掛けのブラウスを両手でギュッと握り締めていた。思い切り皺になっていることに気づいたのは、しばらく回想に浸って回復した後である。

もうっ、と自分のしたことながらやはりベルへの八つ当たりもあり、頬を膨らませ、手でパンパンと叩いて皺を伸ばしながら畳み直し、箪笥の引き出しにブラウスを仕舞う。

どれもこれもベルがいけないのだ。義父が泊まった二回とも何とかベルの猛攻を凌いだが、セトから戻って来たら何らかの約束ごとをしっかり作ろうと決意も新たにするフィリオだった。

「さて、と」

結局余計な作業を増やしただけで大して進んでいない荷造りを潔く諦め、フィリオは湯殿へ向かった。

既に使用人たちのほとんどは自室に下がった後だが、湯殿はいつものように温かな湯気を立ててフィリオの褐色の裸体を包んでくれた。微かに鼻に香る匂いは、ベルが厳選した入浴剤の香りで、白い泡が浴槽を埋めていた。軽く洗い場で体を流したフィリオは静かに足先から湯船の中に入り、すぐに肩まで身を沈めた。

ふわふわの泡が顎の下でしゅわりと弾けて何とも言えない擽ったさがある。それが面白くてフィリオは、口から息を吐き出してブクブクと泡を立てた。

「そこまででもないけど、一人で入るのは久しぶり」

ベルが入っても手足を伸ばせるほどの長さと奥行がある湯船は、小柄なフィリオだと底に横たわって眠ることが出来るほど全体的に大きい。使用人に聞いたところ、最初からこの大きさだったわけではなく、ベルが買い取って住むようになった時に新しく取り寄せたものらしい。その時に厨房の設備も併せて買い替えたが、こちらに関しては厨房に興味関心のないベルの性質をよくわかっているキャメロンの指示によるものだったとか。ちなみに湯船が大きいのは、当初はエメにも使わせるつもりだったかららしい。

　現在は動物たち専用の浴槽のある洗い場があるため、もっぱらそちらを利用しているエメである。

「こだわるところにはとことんこだわるけど、気にしないところは全然だもの、ベルさんって」

　先ほどまでフィリオがいた自室もそうだし、寝具もそうだ。特に寝台に関してはフィリオとの正式な仮婚期間に入る前から吟味に吟味を重ねて作り上げた特注品というのだから、聞いた当初は開いた口が塞がらなかった。

「確かにすごく素敵な意匠だし、頑丈でもあるから不満はないんだけどね」

　毎晩その素敵で立派な寝台にお世話になっている身としては、文句などあろうはずもない。フィリオと二人だけで過ごす、謂わば「夜の要塞」なのだから最高の品であるべきというベルの主張には、曖昧に頷くだけに留めておいたけれども。

　乱入したり湯殿の外で足を鳴らしながら待ったりする夫もいない今晩、フィリオは心行くまで泡風呂を堪能した。

　十分に温まって部屋に戻ったフィリオの目に、薄く開かれたカーテンの向こうに星が煌めく空が見えた。ふっと息を吹き掛けて、燭台を消してしまえばより鮮明に見える濃紺の空は、ベルの黒に近い藍色の髪色に似ていて、思わず触れようと手を伸ばしてしまう。

「――ベルさん……ウェルナード……」

　フィリオは夜着を胸の前でぎゅっと握り締めた。

　いつもフィリオを背中から抱き締める逞しい腕も、擂り寄せる顔も今はない。

　先ほどまで不満も愚痴も口に出していたのに、直接言う相手がいないことのむなしさを思う。

「ウェルナード」

フィリオは夜空に語り掛けた。

「おやすみなさい、ウェルナード。無事に旅を続けられますように」

届かないとわかっていても、声に出してどうしても言いたかった。


その夜からフィリオは毎朝毎晩ベルの無事を祈った。


フィリオがベルの無事を祈り始めて五日、ベルたち一行は予定通りのセトの町に到着し、宿舎で各々体を休めていた。

クシアラータ国に限った話ではないが、野盗などの被害を防ぐ意味から公道や大きな街道沿いには適度な距離ごとに小さな町や村が点在しており、野宿をせずに安全な移動をすることが出来るよう工夫されている。それ故に小さな村でも最低一つは宿が経営されているのが普通だったが、ベルたちが泊まったのは軍施設内にある宿舎である。

セトに至るまでの道中もずっと軍の兵舎を利用したため、同行する役人たちにはあまり居心地がよかったとは言えないだろうが、食事を提供され、屋根の下で寝ることが出来るというだけで軍人たちにとっては十分なのだ。

これが観光も兼ねた視察であれば、町中で酒や色に楽しむ時間も取れただろうが、今回は夕方に到着して食事を摂るとそのまま就寝、翌朝食を食べればすぐに出発という流れで進めて来たので、どこにも娯楽を入れる余裕はなかった。

この日、夕刻には余裕がある時間帯にベルたち一行が到着した時点ではまだシス国から政治犯を移送する一団は到着しておらず、自由行動が許可された兵士や文官たちは、待ち時間の間は手足を伸ばすことが出来ると、道中の疲れも吹き飛んでいるように見えた。

そんな風に浮かれる部下たちと反対に、ベルの機嫌は首都を離れてから低下したまま戻っていない。

「ウェルナード、お前が不機嫌でいると部下たちも委縮して気を抜けないだろうに」

ダーインが諌める声を息子に掛けるが、親に注意されたくらいでベルが態度を改めるとは思っていないため、「一応注意をしたぞ」という体裁くらいの強さでしかない。

ベルが不機嫌になる理由は明白で、本来なら先にセトに着いているはずのシス国からの一団が、現時点でまだ到着していないという事実があるからだ。

本来ならば夜になる前にクシアラータ国から逃亡した政治犯たちを受け取り、明日の朝早くにベルはセトを出立して首都に戻るはずだったのだが、当然それも取りやめだ。すなわち、可愛いフィリオの元へ帰り着くのが遅くなることに他ならず、それがベルの不機嫌をより一層凶悪なものにしていた。

軍の宿舎のため一般的な宿よりも質素ではあるが、国賓用や上官用として浴室などの設備を備え二間以上ある広い部屋も数室用意されているので、ベルやダーインが寝泊まりするのもこの手の部屋だった。身柄の自由はないと言ってもオーボエもシス国王子という身分であり、ダーインと同室の措置が取られていた。

蛇足ではあるが、この期に及んでオーボエがベルの寝込みを襲いに来るようなことはないと思いたいが、これまでの言動から信頼性に欠けるということで、就寝時のベルは帯剣したまま、扉の内側に家具を置いて侵入を防ぐ措置を取っている。ベルの精神安定のために同行したと言ってもよいエメがオーボエの寝床の真横に寝そべることで牽制しているとわかってはいても、これればかりは仕方がないとダーインも苦笑いをするだけである。

そのエメであるが、見送りのフィリオの側に居たはずがいつの間にか同行していたことに驚いたのはダーインもベルと同じだ。

オーボエを牽制しつつ、早くフィリオが待つ家に帰りたいベルの尻を尾で叩きつつ、円滑に任務を果たせるようお目付け役も兼ねていると思われる。

エメもダーインもウェルナードの「育ての親」で、特にエメにとってベルはまだまだ気の抜けない「子供」なのだと思うと笑いも零れる。体も大きくなり、結婚して伴侶も得たのにまだまだ一人前とは言い難いようである。

しかし、とも思う。賢いエメがそれだけのために同行するだろうか。幻獣フェンが持つ能力の一種が何かを察知したのではないかと気にはなっていた。結局、順調そのものでセトまで辿り着いたことでその不安も一応は払拭されたのではあるのだが。

そうやって安眠出来たとは言えない夜を送って来たが、それも今晩で最後だ。

寝台の端に腰掛けたダーインの顔には、また久しく会えなくなる息子との別れを意識しているのか寂しさが浮かぶ。

「ウェルナード」

名を呼ばれ、開けた窓の桟に腰掛けて外を眺めていたベルは顔を室内に向けた。

十年前にシス国を離れてからも最低でも二年に一度は顔を見ているため、そこまで極端な変化はダーインには感じられない。だが深い皺の数が少し増えたとか、白髪が目立つようになったとか、そういう些細な変化はベルにも見えている。

物心ついた時にはダーイン＝ヒュルケンという男

は、肉体的にも精神的にもほぼ完成された状態でベルの前に存在し、それが損なわれないまま今に至っている。鋼のような肉体とはダーインを指し、戦いを挑んでは何度も地面を舐めさせられたインベルグや軍兵士たちの言葉ではないが、武人としてとんでもない傑物なのは確かだ。

そして、ベルにとって父ダーイン＝ヒュルケンは軍人として目指す姿の一つでもあった。

その父へ「何だ？」と目線で問い掛けた息子に父の方は苦笑した。

（昔からちっとも変わらんな、この態度は）

それこそ物心がつこうかという五、六歳の頃には既に同じような対応をされていたダーインには懐かしいやり取りだ。

「オーボエのことだがな」

途端に聞きたくないとばかりにプイとまた顔を窓の外に向けたベルは、血の繋がらない従弟に対する不寛容を徹底させている。

オーボエをクシアラータ国への旅に同行したのはダーイン自身だが、物わかりの悪さと頑なな妄想のせいで、予想以上に手酷くベルに拒絶されたオーボエは憔悴（しょうすい）し落ち込み、

「ウェルナードを絶対に連れ帰る！」

と意気揚々としていた姿は欠片も見られない。

だからと言って同情する気になれないのは、オーボエのベルに対するこだわりが、クシアラータ国内で消えかけの火のように燻るヒュルケン将軍排除派に利用されたからだ。それは王族として致命的な不始末であり、肉親だからと甘く済ませてよいものではない。

（それになあ……）

ダーインは顎を撫でながら、ここまでの道中のオーボエの様子を思い出す。

同じ隊列にいながら完全にオーボエを見えないも

のとして扱うベルの姿を見つめるオーボエは、絶対にウェルナードへの思慕を捨て去ったわけではないだろう。むしろ、邪念が消えたからこそ純粋に慕う気持ちが前面に押し出されているような気がする。

だからベルが心配するように寝込みを襲いに来ることはない代わりに、ひっそりと新たな想いを育ててしまっているのでは……と思わないこともないが、フィリオ以外に興味のないベルに伝えたところで機嫌の悪さが上昇するだけなので、国外に出るまでは触れないつもりだ。

「――すまなかった、ウェルナード」

緩く頭を下げたダーインが顔を上げると、片眉を上げたベルが不思議そうに首を傾げていた。

「オーボエのことだ。あいつに現実をわからせるために連れて来たが、お前やフィリオ君に嫌な思いをさせるだけだった。そのことをまだ謝罪していなかったと思ってな」

ダーインはちらりと隣の寝室に視線をやった。そこには食事と軽く入浴を済ませてすぐに横になったオーボエが眠っている。

移動中の自由行動が制限されているオーボエは、食事や排泄(はいせつ)以外の時間ほぼずっと馬車に乗りっ放しでセトまでやって来た。憔悴し反省している姿は見せているものの、オーボエ本人の意思の有無に関わらず、クシアラータ国の貴族に唆されてベルの失脚を狙う反ヒュルケン将軍派に手を貸す形になっていたからだ。

加えて、オーボエが不自由な護送車に乗せられている状態だと暗に示すことで、クシアラータ国内における反ヒュルケン派を牽制する意味も込められていた。この件に関しては、他国の王族を見世物のように使う方法なので、クシアラータ国王直々にダーインやオーボエに話が通されていた。

オーボエは自分が関わってしまったことへの後始

末と反省から、ダーインは大きくなっても可愛い息子を守るために、二人とも協力を受諾している。

ベル自身はもはやオーボエに関しては興味を失っており、そこまで積極的ではなかったのだが、

「いつまでもお前の可愛い嫁と過ごす時間を邪魔されたくはないと思わないか？　ウェルナード＝ヒュルケン」

たとえ親族であり王族であってもここまで非道な対応を取れるのだということを相手に知らしめるのは良策だというインベルグの話に乗った。いや乗せられた。既にベルに手を出したことで二領が潰されているにも拘わらず、未だに諦めようとしない連中には国内外の敵に対して容赦しないと示すのが確かによい方法ではあるのだろう。

ベル自身は向かってくるなら叩き潰すだけだから策など不要だとは思っているが、煩わしさがフィリオとの時間の妨げになっているのは確かなので、早めにどうにかしようとは考えていた。新婚旅行に行く前の殲滅は時間的に無理なので、行く前は牽制を行い、帰って来てから身も心も満たされた最高の状態で敵を一掃するつもりなのだ。ただし、ベルの頭の中で計画されたものなので、この立案を知ればサーブル副将軍あたりは胃を押さえる結果になっただろうと思われる。

ベルは少し考える風に宙を見上げた後、緩く首を振った。

「フィリオに謝ればそれでいい。傷ついたのはフィリオで、悲しんだものフィリオで、怒ったのもフィリオだ。――ダーインは真摯にフィリオに頭を下げたのだろう？　そしてフィリオは許したのだろう？ならそれでいい」

「お前は？　ウェルナード、お前だってあれほどオーボエに対して腹を立てていただろう？」

さすがに自制が働いたのか、剣を血に染めること

なく殴る蹴るで済ませたのはウェルナードにしてはよい心掛けだとダーインは思っていたが、インベルグ第三王子やクシアラータ王家が間に入らなければ、もしかすると当分シス国へ帰ることは出来なかったかもしれない。

それくらい苛烈な怒りと嫌悪感をオーボエに抱いていたベルは言う。

「考えたくないからもういい」

その表情は心底嫌そうで、

「……お前って子は……いや、いい。わかっていた。お前がそういう子だというのはよくわかっている」

ダーインは片手で顔を覆い、苦笑した。

オーボエのことを考えることすら面倒で、本心から存在そのものをなかったことにしたいのは明らかだった。それに今のベルにはオーボエのことを頭の片隅にでも置いておく余裕はどこにもない。いかに早くフィリオの待つ首都へ戻るかということが一等大事で、それだけに思考のすべてを使ってしまいたいのである。

それなのに、肝心のシス国からの護送隊が到着していないのは予想外も甚だしく、そこにオーボエのことが入る余地は微塵もない。

首都を出立する前に立てたベルの予定では、自分たちより七日ほど早くシス国を出た政治犯を連れた移送団の方が先にセトの町に到着しているはずで、ベル自身はすぐさま移送団を率いてセトを離れるつもりだった。形式上、クシアラータ国から放り出される形になるオーボエと貴族たちの交換は随伴して来た両国の役人が証書を交わすことで双方からの引き渡しは成立する。

それが終わり次第、セト近郊に駐留していた交代のクシアラータ軍一隊を率いて帰るだけ、という簡単なものだった。ベル自身は休憩を挟むことなく引き返すことになるし、貴族たちも馬車から降りることなく連行されるが、馬さえ交換していれば自分たちで歩くわけではないので全く問題はないとベルは見ていた。

それが、ベルの予定にない宿泊——ベルの脳内予定にないだけでその他全員にとっては予定通りの宿泊——で、自分だけ先に帰ってもよいのではないかという方向へ心は傾いている。

どうせ軍人は守備の役目でしかなく、国同士のやり取りをするのは証書を持っている役人なのだから、一人で帰る分には構わないのではないか——という、副将軍サーブルが聞けば顔を真っ青にして引き留めに掛かるようなことをベルは考えていたのである。

だから、未だに兵舎に残っているのは「お仕事はきちんとして将軍としてのお役目を果たすこと。黙って出て行かないこと。いいよと許可を貰ってから帰ること」というフィリオの言葉が重石になってくれているからだ。

フィリオ大好きなベルにもわかる。今回は絶対に「帰っていいよ」と言う人はいないだろうと。それを無視して一人で帰れば、絶対にフィリオは怒るに決まっている。可愛らしい唇を尖らせて、桃色の瞳を吊り上げ、腰に手を当て頰を膨らませ、ぷんぷん怒るのだ。

（可愛い……）

それもいいなと思ってしまうベルは相当のフィリオ馬鹿である。

両手両足に幼いフィリオ四人がしがみつき、背中には首に腕を絡ませて抱き着く今のフィリオがいる——と想像することで、ウェルナード＝ヒュルケン将軍が将軍としての責任を果たすべく留められている状態と言えよう。

第三王子が聞けば腹を抱えて笑いそうな構図だが、あいにくベルは真剣だった。

「フィリオ君には感謝だな」

フィリオの名に反応し、首を傾げたベルをダーインが指さす。

「お前がしっかり国に根付き、責任ある立場に立っていられるのはフィリオ君あってのことなのだろう。あの子との出会いには本当に感謝しかない」

正直なところ、十年前のキャメロン王子の婿入りに同行したベルがクシアラータ国に永住するとは微塵も思っていなかったダーインである。本人の希望もあり、将来軍人の道に進むのなら経験を積ませるのも必要だろうと送り出したものの、まさかの戦乱によって帰国が叶わなくなるとは誰も予想出来ないことだった。それ以上に驚かされたのは、ベル自らがその時に勃発した戦に兵士として参加したことだった。

どれも聞かされたのはクシアラータ国の勝利によって戦が終わってからのことで、急ぎクシアラータ国に駆けつけて無事な姿を確認した時の安堵と言ったら、軍団長として長く前線に立っていたダーインにしても経験したことがないほどだった。

今回のことで確信した。キャメロンについてシス国を出たのはウェルナードに構う王族兄弟が煩わしかったからなのだろうと。結果的にベルが帰国しないのも、クシアラータ国で生涯の伴侶を見つけて定住することになったのも、オーボエを代表する彼ら自身の言動の結果である。

「オーボエやボイドのことはこちらで対処してお前やフィリオ君に迷惑が掛からないようにする。オーボエは……まあインベルグ王子に厳しく叩き直されたからな、二度と同じ間違いはすまいよ」

王太子と第二王子はベルには甘いものの節度を弁えているから問題ないが、オーボエの証言にあったように現軍団長がベルまでの中継ぎと考えて職務に当たっているのは国として由々しき問題だった。しかもオーボエの話しぶりからするに、日頃から公言しているような節がある。

「性根を叩き直すのはもちろんだが、最適な後任が育つか見つかるまでは私が代理で立つしかないだろう」

「その方がまし」

ベルのつまらなそうな同意にダーインはやれやれと浅くため息を吐き出した。かつての部下の中から適任者を選び、鍛え上げるしかないと既に算段はしているが、軍団長を退いて送っていたのんびりした隠居生活がしばらくお預けになると思うと残念な気持ちが大きい。それでも王族の一人として担う責任はわかっているので、仕方がないことではあった。

「ウェルナード、そのうちフィリオ君を連れてシス国に来るといい。キャシー……母上もお前たちに会いたいだろうからな」

どうだ？　と上目で窺われたベルの答えは簡潔だった。

「フィリオが行きたいと言えば行ってもいい」

あくまでも自分の行動の源はフィリオにあると断言するような台詞ではあったが、「行かない」と拒否されずにダーインがほっとしたのは確かだ。

数年に一度は自分から会いに出掛けていたが、そろそろ年齢的に無理を重ねるのが難しくなって来た自覚はある。ベルの方からシス国に来てくれるのなら家族全員が大歓迎だ。

「私も軍を率いる立場はわかっている。無理せずいつでも帰って来るといい」

「わかった。覚えておく」

そうは言ってもシス国居住歴十年という節目の今年、それと数年はベルが長期に国を離れる危険はダーインも理解している。早期に決着がつけば幸いで、こういう不平不満を持つ輩はいつまでも燻り続けるものなのだ。

「まあ落ち着いてからでいいからな。お前はともかく、フィリオ君に無理をさせないのが一番だ」

　これには大きく頷くベルである。フィリオをシスに連れて行くためには快適な旅をすることが出来るよう万全の準備を整えなくてはいけない。そのために数年はかかるだろうとベルは考えている。

　ついどんな馬車を用意すればよいだろうかと考え始めたベルの横顔を見ながら、ダーインは優しく問い掛けた。

「ウェルナード、お前は幸せか？」

　それに対する答えはひどく短く、とても自信に満ちた強い声だった。

「もちろん」

と。

　ダーインは目元を緩ませて皺のある顔を綻ばせた。それは親が子に見せる最大の愛情を形にしたものだった。

　そうして親子の最後の夜は更け、ベルが短い睡眠を取るために寝台に入った翌朝。

　甘い声で啼く可愛いフィリオを抱き締めて、柔らかで練乳のように甘く芳しい肢体を舐め、愛らしく慎ましやかな陰茎の先端から零れる甘露で喉を潤すという至福の夢を堪能していたベルは、伴侶とは違う野太い男の声で叩き起こされた。


「――軍！　ヒュルケン将軍！」

　階下から大きな足音を響かせて駆けて来た副将軍サーブルが血相を変えて部屋に飛び込んで来る。サーブルは寝台の上で身を起こしたベルの前まで一足飛びに駆け寄ると、荒い息のままベルに迫った。

　そして。

「ヒュルケン将軍！　フィリオ様が攫われたと、伝令がッ！」

　その時世界が壊れる音を聞いた――。

後に、ヒュルケン将軍の忠実なる副官サーブル副将軍は震えながら語った。

話は三日前に遡る。

ベルたちが国境方面へ出立した後、フィリオは森屋敷で通常通りの生活を送っていた。不足しているのはベルとエメの存在で、彼らがいない間のヒュルケン邸をしっかり管理することが自分の役目だとフィリオは自分に喝を入れていた。

若干気合を入れ過ぎているように周りから見えなくはないのだが、ともすればベルを思って寂しくなる自分の気を紛らわせるには、小動物の世話をしたり儀礼庁や邸で仕事をしたりして体を動かしているのが一番なのだ。

しかし、知り合ってからずっとフィリオにべったりだったベルがいない寂しさは、実際経験してみると相当なもので、今回も頭の中で割り切るには大き過ぎるものだった。考えていれば、不可避の出来事が生じたこともあり、知り合ってお付き合いを始めた頃より、結婚してからの方が圧倒的に離れている期間が長い。だからこそ任務から帰って来たベルと一緒にいる時に感じる嬉しさはひとしおなのだが、その反動もあってか、ベルがよく貼り付いていた背中や髪を撫でる大きな手が不在で、物理的にも体温的な温もりという点でも物足りなさを感じていた。

「エメは残ると思ってたんだけどなあ」

黒い獣はあっさりとベルについて行った。この場合はベルに、というよりも義父について行ったというのが正しいような気もしなくはないのだが、ベルが不在の間は森屋敷から離れないエメにしては珍しい。

という話を儀礼庁からの遣いで財務省に出掛けた

帰りに、城内で遭遇したインベルグ第三王子に拉致されて、屋外食堂で昼食を共にしながら言ったところ、

「そうか？　俺に言わせればヒュルケンにつかずにいたことの方が珍しいぞ」

　とのことであった。

「行軍や遠征にしろ城での雑務にしろ、ヒュルケンとエメは一緒にいるものだという認識の方が一般的だろう。城内では好き勝手に動いていたようだがな」

　インベルグは顎に指を当て声を潜めた。

「俺が思うに、あれは散歩ではなく諜報活動だな。ヒュルケンに害をなす不穏分子を見つけ、顔や匂いを覚えるためだと見ている」

　聞いていたフィリオは「大袈裟な……」と言いかけて、エメならあり得ると考え直す。森屋敷が火災に見舞われた時、いち早く対応に動いたのはエメなのだ。自分の役割を十分にわかっているからこその動きであれば、諜報くらいは軽くこなしてしまうだろう。

　フィリオにとってはエメが森屋敷にいるのが普通でも、ベルたちと長い付き合いの人たちには逆なのが面白い。

「それじゃあ今回もエメの中で何か極秘任務があるのかもしれませんね」

　フィリオとしては冗談だったのだが、

「それだ」

　グイッとテーブル越しに身を乗り出した笑顔のインベルグに指を突き付けられ、フィリオは思わずぎょっとして椅子に座った上半身を仰け反らせた。森屋敷でのサイデリートとの会話やベルとのやり取りを通じてそれなりに慣れて来てはいるのだが、怖いものは怖いし、苦手なものは苦手のままなのだ。

　インベルグ王子本人は頼りになるよい人だとはわかっているのだが、ベルが余計な入れ知恵を授けら

れたりしているのを身をもって知っているフィリオにしてみれば、全面的に大歓迎！　というわけにはいかない。

　何より、

（王子、怖いです。笑いながら迫るのは止めてください）

　顔が怖かった。

　インベルグ王子の名誉のために言っておくと、顔の造作が悪いわけではない。男らしい整った顔で、一般的には美丈夫と呼ばれているのも知っている。だがとにかく笑顔が怖いのだ。これはフィリオだけが抱く感想ではなく、割と多くの人が持つインベルグ王子の笑顔に対する感想だ。

　加えて大柄で体全体から威圧感を発しているインベルグ王子を前にすれば、小柄なフィリオなどビクビク震える小動物でしかない。隙を見せれば食らい尽くすぞと、笑いながら脅迫宣言されているようなものだ。

（インベルグ王子にはそんなつもりはないのかもしれないけど……）

　ベルの関係で幾度も間近で顔を合わせて話す機会を持ち、人柄は十分わかっているつもりでも、初めて直に顔を合わせた際に壁際に追い詰められて生じた苦手意識は、そう簡単に消せるものではないのだ。

（笑っていない顔だと平気なんだけど……。でも、これから先もインベルグ王子とはお話しする機会はたくさんあるだろうから、そのうち慣れていくんだろうなあ）

　ベルの後見人のキャメロン第一王女夫殿下同様、インベルグ王子とは長い付き合いになりそうだ。

　そのインベルグはフィリオに突き付けた指先をテーブルに下ろしてトントンと軽く叩いた。その顔はなぜかとても上機嫌に見える。

「俺の思い違いでなければヒュルケンはフィリオ＝

キト……ではなくフィリオ＝ヒュルケン、お前を溺愛している」

自意識過剰ではなく誰が見てもその通りなのでフィリオはコクンと頷いた。

「そういうヒュルケンが、自分が不在の間のお前の身辺警護役のエメを外すと思うか？」

「それは……どうなんでしょう？　義父たちが来る前に行っていた視察の時には確かにエメは森屋敷にいましたけど、その前の戦の時には後からベルさんのところに行きましたし」

登城するフィリオにエメが同行することはなく、城内ではベルと一緒に食事をすることはあってもエメを見掛けることはない。

「今回は、ベルさんはエメにお留守番を頼んでいたんです。お義父様たちが出発するその時まで僕もエメは一緒に森屋敷へ帰るものだと思っていたんですけど」

義父との涙の別れを終えて馬車が動き出すのを見送っていたところ、すぐ側にいたエメの黒い尾がフィリオの手を撫でてするりと抜け出し、そのまま義父が乗る馬車の上に飛び乗って伏せてしまったのだ。

呆気に取られている間に馬車は城門を出てしまい、気づいた誰かがベルに知らせてくれるのを願うのみだった。

「前日、いや当日の朝まではそんな素振りは見せなかったんだな？」

「はい。僕が気が付かなかったとしても、ベルさんなら気が付いただろうし、お義父様もエメとの別れを存分に惜しんでいましたし。あれ？　それならエメも出発の時まで出掛ける予定はなかった……ってことですよね？」

「そうだな。単に幻獣の気紛れかもしれないし、ダーイン殿と別れ難いと思っていたのかもしれない。或いは同行する兵士たちを見て頼りないと判断したとも考えられる」

最後のはないな、とフィリオは思った。可能性として高いのは義父との別れ難さだが、咄嗟に行動するだろうか？

「ヒュルケンは知らなかったんだろう？　エメが同行することは」

「はい。ベルさんも驚いたようです。残して来たはずのエメが一緒にいて」

「驚いただろうな。奴から何か文か何か来なかったか？」

「来ました。出発した当日の夕方前に、急な手紙が」

出立直後ということもあり急ぎフィリオの元へ戻って諸々の手配をしたかったが、副将軍や周りに諫められ、戻ることが出来ず非常に無念だと乱れた文字で書かれていた。

普段のベルの文字は丁寧かつ綺麗なので、馬上で馬の首を台代わりに揺られながら書いたと最初に断りがなければ、偽文書を疑ったかもしれないほど乱れた文字だった。

「ベルさんは家に戻るように何度も言ったそうなのですけど、エメが動かないからこのまま連れて行くと。その代わりに森屋敷には人を派遣するように手配をしたと書かれていました」

普段から無言実行のベルなので、言葉にしたことは絶対に履行する。途中で部下を伝令に走らせたか、鳥などの他の伝達手段を使ったか、手段のほどはフィリオにはわからなかったが、ベルの手紙を読み終えてそんなに時間が経たないうちに、兵士五名が護衛に就くことになったと残っていた副将軍の一人がヒュルケン邸に挨拶に訪れていた。

護衛と言ってもフィリオが城に上がる時の送迎くらいしか彼らにはすることがない。元々、放火事件の後から朝昼や夜間を問わず、ヒュルケン邸の敷地内外には兵士が常駐して警護に当たっている。最初はベルの指示だったのだが、事態を軽視しなかった国王により勅命による警備に変わっていた。

やっていることは変更の前と後で何ら変わりはないのだが、国王自らが表に出て、率先してヒュルケン将軍を重んじていると対外的にわからせるためには、こういう面倒な手順が必要なのだと教えてくれたのは、今目の前にいるインベルグ王子と森屋敷で仮の家令をしながらフィリオの勉強を見てくれるサイデリートだった。

「ヒュルケンの手配なら洩れはないだろう。エメの代わりになるかというと微妙なところではあるが」

そもそも幻獣と同列に人を並べるのが不遜というものだ。

「キト家や侯爵家からも人を派遣すると言って貰ったのですが、小さな犬や猫もいるし、そこまですると過剰になるのでお断りしています」

侯爵家の方は、当主であるペリーニ＝ルキニ侯爵本人がキト家で暮らしているため、祖父母が暮らすルキニ家本邸からの派遣の申し出だったのだが、当代侯爵がやんわりと、しかし強固に反対した結果、国軍兵士以外の警備兵は導入されていない――とされている。

実際には、フィリオが知らないだけでルキニ本邸に住む祖父母がこっそりと私兵をフィリオの周りに配置しており、遠目で見守るだけを厳守することを条件にルキニ侯爵が目を瞑っている状態だ。

インベルグ王子はふっと眉を上げた。

「過剰かどうかを判断するのはお前ではないぞ、フィリオ＝ヒュルケン。何かが起こった後で後悔せずに済むように最善を期すのなら、それは過剰とは言わない。まあ、あのヒュルケンが手配したのなら抜かりはないと思うがな」

薄く切って揚げた芋に塩を振り掛け、「アチッ、アチッ」と言いながら咀嚼（そしゃく）するインベルグ王子の台詞と行動のずれがおかしく、フィリオはそっと下を向いて笑った。

城内の誰もが利用できる屋外の食事処で出されたものを手摑みで食べるような男だが、身分上は歴とした王子であり、国軍副総裁でクシアラータ国が誇る三宝剣の一人でもあるインベルグなので、近くに座っている女性たちからの視線は熱い。

積極的で勝気なクシアラータ女性にとって最上級の婿候補であり、優良物件でもある。声を掛ける機会をうずうずと狙っているのは、彼女たちのギラギラ光る眼を見れば明らかだ。あの不愛想の塊であるベルでさえ追いかけられるのだから、ベルよりは会話が成立するインベルグに遠慮する女たちではないのである。

重ねて言うが、インベルグ王子の男ぶりはよい。顔は怖いが美形で、気さくな人でもある。

しかし、

「第三王子？　んー、あの王子様は好みではあるけど結婚して一緒に暮らしたいとは思わないわね。私もそんなによく知っているわけじゃないけど、入って来る噂を聞くだけでも結構強引で荒っぽい方だと言うじゃない。どう考えたって御せるとは思えないもの。ぶつかり合うのがわかり切っている相手はちょっとねえ。我と我のぶつかり合いって不毛でしょう？」

姉のアグネタは結婚相手としては考えられないと言う。結婚願望が強い癖に理想が高過ぎて妥協できずにいる、あのアグネタがそう言うのだ。その話をされた時にフィリオの頭の中に浮かんだのは虎と獅子が取っ組み合いの喧嘩をしている光景で、思わず納得してしまった。そして思った。インベルグ王子と似たような理由で、姉アグネタも結婚相手として敬遠されているのだろうな、と。

「どうせ後十日もせずに戻って来る。その前にヒュルケンに何か伝えたいことが出来れば俺かその辺の兵士でも摑まえて知らせろ。サイデリートがいる時なら奴に言えば俺に連絡をつけるための最適な方法を教えてくれるはずだ」

　食堂を出たところで、儀礼庁に戻るフィリオと別れる間際、インベルグはあまり気乗りのしなさそうな顔で言った。

「何もなけりゃそれでいい。だがヒュルケンとエメが不在の間にお前の身に何かあれば一気に大事になるからな。冗談でなく本気で」

　身辺には十分に気を付けろよ、と手を振り去ってゆくインベルグの後ろ姿に頭を下げながら、フィリオは「ふぅ」と嘆息した。

「ベルさんからの手紙が夕方前には届くから、あっちの様子は大丈夫だってわかっているんだけど」

　基本的に無口なベルだが文章では饒舌で、任務に支障がない範囲でいろいろと事細かく様子を書いて毎日伝えてくれている。味気ない業務連絡というよりは自身の言葉で綴った日記のようで、一日の自分の行動と付随する感情——飯が不味かっただの、オーボエが座り過ぎて尻が痛いと泣きごとを言っただの、砂埃で頭が白くなっただの他愛のないことが多い。

　そして最後に必ず、

「フィリオがいなくて寂しい。早く家に帰りたい」

と綴られていた。

　それを読むたびフィリオはベルの文字に向かって声を掛けるのだ。

「僕も早く会いたいよ、ベルさん」

と。

　今日も帰宅すれば森屋敷の方へ文が届けられていることだろう。セトへ向かって一日ごとに距離を延ばしているベルの文が、翌々日までに届くのは偏に伝令と馬の努力に由るところが大きい。

深読みするならば、首都から遠く離れた場所の出来事をどれだけ迅速に伝えることが出来るかの試用をしているのではとも考えられる。国同士の書簡のやり取りや一般書簡、手紙などは配達を専門にする組織イル・ファラーサに頼めばよいが、軍務関係など内部でのやり取りは早馬や伝書鳥を使うのが主流だ。そのために脚の速い馬を常備する馬交換所が短い間隔で街道に備えられている。

馬の能力がそんなに一気に上がるはずはないので、馬を交換する頻度を上げたのだろうと思われる。ただ、馬は交換すればよいが伝令はそういうわけにはいかない。途中の文書紛失やすり替え、情報の漏洩や誤謬を極力排するならば最初から最後まで伝令は同じ人物が望ましい。

日中は儀礼庁に出仕しているフィリオなので、ヒュルケン邸に配達人が訪れた時に居合わせたことはないが、初回の配達後に料理人のパリッシュや派遣家令サイデリートから配達人が随分草臥れた様子だったと聞いてからは、屋敷に引き留めて食事や飲み物を振る舞ったり、場合によっては休息を取らせるよう手配を行ったりしている。

一応軍の伝令扱いで、フィリオへの手紙だけを届けるために走らせているわけではないだろうが、伝令を走らせる頻度が高い一因は紛れもなくベルからフィリオへの手紙のはずなので、ベルが帰宅した後で叱っておかなくてはいけないと心に書き留めているフィリオである。

儀礼庁に戻ったフィリオは父ルキニ侯爵のもと、いつものように書類整理をして午後を過ごした。

「ルキニ長官、では先に下がらせていただきます」

上司としてのルキニ長官に頭を下げると、机に向かって書き物をしていた父親は苦笑を浮かべた。

「誰もいない時くらい父上と呼んでも構わないのだがね」

「それは駄目ですよ。いくら父上とはいえ公の場で仕事中は公私の区別はちゃんとしないと」

「では少しの間だけ休憩にしよう。その間だけは部下ではなく息子のフィリオでいてくれるのだろうからね」

茶目っ気たっぷりに片目を瞑られて、フィリオは呆れたように眉を下げるが嫌がっているわけではない証拠に桃色の瞳は笑っていた。

おいでと伸ばされた手に促されるように椅子の横に回ったフィリオの頭に侯爵の手が乗せられた。

「疲れはないようで安心したよ。寝不足ということもなさそうだ」

「疲れるなんてないですよ。だって、家とお城の往復しかしてないんだもの。その往復だって、朝は父上が一緒に馬車に乗せてくれるんだから疲れる理由がありません」

「それは父親として当然の義務……いや権利であり、ヒュルケン将軍との約束でもあるからね」

ベルと結婚してからは城に上がる時にはベルの馬に同乗させて貰っている。そうではなく一人の時にはヒュルケン邸の馬車を使うので、本来なら侯爵の迎えは特に必要とはしないのだが、心配性の婿と舅の間でベル不在時の対応について取り決めをしていたらしい。

「本当は帰りも送って行きたいのだが。それが駄目ならせめてうちの馬車を使ってはどうかね？」

あいにくと本日は貴族院の重鎮を交えた会食が予定されていて、フィリオを送ることが叶わないと侯爵は肩を落とす。

「それ、前もってわかっていたことでしょう？　迎えの馬車は家を出る時にお願いしているし、僕は平気だから父上は会食を優先してください」

「しかしだね、フィリオ」

うーんと言いながら息子の腰を抱き寄せて腹に顔

を埋める侯爵は、ただただ嫁に行った息子に甘えたいだけなのが丸わかりで、隣の机で仕事をしていた側近が「やれやれ」と肩を竦めている。

何のことはない、ルキニ侯爵はただただ寂しいだけなのだ。寛大な心をもってヒュルケン将軍との結婚を許したものの、家に帰ってフィリオの「おかえりなさい」の声がない喪失感に日々耐えかねているのが現状なのである。

家令でもある長姉の夫が「義父上、フィリオ君ほど可愛げはありませんが僕の出迎えでどうか満足してください」と言うのもフィリオの去ったキト家では日常になっている。

「なあフィリオ、やはり将軍が不在の間はキト家で過ごした方がいいのではないかね？」

「もう父上ったら……。それは駄目って何度も言ってるじゃないですか。ベルさんが不在でもお邸でしなきゃいけないことはあるんだから家には戻らないって」

「それはわかってはいるのだけれどね……」

侯爵は「はぁ」とため息をつくとフィリオの腹から顔を上げ、困ったように肩を竦めた。

「イェスタにも笑いながら言われたよ。義父上の子離れはいつになるんでしょうね、と」

温和で良識ある義兄の穏やかな笑みがすぐさま脳裡に思い浮かび、フィリオはクスっと小さく笑った。

同時に、

「閣下のフィリオ様の可愛がり様は城内に限らず貴族の間では有名ですから」

隣の側近からも賛同の声が上がり、ルキニ侯爵は両手を上げて降参を姿勢で示した。

「息子を可愛がるのは親の権利だと強く主張したいのだがね」

「それを言い始めるとヒュルケン将軍が夫の権利を主張して収まりがつかなくなります。くれぐれも将

軍の前で張り合ったりしないようになさってくださ
い」

「……私の分が悪いのか？」

「というよりも、分が悪かろうがヒュルケン将軍が
フィリオ様に関して引くことは絶対にないということがわかるだけです」

自分のこと――自分たち夫婦のことではあるが、横で聞いていたフィリオは、側近が言うようにベルなら真顔で自分の権利を主張するだろうと強く同意できた。

側近はルキニ侯爵を諭していた顔をフィリオに向け、退勤を促した。

「フィリオ様もお気になさらずに。ヒュルケン将軍というお相手が出来たことで、閣下の中に張り合いたいお気持ちが強く出るようになっただけですので」

侯爵を見れば、口髭を手で弄び素知らぬ顔を装っているものの、至近距離での会話なので聞こえていないはずがなく、図星を指されて少々収まりが悪いらしい。

そんな父親にフィリオは笑い掛けると、

「父上大好き」

と言って抱き着いた。

幼い頃から、侯爵が泣き真似をしたり拗ねるふりをしたり、フィリオが癇癪を起こした後の仲直りの時などに、こうして抱き着いて親子の情を再確認したものだ。最近はあまりすることはなかったが、やはりここ一番という時に有効なのは確かである。

「フィリオ、私も大好きだよ」

ふふっと笑って頬を擂り寄せる親子を、側近はなんとも形容し難い表情で眺めている。ルキニ侯爵は実子を含めて妻が産んだ五人の子供たち全員に公平で、キト家の家族全員の仲がよいのも有名ではあるが、同じ職場で実際に目にすると侯爵の溺愛ぶりがよくわかる。

　フィリオは父親に抱き着いて乱れた衣類を整えると、

「それでは父上、また明日」

　侯爵と側近に頭を下げた。

「気を付けて帰りなさい。何か将軍から報せがあれば時間を気にせず知らせにおいで」

「はい」

　再度の引き留めはなく、フィリオは柔らかい笑みを浮かべて一礼し、儀礼庁長官の執務室を出て行った。

「——さあ閣下、会食までにこの書類の山を終わらせてしまいましょうか」

　積み上げられた書類の山を見て、侯爵は一つ大きなため息をつくとペンを手に取った。

　隣にフィリオが座って歌でも歌ってくれていればやる気も出るのだがと思いながらも、真面目な侯爵は黙々と手を動かすのだった。


　儀礼庁を出たフィリオは真っ直ぐ城の正門近くの馬車寄せで迎えの馬車を待っていた。城に出仕する貴族など身分の高い者は送迎に馬車を使うのが普通で、今も家紋をつけた馬車が幾つも主が出て来るのを待っている状態だ。一部高官や王族などは広い城内の奥まで乗りつけることが出来るが、ほとんどの場合はここでお抱えの馬車を降り、徒歩で移動するか、または必要があれば城内で運行されている馬車を利用するのが常態化されている。

　城内に勤めている貴族だけでなく、用向きのために城に赴く者を含めれば、一日に多くの馬車が城門を出入りすることになり、そのすべてが無制限に城内を走り回れば混雑や事故、揉め事が多く発生するのは明らかで、実際に過去にはそれが理由で死者や取り潰された家が出たことがあったせいで、今のように区域を分けて馬車の乗り入れに規制を掛けるようになっていた。

以前に庁舎のすぐ側でベルと放火犯たちとの諍いがあった時はインベルグ王子の馬で城内の一般道を最短距離で駆け抜けたが、これは本当に緊急の場合だから許されたことであり、事前にインベルグ王子配下の部隊が通行を規制していたからこそ出来たことでもある。

儀礼庁に勤務するフィリオの退勤時刻は夕刻にはまだ早い時間帯が多いため、比較的車寄せは空いているのだが、今日は普段よりも待機する馬車の数が多く感じられた。

(そういえば父上が会食があるって言っていたから、貴族院の方たちが早めに来ているのかも)

貴族院は名前そのままに貴族関連の諸問題を扱う部署であり、国の根幹を支える部署でもある。クシアラータ国が王制で、王族の下にいる貴族たちで国を回している以上、貴族という身分に対して法的な権力を行使できる部署は必須とも言えた。

貴族院が他の庁舎と異なるのは、普段は領地にいる領主や隠居した貴族の元当主などが普通に役人として名を連ねていることである。庁舎で仕事をする文官や事務職はいるが、毎日のように出仕する義務を持たない者も多いということだ。

そんな貴族院の長が聖王神殿を統括する聖王親衛隊長ナイアスの兄なのは、先日の結婚式騒動の折に知らされた。歌唱隊在籍時から貴族院の長の顔は知っていたが、その頃のフィリオはまだ幼く、自分がいかに上手に歌えるかということでいっぱいで名前と顔が結び付かずにいて、このたびやっと結び付いた次第である。男性的で逞しく、武人と言っても通じる風貌だったが、さすが美麗なナイアスの兄だけあり顔立ちは整っていた。若干表情がきつく感じられたのは、日頃から貴族たちの相手をしている立場からすれば仕方がないと思われる。

（インベルグ王子は何も言っていなかったから王族は会食には同席しないのかな。それとも王子様か王女様のどなたかが参加するのかな）

地位が上になるにつれ、公式非公式を問わずこうした会食の場が用意されることは多くなる。侯爵家の当主であるペリーニ＝ルキニ侯爵は、子供たちが小さい頃は夜会などは断ることが多かったようだが、妹が婚約者の家で暮らすようになり、フィリオが歌唱隊からキト家に戻ってからは少しずつ参加の機会を増やしていたようだ。

今はルキニ侯爵家から離れたフィリオが今後そのような場へ出ることがあるとすれば、ウェルナード＝ヒュルケン将軍の伴侶という立場での出席が求められるはずなので、そのあたりの儀礼も家令のサイデリートから学んでいる最中だ。

一応侯爵家の子息として基本的な礼儀は身につけていると思っているが、王族と一緒に育って来たサイデリートの目からみればまだまだ未熟のようで、厳しい言葉を貰うこともあるが自分のためでもありベルのためでもあると頑張っている。何しろ、何をどう想像してもベルが穏やかに笑みを湛（たた）えて会食に参加する姿を思い浮かべることが出来なかったので。

（陛下を前にしてもあんまり態度変わらない人だから……）

国王陛下やその家族が寛大な人たちでよかったと心底思う。

出入りの多い馬車が安全に往来しやすいよう円形に広く作られた馬車寄せの周辺には、長椅子や椅子付きのテーブルが置かれ、目当ての馬車が到着するのを待つ人の姿が多く見られる。少し離れた場所では城内専用馬車に乗るための列も作られ、警備の兵士が列整理をする姿もあった。

ベルと共に出仕する場合は軍務庁が所持する厩舎まで、ルキニ侯爵と一緒の場合は儀礼庁前まで馬車で移動することが多いフィリオには行きはあまり縁のない馬車寄せだが、帰りはそれなりの頻度で使うため待つことにも慣れている。

椅子に座って待つことしばし、

「フィリオ様、お迎えの馬車が参りました」

顔馴染みの兵士に声を掛けられ、フィリオは腰を上げた。

容易に先へ進めないよう、馬車寄せの周りはぐるりと縁石が囲み、二台が並べる程度の切れ目のある場所のみで乗降が許される。隣の切れ目の部分にも馬車が並び、人を乗せたり降ろしたりしては出発して行く光景が繰り返されていた。

御者台から降りた兵士は、フィリオに「遅れて申し訳ありません」と頭を下げた。

「城に入る前の道も混雑しておりまして」

「気にしないでください。今日は貴族院の方たちが登城しての会食があるので普段より出入りが多いようなんです。時間帯的にもちょうど多くなる時みたいで」

言いながらフィリオは小型の馬車に乗り込んだ。

「もう少し遅い時間か早い時間だったら混まなかったと思うので、僕の方こそお手間取らせて申し訳ありません」

馬車の中から小窓越しに御者役の兵士に声を掛けると、

「いえいえ。これも将軍から拝命を受けた大切な任務ですから、フィリオ様はお気になさらずに」

明るい声で返されて、

「お務めご苦労様です」

フィリオも笑い声で返した。

混雑という表現は正しく、後ろが詰まっているということで馬車はすぐに走り出した。家紋つきの貴族院の馬車は大きいが、登城に使っているヒュルケン邸の馬車は小型のため、誘導に従ってうまい具合に混雑をすり抜け、無事に城門を出ることが出来た。

その時にチラッと窓の外を見ると、兵士の話通り順番待ちの列が出来ており、これより遅い時間帯でも渋滞は緩和されなかったのではないかと思われた。

(父上の口ぶりだとそんなに大きな会食じゃないみたいに聞こえたけど、会合も同時にするから集まる人が多いのかな?)

幸いと言っては何だが、政治の世界に身を置いている父や姉のように、こういう会合や会食を通じて人脈を広げたり、交渉事を行ったりするのは自分には向いていないと思うフィリオは、地位はあるが少々——どころではないような気もしなくはないが——型破りなヒュルケン将軍と結婚出来たのは、自分にとって実に幸せなことだと実感するのだった。

(それより、いい加減にお屋敷の使用人の人数をどうにかしたいな)

ガタゴトと車輪が石畳を転がる音を聞きながら、今やフィリオの家となったヒュルケン邸を思う。

ベルと結婚してヒュルケン邸で暮らし始めて知ったのだが、実はヒュルケン邸には馬車はあっても専用の御者という者は存在しなかった。元から使用人の数が少なく、厨房ですら第三王子の配慮で料理人が派遣されるまで、使用人たちが持ち回りで担当していたくらいなので、私生活や住まいに対してベルが無頓着だったのは理解したが、さすがに初めて知った時には聞き間違いかと眉を顰めてしまったほどだ。

ベルの言い分を聞くと、

「馬に乗るから馬車は必要ない。馬の世話は自分で出来る。飯は食べられればそれでいい。俺の食べものより犬猫の餌の用意の方が手間が掛かるから、そっち優先じゃないとエメが怒る。フィリオのご飯は美味しいからもっと食べたい」

という微妙に説得力があるような気がするものだった。

一応、食生活に関してはパリッシュという腕のよい料理人が来たことで解決し、その分使用人たちの負担が軽減され、他のことにも手は回るようになったものの、白亜の宮殿とも例えられる広い邸と木々で覆われた広大な敷地の管理は、ベルとフィリオを含めても十人を少し超える人数で回せるとは思えない。

サイデリートとも相談しながら雇い入れる使用人の職種や人数を考えてはいるのだが、放火事件以降もベルの長期不在が続いて引き続き軍が巡回をしている現在、新たな人員確保は出来ていない。

今も御者をしているのはヒュルケン邸に派遣されている兵士の一人で、公私混同じゃないかとは思うのだが、昼間のインベルグ王子との会話を思い返せば、フィリオの安全確保がベルの首都不在中の最重要課題であるため、軍務の一端ではあるのだろう。

（これからも馬車を使うことが多くなるだろうから、御者は早く雇い入れた方がいいのは確かなんだよね。父上に相談するか、キト家の御者の人たちに知り合いを紹介して貰うのもいいかもしれない）

議員をしている長姉ドリスは仕事柄外を飛び回ることが多く、もう一人の姉アグネタは結婚相手を求めて夜会などに出席する回数も多い。これに父親ルキニ侯爵を加えて、三人が同時に出歩くとして三人の御者が必要で、交代要員を入れて五人の御者が屋敷に常駐している。

（ベルさんと僕が別々に出掛けるとして二人いたら安心だけど、とりあえずは一人で様子を見た方がいいのかも。それからやっぱり馬番はいた方が馬も安心すると思うから、これも決定。門番は二人で交代しながらやっているから、きつそうだったらこちらも増やして。

でも人数が多いとベルさんの機嫌が悪くなりそうだから、少しずつ増やしながら様子を見るのが正解なんだろうなあ)

もう一つ忘れてはいけないのがベルが女性全般を苦手としていることだ。最高の婿として獰猛で自己主張の強いクシアラータ女性に追い回された結果ではあるのだが、四十代五十代の夫人たちからも婿や愛人の話を持ち掛けられていたらしいので、吟味には時間を掛けたいところだ。

同じ邸に自分に欲望の目を向ける女がいるなどベルにとっては苦痛でしかなく、何よりベルに手を出す女などフィリオが嫌だった。

年齢的には若い女性もヒュルケン邸の使用人として働いてはいるが、寡婦だったり、他国出身だったりと一般的なクシアラータ女性の特徴を持たない者たちばかりだ。


(そうだった。僕、肝心なことを忘れてた。今の使用人の人たちを雇い入れたのはキャメロン王子だから、王子殿下に相談するのが確実で安心出来るかも)

フィリオとベルが森屋敷で穏やかに過ごせるのは、すべて使用人の手があってのことで、そんな彼らを選んで寄越したキャメロン王子であれば、ベルに最適な人材を見つけ出してくれるのではないかと期待が持てる。

(明日にでもキャメロン王子殿下にお会いできないかどうかお伺いを立ててみよう。王子殿下は朝議にも参加なさっているから父上に頼んだら大丈夫かな)

気さくなキャメロンなのでフィリオが会いたいと言えば都合はつけてくれるだろうが、王族としての公務もあるため合わせるしかない。

使用人は増やしたいが焦って今すぐにというわけではないので、いい人が見つかればいいな、くらいに考えていた方がいいかもしれない。

若いフィリオの経験だけでは判断できない人材についての懸念が信頼できる年長者に委ねることで解決しそうなため、安心したフィリオは背凭れにゆったりと背を預けた。

いつもなら疾うに森屋敷の密集した背の高い木々が見えて来る頃だが、全般的に道が混雑しているせいか、住宅地に入るまでに普段より時間が掛かっているようだ。

北寄りにある王城から出て大きな橋を二度渡ると貴族や資産家が住まう立派な屋敷が並ぶお屋敷街とそれに付随する高級店が立ち並ぶ。そこから外側に向かうと少し格が下がった住宅地や商店が並び首都で最も賑わう界隈があり、都の外縁に掛けて庶民の家々や露店、市場が立ち並ぶという構造をしている。

今日は宿屋街や首都の通行門の方から城に向かう馬車が多いため、フィリオの耳もいつもより多くの馬車が横を通り過ぎる音を拾っていた。

「ベルさんが馬で移動したがるのもわかる気がする」

詰まってしまえば身動きが出来ない馬車と違い、馬はスイスイと道を駆け抜けていく。大通りが通れなくても、馬体が入る隙間があればよいのだから近道もし放題だろう。

規則として、都市内を走行する馬車や馬の「速過ぎる速度」は禁止事項のため、よほど事情がない限り、暴走する馬や馬車を見掛けることはない。

だからではないが、

(……僕とベルさん関係で、馬車も馬も疾走することが続いているのは本当にごめんなさい)

善良な市民を驚かせたことを心の中でこっそりと詫びる。

フィリオに会うため昼に抜け出して得意げに馬を走らせて帰宅したベル、火災へ現場急行した軍の部隊、ベルを追いかけたインベルグ王子やルキニ侯爵、二人乗り馬車で城の中まで全力疾走したフィリオとインベルグ――。

　もしかすると他にも関連して何かあったかもしれないが、少なくとも短期間でフィリオが把握しているだけでこれだけあるのだ。今後は騒動とは無縁でありたいと望むのは無理からぬことである。

　とりあえず、明日にはキャメロン王子へ面会の申し込みをすることを決めるなど目先のことから順番に片づけて行こうと気を取り直した時、それまで順調に進んでいた馬車がゆっくりと速度を落とし、静かに停車した。

　既に住宅街に入っており、森屋敷の背の高い木々は見えているもののまだもう少し距離はある。前方で人の話し声が複数聞こえることから、もしや事故ではないのかとフィリオは前方の小窓をトントンと叩いて御者に尋ねた。

「何かありましたか？」

「あ、いいえ。少し先で馬車が停まっておりまして」

「脱輪ですか？」

「いいえ、二頭引きなのですが、一頭を二人掛かりで押さえているので牽引する馬具の破損ではないかと」

　どんな様子なのかと気になって窓から顔を出し前方に目を凝らすと、確かに立派な馬車が停まっている。出来るだけ端に寄せようと数人掛かりで動かそうとしているが、車体が大きいため難儀しているようだ。通りがかりの人や後続の馬車からも御者が降りて来て、手を貸しているのが見えた。

「あれもお城へ行く馬車みたいですね。遠くから来られたのかも」

　立派な馬車ではあるが薄汚れた感じは長距離を移動して来たのだと予想がつく。

「フィリオ様、迂回しますか？」

　立ち往生している馬車を完全に端に寄せてしまうまでは片側通行になる。フィリオが乗る馬車であれば楽に横を通り過ぎることは出来るが、災難に見舞われているのを横目に素知らぬ顔で通るのは心情的に耐え難いものがある。

　それに迂回するにしても方向転換をしなければならず、それなりの広さのある道ではあるが馬車を逆方向に動かすだけの余裕があるとは言い難い。

「迂回はしないでいいです。動かすだけならそんなに掛からないでしょうし。もしよければ様子を見に行って貰っていいですか？　それで手が必要なら」

　人の手が多い方が早く片づくだろうと控え目に提案すると、兵士は快く頷いてくれた。

「わかりました。様子を聞いて、一度報告に参ります」

「お願いします」

　兵士は軽やかに御者台から飛び降りると件の馬車へと駆けて行った。その頃には最初に見た時よりも端寄りに位置を変えていたが、邪魔にならない場所まではもう少しといった様子だ。

　兵士はすぐに駆け戻って来た。

「会合に間に合わせるため無理して強行日程で進んで来たそうで、直前のここまで来て馬具が折れて壊れてしまったため、動かせなくなっていました」

「それはお気の毒というかなんというか……。それ、この場で直るものなんですか？」

「無理ですね。馬車主もわかっていて、応急処置をして邪魔にならない場所に動かした後、馬車屋を呼ぶような話をしていました。とりあえず、動かすには棒の代わりに布や予備の綱で代用は出来そうですが、重い馬車を引くので束ねるために数が欲しいそうです。フィリオ様が許可していただければ、馬車に積んである綱を渡したいと思いますがいかがでしょう」

「その方が早く片づきますよね。どうぞ持って行ってください」

「ありがとうございます。フィリオ様は外に出ずに中でお待ちください。ある程度目途がついたらすぐに戻りますので」

兵士はガサゴソと御者台の下の収納箱を開け、予備の綱を取り出すと再び駆けて行った。

何人かで集まって綱を撚り合わせているのを確認して、フィリオは背凭れに体を預けホッと息をついた。

「時間は掛かるかもしれないけど、何とかなりそうでよかった」

力自慢の屈強な男たちが何人か集まれば持ち上げて抱えられないことはないのかもしれないが、そう都合よく集められるはずもなく、一般人が取れる救済方法としては最善だろう。巡回中の兵士が駆けつければもう少し早く済むかもしれない。或いは既に詰所に人を走らせている可能性もある。

幸いなのは、大声で罵ったり立ち往生した馬車に対して苦情を申し立てる声が聞こえないことだろう。

「率先して手を貸す人ばかりでよかった」

待ちの姿勢でフィリオは安堵していた。誰か一人でも騒ぎ立てれば、すぐに騒動が大きくなるのはよくあることだからだ。

そう思っていたのだが、何やら雲行きが怪しくなったようである。

「さっさと動かせ！　この鈍間！　要領が悪過ぎだろうが！」

唐突に誰かの怒鳴り声が聞こえ、フィリオはびくっと肩を震わせた。

「……うわぁ……」

そっと御者台の小窓の方から覗くと、旅装の数人が身振りを交えながら怒っている様子が見えた。渋滞の原因となった馬車主と同じく、遠くから城に来た馬車の雇われ護衛か何かだと思われるが、相当に苛立っているのが遠目にもわかった。

長い距離を移動して来て疲れているところに足止

めで腹立ちもあるだろうが、我慢の限度が振り切れるのが早過ぎやしないだろうかと思えてしまう。

彼らと、それ以外の人たちの間に立ち上る剣呑な雰囲気は馬車の中にも伝わり、まさに一触即発の雰囲気が漂っていた。

恐々と様子を窺うフィリオがあちらから見えたかどうかわからないが、御者の兵士が顔を見せないようにと手振りで伝え、フィリオは慌てて馬車の中に体を戻した。感情が理性よりも勝った場合、ちょっとしたことが相手の気に障った結果の刃傷沙汰は割とよく聞く出来事だからだ。

何もしていないのに……というこちらの言い訳は相手には一切通用しない。自分たちを見ていたという事実があれば、因縁をつけるには十分なのだ。

「御者の人は軍服を着ているから、それで引いてくれればいいんだけど」

フィリオは気づいていないが、ベル曰く「繊細で可愛らしいフィリオを怖がらせないように」という配慮から、強面だったり屈強な筋肉を誇ったりする兵士は御者の役目を担っていない。軍人なのでそれなりの体格があり、ベルの直属部隊に所属していることからも有能なのは確実なのだろうが、本日の御者担当は温和な人柄が前面に出ていますという雰囲気を持つ、見た目が荒事に向いていない人物だ。だからフィリオも話し掛けやすかったのだが、激高する相手の目に抑制力として働いてくれるかどうかは危ういところだ。

馬車にヒュルケン家の紋章はつけられているもののウェルナード＝ヒュルケン将軍の名に比べて認知度が高いとは言えず、或いはヒュルケン将軍、インベルグ国軍副総裁、ナイアス聖王親衛隊長の三名だけが使用できる三宝剣の紋が描かれていれば多少は気にして貰えたかもとは思うが、本人が乗っていない以上、仲裁を期待されて声を掛けられても困る。

どちらにしても、フィリオは黙って時が過ぎるのを馬車の中で待つより仕方なかった。

しかし、馬車の中に届く怒声は最初よりも数が増えているように聞こえる。バキッとかドカッとか音が聞こえるのは気のせいではないだろう。その音が次第に大きく近くに聞こえるようになったのも気のせいではないだろう。

（そろそろ軍の人が到着するとは思うけど……）

いっそ騒動が収まるまで馬車を降りて他の場所に避難していた方がよいのではとフィリオが思い始めた時、

「フィリオ様」

息を切らし駆け戻って来た兵士が扉を開けた。

「ちょっと騒ぎが大きくなって喧嘩になってしまっています。もう一度詰所に連絡を走らせましたが警備兵が来るのに時間が掛かり過ぎているので、少しこの場を離れた方がよいと判断しましたがどうでしょうか」

「収めるのは無理ですか？」

「言葉ではもう無理でしょう。当事者以外に集まって来た連中の中で煽る者がいるせいで引くに引けなくなってしまっているようです」

どうしようかとフィリオは迷った。この場を離れるのはよいが、こういう事態に遭遇したことがないため、馬や馬車を置いたままにしてよいのかわかりかねたのだ。騒ぎに乗じた馬泥棒がいないとも限らない。将軍家なのでどの個体もよい馬だ。その馬たちを残して自分だけ避難することに躊躇（ためら）っていたフィリオが、真摯な兵士の表情に促され、避難を受け入れようと頷きかけた時、幾つもの馬の足音が聞こえて来て、二人揃ってハッと顔を上げた。

「やっと来た……！」

待ち望んでいた警備兵が十名ほど騎馬で向かって来るのが見え、二人はホッとした。

「これで安全は確保されたも同然です。よかったですね、フィリオ様」

フィリオは大きく頷いた。神経を尖らせていたつもりはなかったが、気配を殺してひっそりと座り続けるのは、精神的な負担になっていたようだ。

「私はいつでも馬車を出せるようにして……ッ！」

いきなりだった。

安堵の表情を浮かべた兵士が扉を閉めようとした格好のまま、前のめりに馬車の中に倒れ込んで来た。

慌てて腰を浮かせて抱き起こそうとしたフィリオの腕を兵士が力強く握って声を絞り出す。

「フィリオさ、ま、逃げ……」

ガックリと首を落とした兵士の様子に目を大きく見開いたフィリオの前で、閉まり掛かっていた扉が外から開かれた。

咄嗟に反対側の扉を開けようとしたフィリオだが、

「フィリオ様、ここは我々が。早くお逃げください」

伸びて来た腕に摑まれ、外へと引き摺り出されてしまう。馬車の外は暴動のような騒ぎになっていて、そこに突入した警備兵との間で乱闘が始まっていた。

呆然と足を止めてしまったフィリオだが、御者役の兵士の安否を確認するために再度馬車の中に戻ろうと摑まれていた腕を振り払おうとして——。

首の後ろを押さえてフラフラと上半身を起こそうとしている御者の生きた姿に安堵したところまでは覚えている。

その後は、すぐにフィリオの意識は失われてしまった。


その時、本日の御者担当兵士ユリウスは目の前が真っ暗になった。後頭部を殴られ昏倒したのは僅かの時間、だがその僅かの間に敬愛する上司ヒュルケン将軍最愛の伴侶フィリオ＝ヒュルケンが攫われてしまったのだ。

その乱闘を収めるために駆けつけた警備兵に馬車の乗降口で意識朦朧（もうろう）としているところを発見され、気つけの酒を嗅がされて覚醒したユリウスは、その瞬間大きな声で絶叫した。

「ヒュルケン将軍に殺される！　フィリオ様が攫われた！」

その悲痛な絶叫は騒動の中にあっても警備兵たちの耳にしっかりと届けられた。一瞬の後、自らが持つ全力で乱闘を収める者と城に走り出す者、捜索と追跡に走る者に分けられた。見事なまでの判断力であり、ヒュルケン将軍の持つ統率力が実感させられた瞬間でもあった。

血気盛んな荒くれ者たちは顔面蒼白（そうはく）で腕力に物を言わせる兵士によって捕縛され、城に向かう兵士二名は「軍務庁か鍛錬場、それとも王宮か。インベルグ王子はこの時間どこなら確実にいる!?」と最初にどこに駆け込むべきかを算段する。追手に回った兵士は無言で目を皿のようにして少しの不審な気配をも見逃さないよう全神経を集中させた。

早馬でもなく腕章をつけた伝令でもなく、城門に駆け込んだ兵士は門を止まることなく駆け抜けながら、

「フィリオ様誘拐事件発生！　応援頼む！　城下住宅街へラルド子爵別邸側に増援！」

早口で叫びながら事態の緊急性を伝えた。

これがただの誘拐であれば公にせずに隠したままの調査は十分あり得るし、身代金目的の貴族の誘拐の場合の多くがそれに当て嵌まる。だが、今回は堂々と大勢がいる中での拐（かどわ）かしであり、黙しておく必要がない。むしろ大々的に広めて目撃情報を早く入手するのが最優先だと判断された。その場で命は取られなかった。そうであるなら時間との勝負だと。

最終的に騎馬は王族が住まう城の手前まで駆け抜

け、そこに集う集団の中に目的のインベルグ第三王子の姿を見つけることが出来た。

貴族院との会合への出席を母親である国王に強制され、嫌そうなのを隠しもせずにいたインベルグは直感で悟ったと言う。

「俺の出番だな」

と。

その場には貴族院の長たるナイアスの兄、ナイアス聖王親衛隊長、第一王女夫妻、それにフィリオの父ルキニ侯爵も共にいたのは報告を済ませる上で時間短縮にも繋がった。

非礼を承知で馬から降りながら緊急事態が発生したことを告げた騎士は見た。

インベルグ王子の口元に浮かんだ獰猛な笑みを。

そして聞いてしまった。

「——いい機会だ。全部一掃してしまえ」

マントを翻し、城と貴族たちに背を向けるインベルグが赴く先は主不在の軍務庁。見惚（みと）れていた兵士も馬を引きつつその背を追った。

戦はもう始まっていた。


場はシンと静まり返っていた。

セトの町にある軍支部の一室。首都から一報が齎（もたら）された僅か四半刻後。

すぐさま兵士たちが召集され、早朝から緊迫した雰囲気が軍部を取り巻く中、上官が集まる一角はそれ以上の緊張と焦燥と恐怖に包まれていた。そう、恐怖なのである。

僅かでも体を動かせば自分に視線が向けられるかもしれないという恐怖から誰も声を出すことすら出来ない。普段はセト周辺の町を巡回しながら厳しい声を張り上げる部隊長たちも唇を真一文字に結び、後ろに手を組んだまま直立不動の姿勢を維持する。

　本来なら、危急の報せを受けてすぐに対策を講じるための発言があって然るべきであった。実際、彼らのいる一画以外では軍馬を引き出して戦用の馬具を装着するなど、自身も武具を身に着けた兵士たちが慌ただしく戦いに赴く準備を行っている。現在は二百に満たない人数ではあるが、近隣の町村に派遣している駐留部隊には既に伝令を走らせているため、最終的には千人を超える軍団となるのは明白だ。

　朝日はようやく顔を出したところだが、物々しい雰囲気が伝播したのか、本部近隣の住民が何事かと窓に顔を貼り付けている様子が幾つも見られたが、気づいた側から兵士たちが片手を振って「気にするな」と合図を送ることで、余計な不安が煽られるのを抑えている現状だ。

　兵士たちの中にあったのは、確かに直接的には無関係な住人へ不安はないのだと伝えることではあったのだが、それ以上に騒ぎが大きくなることで何とか表面上は平静を保っている将軍を刺激するのを避けたかったという意味合いの方が大きい。

　クシアラータ国が誇る三宝剣が一人ウェルナード＝ヒュルケン将軍は言葉を発することなく、一人椅子に座っていた。否、座らせられていたというのが正しい。

　胸当てと脛当てに、小盾付きの籠手を身に着けただけの軽装ではあるが、これはすぐにでも馬に乗ってセトを飛び出したい気持ちの表れだ。重い甲冑では馬の脚が鈍り、歩みが遅くなることを嫌ったがための装備である。座る足の間には立てた長剣があり、剣柄を握る手の力によって鞘の先は地面にめり込んでいた。青い瞳は睨むようにじっと自分の手元を見つめている。

　ベルの隣にはシス国元軍団長ダーイン＝ヒュルケンが大剣を背負って立ち、単独行動に走ろうとするベルをこの場に押し留める抑え役として控えていた。常ならば不機嫌極まりない将軍の補佐として立ち回っている副将軍サーブルは、シス国からの移送隊の到着が遅れてダーインらの出国も必然的に遅れていたことに心の底から感謝していた。

その感謝は直後に駆け込んで来た別方向からの伝令によって、あっという間に脆くも崩れ去るものではあったのだが。

忙しなく人馬が行き来する本部前にものすごい勢いで二頭の馬が駆け込んで来る姿が見えた時、誰もが首都からの第二報だと思っていた。出来れば将軍を安心させるものであって欲しいと願いながら。

だが、近づくにつれそんな淡い願望は期待できないことに気づく。

セトの軍本部まで辿り着いた馬の轡を慌てて摑んで押さえたクシアラータ兵が見たのは、負傷して血を流し意識朦朧としつつも摑んだ手綱を離さない国境配備の兵士とシス国軍服に身を包んだ兵士の姿だった。

「救護班ッ！」

「担架の用意！　止血を急げ！」

「獣医も呼べ！」

場はそれまで以上に騒然となり、怒声のような声が飛び交った。両国の兵士二名が負ったのは致命傷ではないが、剣や矢でつけられたと思しき傷が至るところについていた。彼らを乗せて来た馬の一頭は尻に矢が刺さったまま駆けて来たようで、軍専属の獣医が治療に呼ばれている。

負傷して荒い息を吐く彼らの姿を見れば一目瞭然で、シス国の兵士も一緒だったことからセトで落ち合う予定だった移送隊が襲撃を受けたのは明らかだった。

居合わせた兵士たちは最悪の事態が生じたことを悟った。

担架が運ばれて来て、兵士二名の体がそっと横たえられた。その時、

「しょ、将軍は……」

薄く目を開いた国境警備兵のか細い声に全員の顔が即座に人垣を割って現れたベルの方へと向けられた。

ベルが担架の横の地面に膝をつくと、安心したように表情を緩めた兵士は、だが声を振り絞りながら掠れた声で細く言葉を発した。

「ガ……ガウ……」

「ガウスだな」

この言葉を伝えるために重症の身で駆け抜けた男は、言いたかったことを正しくベルに伝えられたことで安心したように瞼を閉じた。

「！」

咄嗟に救護兵が首と鼻先に手を当て、固唾を呑んで見守っていた兵士たちに告げた。

「気絶しただけです。息はあります」

役目を果たしたことで安堵して力尽きてしまったかと沈痛な表情だった彼らは、一様にほっと肩から力を抜いた。だが、それもヒュルケン将軍が立ち上がり動き出すまでのこと。

急ぎ救護室に運ばれる二人を見送った兵士たちの顔は、そのままヒュルケン将軍に向けられた。重症の兵士から何を聞き取ったのか、有益な情報だったのか。

彼らは思った。

先に知らされたヒュルケン将軍の伴侶の誘拐と、たった今齎された襲撃の情報。将軍はどちらを優先して事に当たるのか、それとも伴侶の方は首都に任せて移送団襲撃への対処に当たるのか。選択肢は多いようで少なく、どんな判断を下し、どんな命令が自分たちに下されるのか。

変わらないのは、どちらに方針が傾くにしろ、自

分たちがこれから戦いに赴くという事実だけである。

ざわめきの中に生まれた奇妙な沈黙は、ダーイン＝ヒュルケンによって破られた。

「ガウスとは？」

「ガウス子爵。襲撃に関わった男だ」

ダーインの眉が上がりベルに問いを重ねようとしたが、それを手で制したベルは、

「セト隊は二部隊百名を率いて襲撃場所へ向かい、一隊は負傷者を保護してセトへ帰還、もう一隊はそのまま国境警備隊と合流して周辺を哨戒（しょうかい）」

端的に指示を出した。ベルとの対話に慣れている兵士たちはすぐに行動に移った。二人だけがセトへ辿り着いたということは、逆を言えば二人しか辿り着けなかったということでもある。移送団の他の人々がどうなったかを彼らの口から聞くことは出来なかったが、負傷して動けないだけならよい方で、遺体の回収も想定すべきことだった。

慌ただしく動き出す一団を視界に収めながら、ベルは先ほどまで自分たちがいた場所に戻ると、机上に広げられた地図を見下ろし一点を指さした。

自然に隊長など幹部格が集まり、将軍の言葉を待つ。

「――ここがセト。そしてツベルフ一族の故郷」

セトから真っ直ぐ北東に進めば国境に出るが、北東に進まずに西北西に進んだところに小規模な町がある。その町から少し離れた山沿い一帯がツベルフ一族が多く住まう土地だとベルは短い言葉で告げた。

しかしガウス子爵ではなくなぜツベルフ伯爵の名が？　と誰もの頭の中に疑問が浮かんだのを解消するように、副将軍サーブルが補足を入れる。

「ツベルフ伯は先だって失脚したレオナルド元伯爵と昵懇（じっこん）で、ゼネフィス元伯とは王都の屋敷に出入りをする仲だ。ヒュルケン邸への放火にも関与しているのではと疑いを持たれていたが、決め手に欠けて

いた」

西のレオナルド領と南のアトス領がインベルグ第三王子とベルによって潰された後は大人しくしていたようだが、水面下で何やら画策していたのは軍情報部の働きにより確認されている。

「今回シス国で身柄を確保されて移送されて来た二名はツベルフ伯爵とマルコム男爵。彼らの部下の証言と屋敷で処分し切れず残されていた秘密文書からツベルフ伯、マルコム男爵、ガウス子爵の三名他は密に連絡を取り合っていたことが確認されている。つまり、同志である二名を救出するため、ツベルフ一族とガウス子爵が手を組んで仕掛けたことだと判断される」

放火は早期に消火され、蜂起した反乱は二カ所とも迅速に鎮静化され、内部だけでヒュルケン将軍を追い落とすのは無理だとシス国まで出向いてオーボエを焚き付け国外へ出させようとしたものの、これも王族の動きが早く不発に終わった。

ダーインが想像するに、シス国へ出向いた二人のクシアラータ貴族はオーボエや王族兄弟のベルへの愛情が一方通行だとは考えもせずに、泣いて乞われれば情が湧くとでも思ったのだろう。

（勘違いも甚だしいところだな。十年もウェルナードを見て来て、理解もせず何もわかろうともしなかった結果だ）

フィリオに会う前まで、クシアラータ国に来たのがダーインの妻であれば多少は心を動かされたかもしれないと思ったこともあったが、クシアラータに来てすぐにウェルナードがフィリオ少年に出会ってしまい心を奪われてしまったと聞いてからは、入国してすぐに出国でもさせない限り、十年の間のいつ手を打っても無駄だっただろうと自信をもって断言出来る。

「それでウェルナード、どうする？　そのツベルフ伯のいる場所を突き止めて強襲するのか？　増援が来るまで待つより、およその場所がわかっているのなら動いた方が早い」

　ダーインは先ほどベルが示した一帯を指でなぞった。広くはないが、狭いとは言い切れない山沿いの範囲が含まれている。中には小さな町や村も点在し、隠れる場所は多い。

　だがベルは首を振る。

「俺はフィリオを取り戻す」

「フィリオ君か……いや私もフィリオ君のことは心配だが」

「問題ない。おそらくフィリオも同じところへ向かっているはずだ」

　何を言い出すのかと首を傾げる視線の中で、ベルは淡々と自分の考えを述べた。

「フィリオだけを攫う意味がない。ツベルフたちが国外へ逃げる時のための人質にするつもりだ」

「つまり移送団が国内に入ったと同時に首都でも事を起こし、こちらの戦力と意識を分散させた上で時間を稼ぎ、彼ら自身も合流するというわけだな」

　改めて地図を見れば、国境からセトまでの間の襲撃地点からツベルフ一族のいる地帯への距離と、首都から同じ場所へ向けた距離はほぼ等分だった。交通整備の都合上、首都からの距離の方が長いが整備された道を走るのであれば、逆に国境方面から向かうよりも早くに到着する可能性もある。

「お前を追い落とすのは無理と判断して、処断されるより国外逃亡を選んだということか。そのためにフィリオ君を盾にするというのは……真(まこと)に許し難い」

　ダーインが唸りながら出した最後の台詞には、同席した全員が同意するものであった。彼らは軍人で戦うことが仕事だ。頭を使うよりも体を使う方が好きな連中が集まっている。

　そんな彼らは思うのだ。

「可憐な少年を政治の駆け引きの道具にし、あまつさえ保身のために盾にしようとするなど許せん！」

と、義憤に満ち溢れていた。

静かに激高しているヒュルケン将軍が単騎で飛び出さずに自分を抑えている――ように見えるところもまた、彼らの義侠心を煽った。

フィリオ様は俺たちが絶対に助けてみせる！　と。

ベルは地図を見ながら言う。

「一隊をセトの警備に残し、もう一隊を俺が率いる。それ以外はすべてツベルフ一族が隠れている方面へ向かい、この村を基点にして調べろ。指揮はサーブルに任せる」

「承知しました。将軍は？」

声に出してしまった後で愚問だったなとサーブルは後悔した。

「俺はフィリオを迎えに行く」

そう、先ほども確かにそう言っていた。


「人数は一隊五十名でよろしいのですか？」

「問題ない」

「そうだな、何も問題はない。フィリオ君を助けるために、あの第三王子も当然追手を掛けているだろうから、いずれ合流すれば一軍の体を為す。ウェルナードの価値を理解していれば、少人数で追うなどという吝嗇なことはすまい。それに第三王子はこちらの事態も想定して動いているはずだ。何より、可愛い嫁の危機に舅の私が手を貸さないでどうする。ウェルナードには私もついて行く」

ニヤリと笑みを浮かべたダーイン＝ヒュルケンの年齢を感じさせない若々しく高揚する姿に、サーブルは思った。

――ああ、この人も軍人だったな。それもヒュルケン将軍を育てた……。

無口だとか陽気だとか、人によって抱く印象は違うかもしれないが、二人の根本にあるのは同じだ。

やりたいようにやる。ただそれだけだ。

　細かな打ち合わせは都度伝令を出すことで状況のすり合わせを行い、合流予定の村で最終作戦を決定する。そこまで決めてサーブルたちは大隊を率いてセトの町を出立した。

　馬が立てる砂埃がまだ消えないうちに、ベルもまた愛馬に跨った。首都内の移動には白馬を使うが、遠征や戦に出る場合に乗るのはこの黒馬だ。どちらかというと気性が荒い第三王子の黒馬よりは穏やかだが、戦場に出た時にはこの黒馬の賢さに助けられることも多い。ベルが合図を送るまでもなく、最良の動きを自分で判断するのだ。ベルが人馬一体という言葉を実感したのは、この馬に乗るようになってからである。

　黒馬に跨ったベルの後ろには身軽さを重視した騎兵が五十。今回は速度重視で補給部隊はいずれ追い付けばいいくらいのつもりでいるため、伴走はなしだ。盗賊除けに二十騎をつけているため、安全の面でも不安はない。

　ベルは一度だけ後ろを振り返り、それから真っ直ぐに顔を前に向け、片手を振った。

「出発！」

　それを合図に将兵が声を上げ、騎馬の集団が太陽を背に走り出す。

　ベルの青い目はもう前しか見ていない。ずっと先にいるはずのフィリオの姿だけを求め、追い風を背に駆け続けた。


　伝令が一日半走りっ放しで駆け抜ける距離をベルたちは二日で走り抜けた。元が機動力のある騎兵を主体にした構成なので走り続けるだけの耐久力は持っているのだが、今回は全員が途中で馬を替えることが出来ないため、夜通し駆け抜けることはせずに野宿を挟んでの移動となっていた。

途中には村や町もあったがあえて野宿にしたのは、単純に出入り時の諸手続きの手間をベルが厭うたからである。遠征に行く場合には大人数を受け入れるだけの収容力を持たない小さな町も多いため、皆が野宿には慣れたものだ。

夜は日が落ちる前に宿泊場所の確保をして食事を済ませ、交代で見張りながら早めの就寝、早朝日の出の前に食事を摂り、出立という流れである。日中もそれなりの頻度で休息を入れているため、馬の疲労も蓄積される前に解消された結果、思ったよりも早くに目的の一団を視界に捉えることが出来た。

「――あの中にフィリオがいる」

農村から出立したばかりの馬車が二台、騎乗した男たちが十人ほどの集団が畑の中の道を進んで行く。前夜に直前の村に泊まったと思われる彼らよりも先にツベルフ方面へ進んでいたベルたちは、岩場の陰に潜んで彼らが近づくのを待ち伏せしていた。腕に自慢のある弓兵はさらに離れたところで矢を番え、いつでも射れるように目を凝らしているはずだ。

膝をつき、剣柄に手を添えたまま静かに呼吸を整えるベルの目が、一瞬だけ目標の集団の上に向けられた。先ほどまでは幻術で姿を消していた黒い獣が静かに宙に浮かび、額に開いた三番目の瞳で馬車の中を凝視している。

実際に屋根を通過して中を覗いていることを疑う者はこの場にはいない。幻獣フェンの力は、これまでも戦場で幾度も発揮されており、ベルが参加した戦の数だけ体験した兵士も多いからだ。

エメの能力に関しては誰も疑っていない。そう、ウェルナード＝ヒュルケンに執着した愛情を持ち、自分に都合よく解釈していたオーボエ＝システリアでさえエメの能力は本物だと疑わない。

自分の隣にいるダーインから少し離れて他の兵士に紛れるように混じっていた見覚えのある、そして二度と見たくなかった男の顔を見つけたベルは嫌悪感を隠そうともせずに眉を顰めてダーインを一瞥した。


その一瞬の視線のやり取りで親子が交わしたのは、

（あいつがここにいる理由は後から聞かせて貰う）

（わかっている）

という緊張感を削ぎかねないものだったので、声に出さずにいて正解だったと思われる。


二台の馬車は通常の馬車よりは若干速い速度でベルたちの目の前に迫っていた。馬車の前方に帯剣した男が二人、二台目の馬車を取り囲むように残りの八騎。

（フィリオは後ろか）

二台目の真上に浮かぶエメがその証拠だ。

弓兵に向けて小さく手で合図を送ると首を横に振る仕草が返って来た。周囲には他に手勢はいないという回答にベルは頷き、今度ははっきりと指を先頭の二人に向けた。


返事はすぐさま返って来た。飛来した矢が過たず（あやま）に二人の首を貫き絶命させるという方法で。

落馬して転がり落ちた男の姿に、最初は何が起こったのか理解出来ず棒立ちになる残りの男たち。その一瞬があれば十分だった。


既に膝を浮かせていたベルが疾走しながら剣を振るえば、馬車の横にいた男の腕が飛んだ。

「て、敵襲ッ！　国軍が先回りしているッ！」

遅い、と小さく声に出したのは誰だったのか。

有利なはずの騎馬の男たちが徒歩のベルたち相手に何とか迎撃態勢を整えようとするが、クシアラータ国軍を侮ってはいけない。ただの歩兵でないばかりか、普段は馬に乗って戦う兵士たちは、馬に乗った相手と戦う術も身につけていた。

人数で言えばほぼ互角だが、似たような人数なら経験がものを言う。一台目の馬車から三人が加勢に躍り出て来たが、連続して飛来する矢に邪魔されて後続に合流することが出来ないまま矢の的になっていた。

馬車を挟んでベルの反対側にいた男が、破れかぶれに馬車の中に向けて剣を突き立てようとするも、馬車の屋根を踏み台にして飛び降りて来た男が持つ大剣に阻まれる。そのまま体勢を崩したところで横から伸ばされた剣に斬りかかられ、向き合ったところで首を落とされた。

後方でも兵士と男たちが剣を交えていたが大勢はもう決まったも同然だった。

ベル自身は馬車の周囲から敵を遠ざけることを優先したため、最初に腕を切り落としただけで返り血を浴びてもいない。既に敵はいないとはわかっているが、万一に備えて周囲に残党がいないか確認したベルは、一台目の馬車から男が一人引き摺り出されて縄を掛けられるのを確認し、フィリオが乗っているはずの馬車の扉に手を掛けた。

しかし、ベルが開けるよりも先に、トンと軽い音を立ててエメが馬車の屋根の上に脚をつけ、何度かカリカリとひっかくような音を立てた。何をしているのだと注意を逸らされたベルだが、

「……エメ？」

か細く小さな声が聞こえた瞬間、ドアごと引き千切る勢いで大きく開け放った。

「……ベルさん？」

びっくりして丸くなった大きな桃色の瞳がベルを見つめ、すぐに涙でいっぱいになる。

「ベルさんベルさんベルさん……っ！」

「フィリオっ」

長身を屈(かが)めて馬車の中に入ったベルは、床に座り込むフィリオの体を両腕で囲って抱き寄せた。

「フィリオ……遅くなってすまない」

「……う、ううん、ベルさんがっ、来て……来てくれたからっ」

涙を流すフィリオを一度胸にぎゅっと抱き締めたベルは、両手で挟んで涙を流すフィリオの顔を覗き込んだ。

「痛いことはされなかった？」

「う、うん」

「怖いことは？」

「……知らない人ばっかりで……ずっと怖かった」

「うん。でももう大丈夫」

浮かんだフィリオの涙を掬うようにベルは唇を寄せた。それから縛られたままだった両手首の縄を解き、残った縄の痕にも唇を寄せた。

「涙もこれも、後で俺が全部消す。だからもうフィリオは泣かなくていい。俺が側にいるから」

泣かなくていいと言われても、出て来るものは仕方がない。


気が付いたら薄暗い馬車の中に転がされていて、何の説明もないまま何日も馬車の中に閉じ込められていたのだ。自分の身がこれからどうなるのかも不安で仕方がなかったが、あの騒動の中で残された御者の安否も気に掛かった。

フィリオの目が覚めたことに気づいても男たちは何一つ説明しなかった。ただ「飯だ」「水を飲め」など一応は体調を気に掛ける素振りは見せていたように思う。入浴は出来なかったが、用足しも見張りつきではあるが外でさせて貰えた。殺されるかもしれないとは考えたが、すぐに殺されるわけではないと思うことで、何とか正気を保てていたように思う。

時間があるのなら。

助けを待つ時間があるのなら、ベルは絶対に助けに来てくれる。

そう信じることで耐えることが出来た。

願いは聞き届けられ、二日前の夜にエメがフィリオの目の前に現れたことで期待に変わり、そして今フィリオを抱き締める愛するウェルナードの腕がある。

少し埃っぽいのはずっと駆け続けていたからだろう。手を伸ばすとごわついた髪があり、自分も同じようなものかと銀髪に触れ、同じ状態なのを確認する。

どちらも長く身だしなみとは無縁で、だがそれも互いに伝わる鼓動と温もりの前では些細なことのように思えてしまう。

「外へ行こう、フィリオ」

一度外に出たベルが何かを確認してフィリオを抱き抱えるようにして地面に降り立った。

久しぶりの陽光に思わず額の上に手を翳（かざ）したフィリオの顔の上にすっと影が差し、見上げれば日除けになる場所に義父が立っていた。

「お義父様……」

もうクシアラータ国を出たと思っていたダーインの姿にフィリオはまた目を丸くし、それから涙を溢れさせた。義父がこの場にいるということは、フィリオを助けるために出立を延ばしてベルと行動を共にしているのだとわかってしまったからだ。

「お義父様、僕、僕……ありがとう、ございます」

「おお、おお。うちの嫁は泣いた顔も可愛らしいではないか」

ベルの腕の中から両腕を伸ばすと、義父は身を屈めてフィリオが自分の首に抱き着きやすいようにしてくれた。当然だがベルがフィリオの身柄をダーインに預けるはずもないので、ひとしきり抱き着いた後はまたベルの腕の中に収まっている。

（ベルさんの匂い、安心する……）

ベルに甘えて安心を実感したフィリオは、頼んで地面に降ろして貰った。

恐々と周りを見れば大勢いたはずの男たちの姿が一人も見えなくなっていた。ベルたちがフィリオを救出するために急襲したのは馬車の中にいても伝わっていたので、全員が討伐されたのだろうと予想はついたが、死体の一つも見えないところにベルの配慮が感じられる。

「ありがとう、ベルさん」

何の礼かわからずにきょとんとしたベルの顔からは、最初にフィリオを見つけた時に見せた焦燥はすっかり消えており、そのことにフィリオは安心もしていた。誘拐は不可抗力ではあったが、ベルに不安を与えるのは本意ではないのだ。

「ベルさんは怪我は……ないみたいだね。お義父様は？」

「たかだか十人程度に掠り傷をつけられるほど衰えてはいないつもりだ」

「お強いんですね」

「一応、私はウェルナードの師でもあるからな。弟子であり息子であるウェルナードの前で無駄な傷は負えない」

ベルを見ると肩を竦めながら肯定してみせた。

馬車から出て来たフィリオの前にはベルと行動を共にして駆けつけてくれた兵士たちが集まり、フィリオは一人一人に頭を下げて礼を述べた。

首都に戻ればもう一度きちんと感謝を伝えに行くつもりではあるが、中にはそのまま国境周辺に交代で赴任する兵士もいると聞いたことを思い出し、落ち着いたら何らかの形で謝礼の品を送ろうと心に書き留めた。

「これからベルさんはどうするの？」

また国境方面へ戻るのだろうかと思いながら尋ね

ると、

「寄り道するところがある」

と曖昧な返事が返って来た。しかし、周りを見ればと「なるほど」「物は言い様」などと声が上がることから、フィリオ以外には暗黙の了解なのだろう。

だがそうするとフィリオは困ったことになる。

「僕はどうしたらいい？」

せっかく会えたのにまた離れてしまうのかと寂しい思いでベルの袖を引くと、ベルは優しく見つめ返して来た。

「フィリオはどうしたい？」

「僕は……本当だったらたぶんだけど父上が救援を手配してくれているだろうから、どこかで助けが来るのを待って一緒に首都に戻るのがいいと思う。でも」

「でも？　フィリオが思うままに口にしていいから言ってみて」

「……でもね、出来たらまだベルさんと一緒にいたい。仕事の邪魔になるならそう言ってくれたら家に帰るけど、でも邪魔にならないならもう少し一緒にいてもいい？」

言ってしまってよかったのだろうかと思いながら見上げると、

「上出来」

片目の上に口づけられた。

「どこかで待つのもいいけど、今はまだ俺と一緒の方が安全だからフィリオには側にいて欲しい。むさ苦しい男ばかりで見たくないなら顔を隠させるから言って？」

フィリオはブンブンと首を横に振った。

「一緒にいていいならいさせてください。それに、僕を助けてくれた皆さんの顔を見たくないなんて、そんな失礼なこと言いませんし、思ってもないです」

「なら決まりだ。フィリオは俺たちと一緒に行く。

俺はフィリオを守る。他の皆はフィリオを守るために仕事をする。これで決定だ」

まだ一緒にいられると喜ぶフィリオはベルの台詞に一部不穏なものがあり、部下たちがそっと身を寄せ合ったことに気づいてはいなかった。


その日はフィリオの疲労のこともあり、直前に見掛けた村まで一旦戻って宿に泊まることにした。といっても十人と追い付いた補給部隊の全員が寝泊まり出来るほど部屋に余裕がないため、今後通過予定の宿は交代で使うということで残りは村の中に幕を張って休むことにし、湯だけを交代で使わせて貰い全員がさっぱりすることが出来た。

フィリオはベルと同室だったが、その夜は肌を合わせることなく二人で寄り添ってただ穏やかな気持ちで就寝した。

翌朝、食事を終えて出立のために並ぶ面々の中にオーボエの姿を認めたベルは眉を顰めただけで何も言わず、昨日は存在に気づかなかったフィリオだけが、

「なんでこの人がここに？」

という疑問を抱き、それに対する義父の答えは、

「禊中(みそぎ)」

という簡潔極まりないものだった。


寄り道は寄り道でも国境に向かう途中での寄り道ではなく、別方向への寄り道だったとフィリオが気づいたのは、

「よお、遅かったじゃねえかヒュルケン」

クシアラータ軍の天幕が内外に並ぶ山の手前の小

さな村で、笑顔のインベルグ第三王子に声を掛けられたからだ。

軍服には国軍副総裁を示す徽章(きしょう)が輝き、腰に儀礼用の剣……ではなく義父と同じように大剣を背負っている。

その姿を見た瞬間、フィリオは悟った。

（この方、前線に出て暴れる気満々だ！）

王家代表という立場でこの地に赴いているが、お飾りの代表ではなく、実力行使になると見込んでの派遣なのは間違いない。

ここに至るまでの間にフィリオは自分の誘拐が別件とも繋がりがあったことを説明され、大元を断ちに行くと強い言葉で言われた時には、

（首都に戻った方がよかったのかも？　僕、足手纏いにしかならないし）

一緒にいることを優先した自分の素直さをちょっと恨みもした。

しかし、投降せずに抵抗する者だけを相手に戦うと聞かされて規模が小さいのであればと少し安心し、規模が小さいどころか視界一面を埋め尽くす天幕の群れに、これを見た相手は戦意喪失で戦いにもならないだろうと現状での力の差を理解した。

更には幻獣フェンもいる。ヒュルケン将軍が連れている黒い獣のことは国民全員が知っている。その有能さは実際に戦場に出て経験した兵士でなければ理解出来ないだろうが、大きな戦力となっているのは確かだ。

そのエメは、フィリオが救出された後からずっとベルとフィリオの側に寄り添っている。どうやらエメがベルたちと行動を共にしなければフィリオが攫われることもなく、怖い思いをすることもなかったとベルに叱られて、ベルを優先してしたことを反省した結果であるらしい。

フィリオとしては、エメがベルをとても大事に思

っているのはよくわかっているし、自分自身も無事だったのだからベルの安全のためにもエメが着いて行ってよかったと思う――と伝えたところ、ベルばかりかダーインにまで叱られてしまった。

「結果的に無事だっただけで、本来危険に晒されるべき存在ではない！」

とのことで、エメと一緒に二人の間で小さくなったフィリオなのである。

そのことを話した時、インベルグ王子は戦場には不似合いなほど大笑いをしてエメに尾で何度も叩かれていた。

インベルグ王子が連れて来た中には森屋敷を担当する部隊もあり、この場所での再会を喜んだ。

「御者……？　ああ、ユリウスですね。奴は大丈夫です。見かけによらず頑丈な体をしていますので。奴も一緒に行くと言い張っていたんですが、インベルグ王子に落とされて……ああ、高いところから落とすのではなく気絶させられてですね、首都に置いて来ました。帰ったらぜひ声を掛けてやってください。フィリオ様のことを大層心配していましたから、無事な姿を見れば奴も泣いて喜びます」

攫われた時に一緒にいた御者の無事も確認出来て胸を撫で下ろした。

そんなフィリオを見て、インベルグ王子はやれやれと肩を竦めた。

「他人事(ひと)ではないぞ、フィリオ＝ヒュルケン。首都に戻ったら覚悟しておくんだな。ルキニはお前が攫われたと聞いた時には顔面蒼白で倒れそうになり、持ち直したと思えば弟の形見の甲冑を着込んで槍(やり)まで持ち出した」

「父上が!?」

「残念ながらお前の実父の方が体格がいいせいで、体に合わない鎧を着込んだルキニはすぐ重さに音(ね)を上げてしまった。槍は一応は使えるらしいが、実践的ではなさそうだったな」

「父上は文官なので本以外の重いものはあまり持たないんです……」

「で、ルキニが行けないなら自分が行くと言い出したのがいてなあ。予想はつくだろうがお前の姉のあの煩いのだ」

「あの煩いの？」

「それだ」

「……あの、アグネタ姉上は確かに性格的にはあんな感じですけど、一応は僕の姉なので」

「軍属だから行軍に参加する権利はあるとかなんとか騒いでいたな。補給部の一員としてなら同行は可能だったんだが」

「来てるんですか!?」

「いや、フィリオフィリオと煩く騒いで作戦の邪魔になりそうだという判断から、残業を増やして身柄を机に拘束した上で、サイデリートと弟たちに頼んで夜会を詰め込み、そちらに意識が向くように仕向けた」

「まあ、姉上ですし……？」

「親族だと他にもルキニ侯爵本家分家の隠居どもがこぞって甲冑と槍を持ち出してなあ。ルキニの家系はみんなそうなのか？　お前も鎧と槍を持っていたりするんじゃねえだろうな？」

重鎧と槍が家紋のルキニ侯爵家ではあるが、兄もフィリオも幸いにしてその手の装備品を手にしたことはなく、そのまま伝えるとインベルグ王子は安心したように笑った。一人ベルだけが、似合うの何とかと呟いていたが、これは無視してもよいだろう。

他にも歌唱隊に出資している篤志家の有志一同が私軍を結成しようとしただとか、長姉がツベルフ家をはじめとする今回の件に関わりのある家を背後に持つ商家に対して不正取引の可能性を示唆し、強制家宅捜索を行うよう議会に諮(はか)ったとか、途中でインベルグの部下が呼びに来なければまだ続きそうであった。

「帰ったらいろいろなところに挨拶に伺わなくちゃ」

挨拶以上に元気な顔を見せるのが一番有効なのはわかっているが、キト家やルキニ家の家族以外には手土産が欲しい気がする。

「ものよりもっといいものがある。フィリオにしか出来ないことでもあるから、きっと喜ぶと思う」

「なあに、それは？」

ベルの人差し指がフィリオの唇に触れた。

「歌。フィリオが歌うだけでみんなが喜ぶ」

フィリオはパチパチと数回瞬き（まばた）をした。

「歌……そうか、歌かあ。そうだね、それがいいかも。ありがとうベルさん」

「どういたしまして」

二人で並んで歩いていると多くの人に声を掛けられた。首都から来た兵士たちはフィリオが攫われたことも知っており、掛けられる声のすべてが無事を喜ぶものだった。

見知らぬ人たちから寄せられる純粋な好意が嬉しくて、それから少し恥ずかしくて、フィリオはベルの腕を抱き締めたまま、笑顔で応えるのだった。

ツベルフ一族との戦いはほぼ一方的に終わった。フィリオの守りの要石の役目を仰せつかったヒュルケン将軍は武装に身を包みつつもフィリオの側から片時も離れず、離れた天幕の中で戦況を見守っていた。

本人は前線に立ちたがっていたダーイン＝ヒュルケンも同様にフィリオの側に控え、時折陣形や交戦状況についてベルと真面目に意見を交わし合っているのを聞くのは新鮮だった。

ダーインが出ると自分が目立たなくなる恐れがあると前線に出すことを渋ったインベルグだが、一方で行きたくないのに同行させられた者もいる。言わずと知れたオーボエ＝システリアである。

禊のためにフィリオを守っているという話を聞きつけたインベルグは、

「それなら腕を磨け。腕を磨くには実戦あるのみだ」

自分の馬に同乗させて前線に向かった。

大いに暴れて貴族たちの叛乱に対する溜飲を下げたインベルグの晴れやかな表情と、生きて前線から帰って来られたことを涙を流して喜ぶオーボエの姿の対比はとても印象的だった。

大軍をあえて引き連れ投降を呼びかけた結果、応じた者は多かったが、後がないと死に物狂いで抵抗する勢力はあった。だがそれらの勢力も最初にマルコム男爵が戦死し、ツベルフ伯爵が討ち取られるとすぐに瓦解する脆弱なものではあった。それに先んじて、フィリオが急襲された時に捕縛されたガウス子爵だけが生き残ったことになる。

だがそれも首都に戻って処分を言い渡されるまでの短い間のことでしかなかった。

そして、再び別れの時が来る。

ツベルフ一派の討伐の後、インベルグ王子は軍を率いて首都に戻ったが、フィリオはそのままベルたちと行動を共にしてセトまでついて行った。襲撃を受けた者の中には亡くなった者もおり、シス国兵士は火葬にして骨の欠片と灰、それから個人の遺品として故国に帰ることになる。

未だ傷が癒えない兵士や文官は、旅に支障がなくなるまではセトで治療を続け、その後に帰国することになった。最初にセトに駆け込んできた二人は命は助かったものの、傷が癒えるまでは数か月掛かるだろうと言われている。

救護室に並んだ寝台に横たわる彼らの一人一人にフィリオは感謝の言葉を伝えた。彼らはフィリオが誘拐されたことはその時まで知らされていなかったため不思議そうにしていたが、彼らの決死の行動があってこそ自分の今があるのだと涙を浮かべて伝えると理解してくれたようで、無事を喜んでくれた。

セトから離れること一日、国境の小さな町で一夜を過ごしたフィリオは、開かれた大門の前に立ち、これから旅立つ義父たちへ向けて餞の歌を歌った。

伴奏もないフィリオ一人だけの独奏ではあったが、伸びのよい歌声は小さな町に広がり、いつの間にか大勢の人間が門の前に並んでいた。中には聖王神殿の歌唱隊を知っている通の者もいて、

「もしやあの子が噂の……」

などと思わせぶりなことを呟いて、質問攻めに合う姿も見られた。

歌い終わったフィリオは義父に抱き着いた。

「お義父様、いろいろとありがとうございました」

「私もだ。フィリオ君、ウェルナードを頼んだよ」

「はい」

「ウェルナード、お前はフィリオ君を守る盾となり

剣となれ。そのために強くなれ。お前はまだまだ強くなれる。私を超える日が来るのを楽しみにしているぞ」

「……わかった。フィリオを守るのに否はない」

少し不満そうなのはまだ義父に敵わないという自覚がベルにあるからだろう。

「これが今生の別れではないからな。またウェルナードの腕を確かめにクシアラータに来ることは決定している。それまで元気でな」

「はい。お義父様もお元気で。それから、まだお会いしたことのないお義母様や義兄上姉上様方にもよろしくお伝えください」

「しっかりと伝えよう」

最後にダーインはフィリオを抱き締め、ウェルナードを抱き締めて門の外へと足を向けた。離れたところに一人立っていたオーボエは今はもう拘束されずに地面に自分の足をつけて立っている。彼は少しだけフィリオたちの方を振り返り、小さく頭を下げるとダーインの背中を追った。少し先に同行する馬車が待っており、乗り込む前に手を振った義父に振り返し、馬車の姿が見えなくなるまでフィリオとベルはその場に佇んでいた。

「――フィリオ」

「うん。ベルさん、帰ろう。僕たちの家に」

フィリオはベルの手に自分の手を滑り込ませた。すぐに握り返してくれた手を強く握る。

「せっかく国境まで来たのだから、何か土産でも買って帰るか？」

「荷物にならない？」

「たぶんならない。セトまではすぐで、セトから先は荷馬車もある」

「それなら少しだけ、ここでしか買えないものがあったら買おうかな。あんまり重いものや嵩張るもの以外で」

軍服を脱ぎ、私服のベルをヒュルケン将軍だとすぐに気づく人はこの町には少ないようだ。兵士たちは見知っていて当然だが、それ以前にベルのように肌の色が白い人もいれば、鮮やかな緑色の髪をした人が店先で値切る姿があるなど、首都ではあまり見掛けない色彩が溢れているからだ。

「ねえベルさん」

「ん？」

「帰ったら旅行に行くでしょう？　場所はまだ教えて貰えない？」

ベルは悩むように顎に指を添え、首を振った。

「今はまだ教えない。帰ってからの楽しみは取っておいた方がいい」

「そう？　じゃあ、一つだけ教えて。またここに来る？　この門を使う？」

ベルは今度も考えるように頭を捻(ひね)り、にこりと笑みを浮かべた。

「使わない。今度行くのは別の場所」

「そっか。別の場所かあ。あ、寒いところ？　それなら荷物増やさなきゃいけないからそれだけは教えて？」

ベルは笑って教えない。

ずるいずるいと言いながら腕に纏わりつくフィリオとベルの仲睦まじい姿は、

「北東の国境の町に三宝剣の将軍と歌姫様がご来臨なさっておられた」

と噂に上り、二人が泊まった宿はしばらく記念館扱いにされていたという話である。

あとがき

こんにちは、朝霞月子(あさかつきこ)です。お久しぶりの将軍様はいかがでしたでしょうか。なかなかフィリオとゆっくり過ごす時間が取れずに、モヤモヤと鬱憤が貯まりつつあるベルさんです。お怒りモードでイライラゲージがＭＡＸになり、メーターを振り切ってしまえばどんな惨状が待っているのか想像すると怖いですが、王族の皆様もその辺りの加減はわかっているので、何とか毎回ギリギリ回避で凌いでいるような感じです。

本文中でも述べていますが、結婚してからの方が家で一緒に過ごす時間が取れないのはお気の毒過ぎるので、今度こそ！　引き延ばしをすることなく、突発的な案件が入っても副将軍や第三王子に丸っと放り投げて、フィリオと二人で念願の新婚旅行に出掛けることが出来そうです。ダーイン＝ヒュルケン氏がお勧めし、ベルさんもＯＫを出した新婚旅行の行き先がどこになるのかとても気になりますが、誰にも邪魔されることなく本文中でも一緒にいる場面を多く書ければ……と思っております。

本作もまた素敵なイラストを描いていただいて宝物が増えました。カッコよくも可愛いベルさんと、お色気もあるよ！　な可愛いフィリオ。眼福でございます。

次作でまたお会いできるのを楽しみにしています。

この本を読んでの
ご意見・ご感想を
お寄せ下さい。

〒151-0051
東京都渋谷区千駄ヶ谷4-9-7
(株)幻冬舎コミックス　リンクス編集部
「朝霞月子先生」係／「兼守美行先生」係

リンクス ロマンス

将軍様は溺愛中

2021年2月28日　第1刷発行

著者……………朝霞月子
発行人…………石原正康
発行元…………株式会社　幻冬舎コミックス
〒151-0051　東京都渋谷区千駄ヶ谷4-9-7
TEL 03-5411-6431（編集）
発売元…………株式会社　幻冬舎
〒151-0051　東京都渋谷区千駄ヶ谷4-9-7
TEL 03-5411-6222（営業）
振替00120-8-767643
印刷・製本所…株式会社　光邦
検印廃止

ISBN978-4-344-84793-4 C0293
Printed in Japan

幻冬舎コミックスホームページ　https://www.gentosha-comics.net